Doctor Dolittle's Zoo

Doctor Dolittle's Zoo

둘리틀 박사의 동물원

Doctor Dolittle's Zoo

휴 로프팅 지음 | 장석봉 옮김

궁리
KungRee

일러두기 ।

이 책은 『Doctor Dolittle's Zoo』(Frederik A. Stokes Co., 1925)을 우리말로 옮긴 것입니다.

차례

"폴리네시아," 나는 의자에 기대어 앉아 깃털 펜 끝을 씹으며 말했다. "내가 '둘리틀 박사님의 회상'이라는 책을 쓰려고 하는데, 뭐부터 쓰면 좋을까?"

책상 위에 놓인 잉크병에 비친 자신의 모습을 넋을 놓고 바라보던 이 나이 든 앵무새가 나를 힐끗 쳐다보았다.

앵무새가 큰소리로 외쳤다. "또! 둘리틀 박사 이야기를 또 쓴다고?"

내가 말했다. "음… 그래. 우린 박사님의 삶에 관해 쓰고 있고, 끝내려면 아직 멀었잖아."

폴리네시아가 말했다. "그렇군. 앞으로 몇 권이나 더 써야 하는지는 누가 결정하지?"

내가 말했다. "응, 그거야 뭐… 독자들이겠지. 아무튼 말해 줘.

어떻게 시작해야 좋을까?"

폴리네시아가 눈을 빙글빙글 돌리며 말했다. "토미, 그건 대답하기 몹시 어려운 문제인걸. 존 둘리틀 박사의 삶에는 재미있는 일이 워낙 많았으니까, 문제는 뭘 넣느냐보다는 뭘 **빼느냐**가 더 중요할걸. 네 관자놀이에 벌써 흰머리가 보여. 박사가 한 일을 전부 다 쓰려고 하다가는 끝내기도 전에 아마 내 나이가 되어 버릴 거야. 물론 너는 그 책을 과학자들을 위해 쓰려는 건 아닐테고… 그래도 동물 말을 할 수 있는 건 박사를 빼면 너뿐이니까 난 네가 자연학에 관한 교양서를 쓸 적임자라고 생각해 왔어. 물론 쓸모 있는 교양서 말이야. 그런데 그건 나중에 써도 될 것 같아. 네가 말한 것처럼, 우리에겐 위대한 사람의 삶에 관해 써야 할 임무가 아직 남아 있으니까 말이야… 어떻게 시작해야 좋을까?… 아, 그래! 우리가 거대한 바다 달팽이 껍질 안에 들어가 퍼들비강으로 돌아온 이야기부터 쓰면 어떨까? 기억하지? 바다 밑 여행을 끝낸 다음에 말이야."

내가 말했다. "그래, 나도 거기서부터 쓰려고 했었어. 그런데 어디서부터 보다 어떻게 쓰느냐가 더 중요해. 그러니까 내 말은 뭘 넣고 뭘 빼느냐는 거야. 가장 재미있는 일로 골라야 하잖아."

폴리네시아가 말했다. "아! 그렇군, 그게 문제군. 박사도 여행을 떠나기 전 검정색 작은 가방을 싸면서 그런 말을 여러 번 했어. '뭘 넣고 뭘 빼지? 이게 문제군.' 난 박사가 고작 면도기 하나를 두고 30분이나 고민하는 것도 봤어. 사용법만 익히면 면도는 깨진 유리병 조각만 있어도 할 수 있다고 하더군. 짐이 많은 걸 박사가 얼마나 싫어했는지는 너도 기억날 거야. 그래서 면도기는 그냥 두고 가기로 하는 일이 잦았지. 하지만 나랑 대브대브는 깨진 유리 조각으로 면도하다가 박사가 상처라도 입을까봐 떠나기 전에 면도기를 몰래 가방 안에 넣었어. 박사는 자기가 어떤 결정을 했는지도 기억 못 하니까, 우린 아무 걱정할 필요가 없었어."

내가 말했다. "그랬군, 그런데 너 아직 내 질문에 답 안 했잖아."

폴리네시아는 잠시 생각을 하더니 이렇게 물었다.

"책 제목을 뭐로 할 거라고?"

내가 말했다. "둘리틀 박사님의 동물원!"

"음," 폴리네시아가 중얼거렸다. "그럼 당연히 동물원 부분부터 써야지. 내 생각에는 그래도 나는 네가 고향에 돌아와 부모님을 만난 이야기를 약간이라도 넣어야 할 거라고 생각해. 알지? 네가 거의 3년이나 떠나 있었다는 걸. 좀 감상적인 것 같긴 하군. 하지만 조금은 감상적인 이야기를 좋아하는 독자들도 있으니까. 전에 내가 아는 사람 중에는 눈물을 흘리게 만드는 책만 좋아하는 숙녀도 있었어. 그 숙녀는 늘…"

"그래, 그래 맞아," 나는 늙은 앵무새가 다른 이야기로 빠지려 한다는 걸 눈치채고 서둘러 말을 끊었다. "그래도. 본론에서 벗어나지는 말자구"

폴리네시아가 말했다. "알겠어, 내 생각에는 이렇게 하는 게 제일 좋을 것 같아. 글을 쓰면서 나한테 큰소리로 읽어 줘. 그러면 어디가 지루한 대목인지 알 수 있을 거야. 내가 조는 걸 볼 수 있을 테니까 말이야. 그러니까 재치있고 생생하게 써야 할 거야. 나이 드니까 점심 먹고 졸음을 참기 점점 더 힘들거든. 지금도 점심을 아주 많이 먹은 상태야. 그런데 종이는 충분히 있어? 잉크병은 꽉 차 있고? 좋아. 시작하자."

나는 새 깃털 펜의 끝을 조심스럽게 깎은 다음 이야기를 쓰기 시작했다.

→ 1장 ←

대브대브의 부탁

둘리틀 박사님은 고향으로 돌아왔다는 사실에 너무 들뜬 나머지, 우리가 이 길고 위험한 항해 끝에 고향의 바닷가에 도착할 수 있게 해 준 달팽이에게 작별 인사를 하는 것조차 까먹었다. 박사님은 우리에게 기다리라고 말한 후, 다시 바닷가로 뛰어갔다.

작별 인사는 오래 걸리지 않았다. 박사님은 그 거대한 달팽이를 배웅한 후 곧 우리가 있는 곳으로 돌아왔다. 우리 일행은 짐을 들고 서서 거대한 달팽이가 돌아가는 모습을 잠시 동안 지켜보았다. 껍질은 안개에 가려 잘 보이지 않았지만, 그래도 달팽이는 이 바닷가 풍경의 일부분처럼 보였다. 길고 회색빛이 나는 달팽이의 몸이 역시 회색빛인 모래톱과 거의 구별되지 않았기 때문이다.

근육을 자유자재로 써서 유연하고 부드럽게 움직이며, 이 거대한 달팽이는 실제로 가고 있긴 한 건지 알 수 없을 정도로 느릿느릿 깊은 물 속으로 미끄러져 들어갔다. 앞으로 나갈수록 몸은 점점 더 물속으로 물속으로 잠기다 마침내 잿빛이 도는 분홍색 껍질의 윗부분만 바닷물 위로 어렴풋이 보이게 되었다.

우리는 육지 쪽, 고향 퍼들비를 향해 얼굴을 돌렸다.

지프의 뒤를 따라 한 줄로 서서 늪지대를 지날 때 박사님이 말했다. "대브대브가 집에 뭘 준비했을지 궁금하네. 먹을 걸 좀 많이 준비해 뒀으면 좋을 텐데. 배가 많이 고프구나."

"저도 그래요." 범포가 말했다.

그때 우리 머리 위 습하고 안개 자욱한 하늘에서 잘생긴 오리 두 마리가 날개를 퍼덕이며 크게 한 바퀴 돈 후 존 둘리틀 박사님의 발밑에 사뿐히 내려앉았다.

오리들이 말했다. "저희는 대브대브한테 부탁을 받았어요. 비가 오니 서둘러서 집에 오시라고 전해 달라고 했어요. 대브대브가 기다리고 있어요."

"이런," 박사님이 외쳤다. "그런데 우리가 오는 걸 어떻게 알았지?"

오리들이 말했다. "저희가 말해 줬어요. 저희는 육지 위를 날고 있었어요. 그런데 아일랜드 바다에 폭풍우가 불고 있어 이쪽으로 날아온 거고요… 그러다 박사님이 달팽이 껍질에서 내리는 모습을 봤어요. 그래서 박사님 댁으로 가 대브대브에게 알려 줬죠. 그랬더니 대브대브가 박사님에게 돌아가서 말을 전해 달라고 저희

"저희는 대브대브한테 부탁을 받았어요.
서둘러서 집에 오시라고 전해 달라고 했어요."

한테 부탁한 거고요.

"저희는 대브대브한테 부탁을 받았어요. 대브대브는 침구를 말리느라 바쁜 것 같았어요. 집으로 오시는 길에 정육점에 들러 소시지를 좀 사다 달라고도 부탁했어요. 참 설탕도 떨어졌고, 양초도 필요하다고 했어요."

박사님이 말했다. "고맙다. 정말 친절하구나. 그렇게 하마. 그런데 우리 집까지 갔다가 오는 데 얼마 걸리지 않은 것 같구나. 우리가 육지에 내린 지 1분도 채 되지 않은 것 같은데 말이야."

오리들이 말했다. "우리는 꽤 잘 날아요. 그렇다고 뭐 대단히 빠른 건 아니지만 그래도 지치지 않고 오래 날 수는 있죠."

박사님이 물었다. "비가 올 때도 그러니?"

오리들이 말했다. "예. 비는 저희한테 하나도 방해가 안 돼요. 육지 새 중에는 깃털이 젖으면 잘 날지 못하는 새들도 있지만요. 물론 저희도 공기가 무거워져서 조금 느려지기는 해요."

박사님이 말했다. "그렇구나. 이제 나랑 함께 가자꾸나. 지프, 네가 앞장서 주겠니? 질퍽하지 않은 땅을 네가 우리보다 더 잘 알테니."

오리들이 날아갈 준비를 하자 폴리네시아가 말했다. "이봐 친구들. 박사가 여기 왔다는 소식은 당분간 비밀로 해 줄래? 길고 피곤한 여행에서 돌아온 지 얼마 되지 않았잖아. 박사가 집에 있다는 게 알려지면 무슨 일이 벌어질지는 너희들도 알지? 동네방네 동물들이 죄다 찾아와 감기에 걸렸으니, 기침이 난다느니 하면서 난리도 아닐 거잖아. 아픈 데도 없으면서, 뭐든 병을 만들어 내 박사한테 올 구실을 꾸밀 거라고. 박사는 진료 시작하기 전에 좀 쉬어야 해."

오리들이 말했다. "그래. 아무한테도 말하지 않을게. 뭐 밤까지는. 근데 박사님이 언제 돌아올지 물어보는 새들이 엄청 많아. 너도 알겠지만, 박사님이 이렇게 자리를 오래 비우신 적이 없잖아."

오리들이 날개를 퍼덕이며 우리 머리 위의 비안개 속으로 사라지자 폴리네시아가 중얼거렸다. "흠! 내 생각에 박사는 새들을 만날 때마다 자기가 겪은 일들을 다 얘기해 줄 것 같아. 불쌍한 사람같으니! 얼마나 긴 여행을 한 건데! 이게 다 박사가 너무 유명해서라고. 내가 의사가 아닌 게 정말 다행이야. 그런데 날씨는 또 왜 이런 거지? 토미, 네 옷 안에 나 좀 넣어 줘. 날개 사이로 빗물이 들어와 기분이 찜찜하네."

지프가 제대로 안내를 해 주지 않았다면, 습지를 통과해 마을로 돌아가는 길은 무척이나 고생스러웠을 것이다. 이미 날이 저물어 주위가 깜깜했다. 게다가 이따금 바다 쪽에서 안개가 몰려와 주위를 모두 가리는 바람에 한 치 앞도 제대로 볼 수 없었다. 15분마다 울리는 퍼들비 교회 탑의 종소리만이 우리가 문명 세계에 가까이 와 있다는 것을 알려 주는 유일한 신호였다.

하지만 이런 곳이야말로 놀라울 정도로 예민한 코를 가진 지프의 길 안내가 돋보이는 장소였다. 예민한 코를 가진 지프는 뛰어난 안내자였다. 밀물 때문에 물이 불어 도랑이 마치 강처럼 변해

예민한 코를 가진 지프는 뛰어난 안내자였다.

버리는 바람에 습지도 온통 미로처럼 변해 있었다. 자칫 잘못하면 불어난 물 때문에 오도 가도 못 하는 신세가 되기에 십상이었다. 하지만 물쥐 냄새의 유혹을 끊임없이 받으면서도, 지프는 뛰어난 수로안내인처럼 온갖 위험한 곳을 요리조리 피해가며 단단한 땅으로 우리를 안전하게 안내했다.

지프는 마침내 퍼들비강의 길고 높은 강둑까지 우리를 안내하는 데 성공했다. 이 강둑을 따라가면 다리가 나온다는 것은 우리도 알고 있었다. 곧이어 마을의 변두리에 있는 집 한두 채를 지났다. 가끔씩 안개가 걷힐 때마다 우리 왼쪽에서 빠르게 흐르는 강물 위로 마치 유령처럼 보이는 회색빛 돛들이 보였다. 그것들은 우리처럼 바다에서 집으로 돌아오는 어선들이었다.

2장

돌아온 모험가

마을이 가까워지면서 회색 안개 사이로 킹스브리지 근처의 반짝이는 불빛이 보이자 폴리네시아가 말했다. "소시지는 토미에게 사 오라고 부탁하고 마을을 돌아서 가는 게 좋을 것 같아. 아이들이랑 개들이 당신을 알아보기 시작하면 집에 가기 힘들 테니까. 무슨 말인지 알겠지?"

박사님이 말했다. "그렇군. 네 말이 맞아. 우리는 북쪽으로 가서 볼드윈 연못하고 밀 초원을 통과해 옥슨소프 길로 가자꾸나."

그래서 나머지 일행은 박사와 함께 출발했고, 나는 혼자서 마을로 갔다. 나는 박사님이 집으로 돌아가는 자리에 함께하지 못하게 되어 약간 서운했다. 그럴 수밖에 없었다. 하지만 혼자 가는 것도 나름대로 재미는 있었다. 나는 외국 땅을 정복하고 고향으로

지나가는 사람들 절반은 내가 아는 얼굴이었다

돌아온 모험가라도 된 양 혼자서 으스대며 킹스브리지를 건너갔다. 그랬다! 신세계를 발견하고 막 돌아온 크리스토퍼 콜럼버스도 그날 밤의 나, 구두 수선공의 아들, 토미 스터빈스만큼 자랑스럽지는 않았을 것이다.

아무도 나를 알아보지 못한다는 것도 나름 또 다른 재미였다. 나는 마치 아라비안나이트에 나오는 사람, 그러니까 마법에 걸려 사람들 눈에 보이지 않는 사람 같았다. 떠날 때보다 세 살이나 더 먹은 그때의 아이는 마치 대나무처럼 쑥쑥 자라 이제는 아무도 몰라볼 정도로 커져 있었다. 흐릿한 가로등 아래를 걸어 하이 스트리트에 있는 정육점으로 가는 도중, 내 옆을 지나가는 사람들 절반은 내가 아는 얼굴이었다. 하지만 그들은 나를 알아보지 못했다.

나는 내가 누군지, 그리고 내가 이 마을을 떠난 후 보고 겪은 얘기를 해 주면 그 사람들이 얼마나 놀랄지를 생각하며 혼자서 빙긋이 웃었다. 그러자 강물 위로 발을 흔들며 앉아 오가는 배들을 바라보면서 한 번도 본 적 없는 땅을 꿈꾸던 강둑이 떠올랐다.

시장이 있는 광장에 들어서니 희미한 불빛 아래 들어선 가게 앞에 앞에서건 뒤에서건 절대로 못 알아볼 일 없는 한 사람이 보였다. 동물 먹이 장수 매슈 머그였다. 장난기가 발동한 나는 그도 나를 알아보지 못하는지 알고 싶어져서 가게 앞으로 따라가 그가 하는 것처럼 가게 창문 안을 들여다보았다. 잠시 후 그가 고개를 돌려 나를 보았다. 그랬다. 그는 나를 전혀 몰라봤다. 나는 신이 나서 정육점 안으로 들어갔다.

나는 소시지를 달라고 했다. 정육점 주인은 소시지를 저울에 단 다음 포장해서 건네주었다. 정육점 주인은 나를 오래전부터 알던 사람이었는데도, 내 낡은 옷을 흘낏 한번 쳐다만 봤을 뿐(옷은 해어져 덧댄 데다 수선도 했고 결정적으로 몸에 맞지도 않았다.) 내게 관심을 가지는 기색도 알아보는 기색도 없었다. 그런데 돈을 내려는 순간 나는 주머니에 카파블랑카 제도에서 기념품으로 챙겨 둔 커다란 스페인 은화 두 개밖에 없다는 걸 알고 당황했다. 정육점 주인은 그 은화를 보고 고개를 내저었다.

그가 말했다. "여기서는 잉글랜드 돈만 받아요."

나는 변명했다. "죄송합니다. 하지만 제가 가진 게 이것뿐입니다. 이 돈을 받으시면 안 될까요? 아시겠지만 이건 좋은 은화입니다. 이거 하나가 적어도 5실링은 됩니다."

정육점 주인이 말했다. "그럴지도 모르죠, 하지만 그건 받을 수가 없어요."

그는 나를 수상한 사람으로 여겼는지 조금 짜증을 냈다. 이제 어떻게 해야 할지 고민하다가 나는 가게 안에서 벌어지는 일을 재미있게 지켜보는 또 다른 사람이 있다는 것을 알게 되었다. 나는 고개를 돌려 그를 보았다. 매슈 머그였다. 나를 따라온 것이다.

매슈는 긴가민가하면서 사시가 아닌 한쪽 눈으로 나를 뚫어져라 바라보고 있었다. 그러다 갑자기 달려들어 내 손을 덥석 잡았다.

그가 흥분한 목소리로 말했다. "토미! 틀림없어. 토미 스터빈스

매슈 머그였다.

가 맞아. 이렇게 훌쩍 크고 멋있어지다니, 네 어머니도 몰라보겠는걸, 게다가 이렇게 새까맣게 타 버렸으니…"

물론 마을 상인들은 매슈를 잘 알고 있었다. 더욱이 개들에게 먹이로 줄 뼈와 잡고기를 사는 매슈를 다른 사람도 아닌 정육점 주인이 모를 리는 없었다. 매슈가 정육점 주인 쪽으로 고개를 돌렸다.

매슈가 소리쳤다. "이보게, 앨프리드! 토미 스터빈스야, 제이컵 스터빈스의 아들이라고, 외국에서 돌아온 거란 말이야. 아, 이 아이 믿어도 돼. 앨프리드, 걱정할 것 없어. 박사님이 사 오라고 하신 것 같아, 분명해. 너, 박사님이랑 함께 돌아온 거지? 설마 혼자 돌아왔다고 말할 생각은 아니겠지?" 매슈는 궁금해 죽겠다는 듯이 나를 뚫어져라 보며 물었다.

나는 말했다. "예. 박사님은 무사히 돌아오셨어요."

그가 말했다. "지금 돌아온 거지? 오늘 밤? 박사님이 마을에 돌아왔는데 내가 모를 리 없거든."

내가 말했다. "예. 지금 댁으로 돌아가고 계셔요. 소시지를 좀 사다 달라고 하셨어요. 그런데 제가 가진 게 외국 돈뿐이에요."

나는 여행 경험이 많은 척하기 위해 눈썹을 찌푸리며 이 완고한 정육점 주인을 좀 경멸스럽게 쳐다보며 말했다. 여행이라고는 모르고 사는 사람이 진정한 모험가의 고충을 알 리가 없다는 듯이 말이다.

"앨프리드가 소시지를 줄 거다. 내가 장담할게." 매슈가 말했다.

정육점 주인이 웃으면서 말했다. "그래, 그렇게 하지. 너도 알겠지만, 외국 돈은 받지 않아. 하지만 네가 누군지, 그리고 소시지를 사 오라고 한 사람이 누군지 미리 말했더라면 두말없이 외상으로 주었을 거다… 박사님 신용이 항상 최고는 아니지만 말이야. 이거 가져가거라. … 그리고 무사히 돌아오셔서 기쁘다고 박사님께 전해 주고."

"감사합니다." 나는 정중하게 대답했다.

그러고 나서 한쪽 팔에는 소시지를 끼고, 다른 한쪽 팔은 매슈 머그에게 꽉 잡힌 채 밖으로 나왔다.

옥슨소프 거리 쪽으로 걷기 시작했을 때 매슈가 말했다. "토미, 존 둘리틀 박사님이 항해에서 돌아오시면 첫날 밤 언제나 내가 제일 먼저 환영해 드렸어. 그러지 않으면 집 안으로 들어가실 수 없지. 이상하게 들릴지 모르지만, 박사님은 자기가 돌아온다는 걸 내게 먼저 말해 주신 적이 없어. 정말이야. 오히려 아무도 모르게 비밀로 하려고 하시지. 그런데 어떻게 된 일인지 박사님이 마을로 돌아오면 난 한 시간도 되기 전에 알게 되고, 즉시 거기로 가 환영을 해 주지. 집 안에 내가 있는 걸 보시면 박사님도 이제는 익숙해졌는지 반가워하셔. 그나저나 지난번 내가 널 마지막으로 본 뒤로 모험도 엄청 많이 하고 본 것도 많겠구나?"

내가 말했다. "네. 제가 생각했던 것보다, 아니 우리가 바랐던 것보다 훨씬 더 많은 걸 봤어요. 수레 하나는 채우고도 남을 만큼 공책도 많이 가져왔고, 원주민 자연학자가 채집한 멋진 풀들도 많이 가져왔어요… 깜짝 놀랄 만큼 값지고 귀한 것들이에요. 그런데… 믿겨지세요? … 우린 거대한 바다 달팽이 껍질 안에 타고 돌아왔어요. 그 달팽이가 우리를 데리고 저 대서양 바닥을 기어 다녔다는 게."

매슈가 말했다. "물론이야, 박사님이 여행하고 돌아오면 신기한 것들이 끝없이 나오니까. 박사님이 항해나 신기한 경험담을 이야기하는 데 두 손 두 발 다 들었어. 붉은 사자 술집에 가면 난 박사님 여행 이야기를 하곤 했지… 밤마다 말이야, 그러면 사람들이 다들 좋아했지. 하지만 지금은 하지 않아. 박사님이 동물하고 이야기를 한다는 내 말을 사람들이 믿지 않거든. 사람들은 네 말도 믿지 않을 거야. 그러니 말해 봐야 무슨 소용 있겠니?"

옥슨소프 거리를 따라 1킬로미터 정도 걸어가자 가까운 곳에 박사님 집이 보였다. 이미 한밤중이었다. 하지만 생울타리와 나무 위 등 여기저기서 새들이 날개를 퍼덕이며 이야기하는 소리가 들렸다. 폴리네시아가 부탁했지만, 동물의 세계에는 뭔가 신비한 방법이 있는 건지 진즉에 소문이 퍼져 있었다. 아직은 날씨가 추워서 그런지, 잉글랜드에는 겨울새들 정도밖에는 눈에 띄지 않았다. 하지만 커다란 뜰이 있는 작은 집 근처에는 수천 마리의 새들이 모여 있었다. 참새, 울새, 개똥지빠귀, 까마귀, 찌르라기들이 이 대단한 사람이 돌아온 것을 환영하기 위해 모여 있었다. 단지 아침에 박사님을 보겠다는 생각으로 밤을 새울 각오를 하고 말이다.

돌계단을 올라가 꼭대기의 작은 문을 열었을 때, 나는 박사님이

"사람들은 네 말도 믿지 않을 거야. 그러니 말해 봐야 무슨 소용 있겠니?"

누리는 이 기묘한 인기와 우정이 보통 사람들이 누리는 것과는 대단히 다르다는 것을 새삼스럽게 알게 되었다. 사람들은 3년쯤 떨어져 있다가 돌아오면, 친구 사이라도 잊히기 마련이다. 하지만 둘리틀 박사님의 동물 친구들은 떨어져 있는 시간이 길면 길수록 박사님이 집으로 돌아왔을 때 더 열렬히 환영해 주었다.

3장

깜짝 파티

사실 나는 박사님이 집에 돌아오는 모습을 전혀 보지 못했다. 매슈와 내가 부엌문에 들어섰을 때 집안 분위기가 뭔가 이상했다. 우리는 동물들이 인사를 나누고 질문을 퍼부어 대느라 매우 소란스러울 거라고 생각했다. 하지만 전혀 그런 분위기가 아니었다. 그곳에는 박사와 대브대브밖에 없었다. 게다가 대브대브는 소시지를 구하는 데 무슨 시간이 그렇게 오래 걸렸냐며 나를 다그치기까지 했다.

"그런데, 거브거브는 어디 있니?" 우리를 보자 박사님이 물었다.

대브대브가 말했다. "그걸 저희가 어떻게 알아요. 곧 나타나겠죠. 다른 친구들도요… 저녁 식사하셔야 하니 손 먼저 씻으시겠어요? 빨리 씻으세요. 식사 준비는 5분도 안 걸려요. 그리고 토미는 나 좀 도와줘. 그런데, 박사님, 식사는 식당에서 할 거예요.”

“식당!” 박사님이 깜짝 놀란 소리로 물었다. “왜 거기서? 평소처럼 부엌이 아니고?”

“거긴 너무 좁아요.” 대브대브가 투덜댔다.

대브대브의 묘한 눈빛을 보고 나는 뭔가 깜짝 놀랄 만한 일이 준비되어 있을지도 모른다는 생각이 들었다. 내 생각이 맞았다. 식당 문이 열리자, 거브거브, 투투, 스위즐, 토비, 흰쥐가 멋진 옷을 차려입고 기다리고 있었다. 박사님을 위한 깜짝 파티가 열린 것이다.

식당은 고풍스러운 방이었지만, 박사님이 몇 년 동안 사용하지 않고 닫아 둔 곳이었다. 박사님의 여동생 세라가 집을 나간 뒤로는 한 번도 사용한 적이 없었다. 그러나 오늘 밤에는 색종이, 리본, 나무 등으로 아름답게 장식되어 있었다. 동물들은 모두 낡은 팬터마임 의상을 입고 있었는데, 심지어 흰쥐도 예전 박사님의 유명한 서커스 공연 당시 입었던 작은 조끼와 바지를 입고 있었다.

박사님이 문 앞에 모습을 드러내자 예상했던 대로 엄청나게 요란한 광경이 펼쳐졌다. 멍멍, 꽥꽥, 찍찍… 모두들 박사님을 큰 소리로 환영했다. 하지만 환영 행사의 순서를 미리 정해 두었던 터라 눈에 거슬릴 정도로 무질서한 행동은 없었다. 식탁 위에는 정성껏 준비한 맛난 음식들이 가득했다. 식사 중간중간, 집에 남아 있던 동물들이 각자 장기자랑을 했다. 거브거브는 ‘시든 꽃양배추’라는 자작시를 낭송했다. 토비와 스위즐은 앞다리에 실제 권투

장갑을 끼고 권투 경기를 했다. (링은 탁자 가운데였다.) 그리고 흰 쥐는 '펀치볼 서커스'라는 것을 선보였다. 커다란 유리 그릇 안에서 펼쳐진 그 공연은 내가 지금까지 보았던 서커스 공연 중에서 가장 흥미진진했다. 종이로 만든 키큰 모자를 머리에 쓰고 서커스 진행자로 등장한 흰쥐는 뒷발로 서서 뻐기며 무대를 돌아다녔다. 그리고 또 다른 쥐가 냅킨을 발레복 스커트 삼아 입고 말 대신 다람쥐를 탄 채 등장했다. 나는 그렇게 빠른 기수는 그때 처음 보았다. 사자 조련사 역 역시 쥐가 맡았는데 녀석이 부리는 사자는 끈으로 갈기를 만들어 머리에 단 덩치 큰 쥐였다.

전체적으로 볼 때 펀치볼 서커스는 내 생각에 이날 공연 중 최고였다. 흰쥐는 분장도 했다. 녀석은 서커스단의 늙은 광대 개 스위즐이 사용하는 개인용 분장 도구들을 빌려 얼굴에 검정색 분을 두껍게 바른 다음 진짜 서커스단 진행자처럼 길고 진한 콧수염도 붙였다. 다람쥐 말을 탄 여자 쥐는 종이로 만든 고리를 가볍게 통과했고, 광대 쥐(얼굴에 붉은색과 흰색 칠을 했다.)는 공중제비를 돌았고 사자 쥐는 무시무시한 소리로 울부짖었다.

"어떻게 이렇게 멋진 쇼를 제시간에 준비했는지 놀랍기만 하구나." 박사님은 광대 쥐의 우스꽝스러운 연기를 보고 눈물이 날 정도로 웃었다. "내가 했던 서커스 공연보다 더 나은걸, 게다가 내가 돌아온다는 건 집에 도착하기 30분 전에야 겨우 알았을 텐데. 도대체 어떻게 준비한 거니?"

대브대브가 볼멘 목소리로 대답했다. "박사님, 위층에 올라가

HUGH LOFTING

거브거브는 자작시를 낭송했다.

편치볼 서커스 진행자

보시면 금방 아시게 될 거예요. 거브거브가 생각해 냈어요. 의상하고 리본을 구한답시고 집안을 온통 쑥대밭으로 만들어 놓았어요. 나무를 구한다고 정원도 엉망이 되었고요. 쯧쯧! 한심들 해요. 박사님이 도착하시기 전에 집 안을 정돈하려고 했는데 도와줄 생각은커녕 모두들 어질러 놓기만 했다니까요."

박사님이 말했다. "대브대브, 신경 쓰지 않아도 된단다. 그만한 가치는 있었으니까. 내 평생 이렇게 즐거운 적은 한 번도 없었어. 집은 곧 정돈하면 되는 거구. 스터빈스랑 범포랑 내가 도와줄게, 알겠지?"

대브대브가 말했다. "알겠어요. 그런데 범포는 어디서 자라고 하죠? 범포한테 맞는 침대는 없는데."

박사님이 말했다. "어떻게든 되겠지. 정 방법이 없으면 매트리스 두 개를 붙여 바닥에 깔고 자게 하면 될 거야."

거브거브가 말했다. "그런데 박사님, 이제 박사님이 장기자랑 하실 차례예요. 이곳을 떠나신 후에 무슨 일이 있었는지 전부 다 듣고 싶어요."

"그래요, 그래. 처음부터 끝까지 하나도 빼놓지 말고요." 모두들 큰 소리로 외쳤다.

"맙소사! 3년 동안 있었던 일을 하룻밤에 전부 다 얘기하는 건 무리지."

흰쥐가 말했다. "그럼 일부라도 얘기해 주세요. 나머지는 내일 밤에 말해 주시고요."

박사님은 치치가 난로 선반 위에 있던 담배 단지와 함께 가져다 준 담뱃대에 불을 붙인 다음 여행 이야기를 시작했다. 멋진 광경이었다. 동물과 사람이 모두 호기심에 찬 얼굴로 식당의 긴 탁자에 둘러앉아 있었다. 내가 아는 한 박사님 집에 이렇게 많은 이들이 한자리에 모인 적은 없었다. 범포, 매슈, 머그, 나, 대브대브, 거브거브, 치치, 폴리네시아, 지프, 투투, 토비, 스위즐, 그리고 흰쥐까지… 박사님이 막 이야기를 시작하려고 할 때 갑자기 창문에서 쿵 소리와 함께 말소리가 들려왔다.

"저도 들어가게 해 주세요. 저도 듣고 싶어요."

마구간에서 온 절름발이 늙은 말이었다. 소란스러운 소리에 박사님이 오셨다는 것을 알고 파티에 끼고 싶어서 온 것이었다.

대브대브는 몹시 신경질을 냈지만, 다른 동물들이 정원 쪽 프랑스식 이중문의 빗장을 열어 준 덕분에 절름발이 늙은 말도 파티에 초대받을 수 있었다. 하지만 깔끔한 살림꾼인 대브대브는 카펫이 더러워지면 안 되니 내가 말발굽을 깨끗하게 털어 주어야만 안으로 들어올 수 있다고 고집을 피웠다. 말은 이 의외의 상황에 놀라울 정도로 자연스럽게 행동했다. 말은 아무것도 쓰러뜨리지 않고 방을 가로질러 와서 박사님의 의자와 찬장 사이의 자리를 차지했다. 그러더니 청력이 예전 같지 않아 박사 옆에 앉아야 한다고 말했다. 박사님은 말을 아주 반갑게 맞았다.

박사님이 말했다. "마구간에 갈 생각은 하고 있었는데, 빨리 저녁 식사를 해야 한다고 하는 바람에 까먹었어. 너도 알겠지만, 대브대브 얘가 좀 깐깐해 놔서. 내가 없는 동안 귀리랑 보리는 제대로 챙겨 주던?"

늙은 말이 말했다. "예, 덕분에요. 모두 괜찮았어요. 물론 조금 외롭기는 했죠. 박사님하고 지프가 없어서요. 그래도 다른 건 다 괜찮았어요."

박사님이 다시 이야기를 시작하려고 했을 때, 이번에도 또 창문을 두드리는 소리가 들리는 바람에 방해를 받았다.

"맙소사! 이번엔 누구지?" 거브거브가 거의 울 것 같은 목소리로 말했다.

내가 창문을 열자 새 세 마리가 날개를 퍼덕이며 들어왔다. 치프사이드와 베키 그리고 그 유명한 빠르미였다.

런던 토박이 참새가 탁자 위로 내려앉으며 투덜거렸다. "세상에나! 이 집에 침입하는 놈이 있다면, 정말 대단한 녀석일 거야. 내 생각엔 그래. 나랑 베키가 들어갈 수 있는 문이나 창문을 찾느라 몇 시간이나 뺑뺑 돌았다고. 이건 뭐 영업시간 끝난 은행에 기어들어가는 것도 아니고. 아무튼 박사님, 우리도 왔어요. 다시 뵙게 되어 반가워요. 나랑 집사람은 세인트 폴 대성당에 있다가 밑에서 비둘기들이 수다 떠는 걸 듣고 조금 전에야 알았어요. 그래서 내가 집사람한테 말했어요. 이렇게요. '퍼들비로 날아가 박사님을 뵙자.' 그랬더니 집사람이 말하더군요. '당장 그렇게 해요.' 그래서 여기로 날아온 거예요. 누구라도 다 그랬을 걸요"

"잠깐, 조용!" 투투가 끼어들었다. "박사님이 우리한테 여행 이

"알았어. 왕눈아."

야기를 하시려던 참이잖아. 네 얘기만 밤새도록 들을 수는 없잖아."

"알았어. 왕눈아, 알았다구." 치프사이드가 식탁 위의 빵 부스러기를 입에 가득 물고 말했다. "나서지 마. 너 여기 터줏대감이 된 지 몇 년이나 된 건데? 야, 빠르미, 여기 더 따뜻한 곳으로 와."

유럽, 아프리카, 아메리카 비행 선수권 챔피언인 유명한 대장 제비 빠르미가 촛불 아래 따뜻한 곳으로 조심스레 날아와 앉았다. 빠르미는 날씨가 빨리 따뜻해져 올해는 평소보다 조금 일찍 북쪽의 잉글랜드로 돌아와 있었는데, 막상 도착해 보니 추위가 아직 완전히 물러나지 않았던 거다. 식탁 한가운데 더 밝은 곳에서 보니 빠르미가 떨고 있는 것을 확실히 알 수 있었다.

빠르미가 차분하게 말했다. "박사님, 다시 뵙게 되어서 반갑습니다. 이렇게 방해하게 되어 죄송합니다. 이제 이야기를 시작해 주시겠습니까?"

→ 4장 ←

새 동물원

존 둘리틀 박사님은 밤늦도록 식구들에게 자신의 항해 이야기를 들려주었다. 졸다가 잠에서 깬 거브거브는 제일 중요한 부분을 놓쳤을지도 모른다며 스스로에게 화를 냈다.

새벽 2시가 되도록 이야기가 채 절반도 끝나지 않자 박사님은 이제 모두 자러 가야 하니 나머지 이야기는 내일 밤에 계속해야겠다고 했다.

그런데 그 다음 날은 내가 박사님을 보아 왔던 중에 가장 바쁜 날이었던 것 같았다. 모두 다급하게 박사님의 손길만을 기다리고 있었다. 물론 가장 먼저 해야 할 일은 진료실 문 앞에서 기다리는 환자들을 진료하는 것이었다. 발톱이 부러진 다람쥐, 털이 빠지는 증상이 나타난 토끼, 눈이 따끔거리는 여우…

진료실 문 앞에서 기다리는 환자들

그다음 차례는 박사님이 그토록 좋아하는 정원이었다. 정원에 간 박사님 앞에 펼쳐진 모습은 엉망진창 그 자체였다! 3년 동안 방치된 잡초, 3년 동안이나 웃자란 나무들, 그랬다, 3년 동안이나 돌보지 못한 것이었다! 부엌문을 나서서 훤한 아침 햇살 아래 만천하에 드러난 정원의 황폐한 모습을 본 박사님은 하마터면 눈물을 흘릴 뻔했다. 하지만 다행히도 박사에게 인사를 하기 위해 밤새 기다리던 새들이 박사님의 기분을 잠시나마 밝게 해 주었다. 박사님이 나오자마자 찌르레기, 울새, 검은지빠귀들이 떼를 지어 주위로 몰려드는 모습은 마치 성 프란치스코와 비둘기들이 함께 그려진 그림을 떠오르게 했다.

범포와 나는 정원의 상태를 보고 박사님이 얼마나 슬퍼하고 있는지 알 수 있었기 때문에 정원을 깨끗이 손보는 일에 발 벗고 나서기로 마음먹었다. 치치도 돕겠다고 나섰고, 붉은쥐, 들쥐, 오소리, 다람쥐 같은 작은 동물들도 여럿이 기꺼이 나섰다. 몸집은 작았지만 그들은 눈이 부실 정도로 최선을 다했다. 평소에는 정원에 해만 입히던 두더지 가족들도 이번만큼은 박사님이 하라는 대로 그 어떤 정원사보다 더 능숙하게 복숭아나무 담장 옆 허브 밭을 전부 갈았다. 두더지들이 허브 뿌리에서 잡초를 골라내 흙 위로 가지런히 모아놓으면, 치치가 그것들을 손수레에 실었다. 다람쥐들은 청소부 역할을 멋지게 해냈다. 녀석들은 자갈길에 지저분하게 떨어져 있는 나뭇가지와 잎, 쓰레기 등을 주워서 모종을 두는 헛간 뒤 퇴비 더미가 있는 곳으로 가져갔다. 오소리들은 땅을 파고 들어가 사과나무 뿌리를 정리했다.

오전 나절에 회계사 투투가 돈 문제로 박사와 의논하고 싶어 했다. 그래야 대브대브가 살림 계획을 세울 수 있기 때문이었다. 다행히 카파블랑카에서 가지고 온 은화(범포가 내기를 해서 번 돈인데, 박사님은 전혀 모르고 있었다.)를 잉글랜드 파운드화로 바꾸면 적어도 몇 달 동안은 우리 모두 편안히 보낼 수 있을 것 같았다. 대브대브는 크게 안심했다. 하지만 돈이 좀 모였다 싶을 때마다 새로운 계획을 세워 쓸데없는 데 써 버리곤 했던 박사님이 생각나는 바람에 불안한 기색을 완전히 거두지는 못했다.

투투, 폴리네시아, 대브대브가 젠체하며 나서서 박사님 돈 문제를 정작 박사님 모르게 머리를 맞대며 의논하는 모습은 정말 재미있는 볼거리였다.

폴리네시아가 말했다. "그런데 말이야, 긴 화살한테 받은 그 새롭고 귀한 약초를 팔면 큰돈을 벌 수 있을 거야."

내가 말했다. "그건 안 돼. 그걸로 돈을 번다고 하면 아마 박사님이 극구 반대하실 거야. 박사님은 그걸 모두에게 도움이 될 약으로 생각하고 계셔. 파는 게 아니고."

그런데 박사님이 그동안 만들어 놓은 여러 가지 신기한 것 중에 그날 아침 특히 박사님의 눈길을 끈 것은 동물원이었다. 마침 매슈 머그도 아침 일찍 와서 박사와 함께 동물원을 둘러보고 있었다. 동물원에는 예전처럼 동물이 많지 않았다. 자기가 없으면 매슈 혼자 동물들을 돌보는 게 쉽지 않을 거라 생각한 박사님이

박사님 돈 문제를 놓고 머리를 맞대고 의논하는 동물들

떠나기 전에 동물 대부분을 돌려보냈기 때문이었다.

하지만 북아메리카에 사는 캐나다우드척이나 밍크같이 북쪽 지방에 사는 동물들은 끝까지 고집을 피우는 바람에 그대로 남아 있었다.

박사님은 텅 빈 동물 집들 사이를 걸어가면서 말했다. (우리가 없는 동안 매슈가 이곳을 놀랍도록 잘 관리해 주었다.) "스터빈스, 난 동물원을 완전히 새롭게 관리할 생각이야."

"그게 무슨 말씀이에요?" 내가 물었다.

박사님이 말했다. "음, 그동안은 외국에 사는 동물들을 주로 길렀는데… 그러니까 좀 진귀하다거나 할까… 그런 동물들을 말이다. 그리고 너도 알겠지만, 나는 사냥을 하는 커다란 짐승은 한 번도 동물원에 들이지 않았어. 하지만 이제는 우리나라에 사는 동물들로만 동물원을 채우고 싶구나. 그런데 나랑 함께 살고 싶어 하는 동물들이 너무 많아. 이 집에서 우리가 관리할 수 있는 수보다 훨씬 많지. 너도 알겠지만 사실 이곳은 넓은 편이야. 모두 합치면 천 평이 넘으니까. 지금 이 집이 있는 곳은 예전에는 성이었고, 주변에는 넓은 초원이 있었어. 성벽으로 둘러싸여 있어서 누구의 방해도 받지 않고 지낼 수 있는 격리된 장소지. 여길 봐. 우리는 이곳을 아주 이상적인 동물 마을로 만들 수 있을 거야. 완전히 새로운 마을로 말이다. 그러니 너도 내 계획을 도와주길 바라. 난 전부터 이곳에 클럽을 몇 개 만들어야겠다고 생각했어. 내가 아주 오래전부터 생각해 온 클럽 중에 하나는 쥐 클럽이야. 빨리 시작하자고 보채는 들쥐나 생쥐들도 많단다. 그리고 잡종개들을 위한 집도 생각 중이야. 엄청나게 많은 잡종개, 그러니까 특별히 어떤 품종이라고 딱히 말할 수 없는 그런 개들이 시도 때도 없이 날 찾아와 함께 살게 해 달라고 하고 있거든. 나중에 지프가 너한테 자세히 얘기해 줄 거지만 말이야. 아무튼 녀석들을 그냥 돌려보내는 게 영 마음에 내키지 않는구나. 대부분 살 곳이 딱히 없다는 걸 나도 잘 알거든… 그리고 사람들은 순종개가 아니라는 이유로 녀석들을 꺼려 해. 하지만 나는 잡종개가 대회에 나가 우승을 차지하는 순종개들보다 대체로 성격도 더 좋고 머리도 좋다는 걸 알아. 하지만 어쩔 수 없지. 아무튼 내 계획이 어때 보이니?"

나는 큰 소리로 말했다. "제가 보기에는 아주 멋진 생각 같아요. 게다가 그렇게 되면 걱정꾸러기 우리 대브대브도 한시름 놓을 수 있을 거예요. 쥐가 벽장에 있는 베갯잇들을 갉아먹는다거나 수건 술 장식을 뜯어 자기들 둥지로 만든다고 불평이 이만저만 아니거든요."

박사님이 말했다. "그래, 하지만 범인을 밝혀 낸 적은 단 한 번도 없었지. 내가 물어볼 때마다 다들 자기가 하지 않았다는 말만 했으니 말이다. 하지만 그런 일은 계속해서 일어나고 있어. 물론 난 베갯잇에 구멍이 나 있건 말건 특별히 신경 쓰이지 않지만 말이야. 게다가 목욕 수건에 술 장식이 꼭 달려 있어 하는 것도 아니고. 암튼 대브대브가 엄청 까탈스러운 건 사실이야. 하긴 대브대브한테는… 그게 엄청 신경 쓰일 수도 있지… 내가 정원에 그런

"제가 보기에는 아주 멋진 생각 같아요."

것처럼 말이야. 최고로 중요한 것!… 그런데 스터빈스, 제대로 돌보지 못해 엉망이 된 이 과일나무들이 건강해지면 날 위해 새 동물원계획 좀 짜 주지 않겠니? 폴리네시아한테 도와달라고 하고. 알다시피 폴리네시아는 아이디어가 풍부하잖아. 난 진료도 해야 하고, 여행에서 가지고 온 공책들도 정리해야 하기 때문에 손이 열 개라도 모자라거든. 참, 공책 정리도 네가 좀 도와주었으면 좋겠구나. 게다가 긴 화살이 준 표본들도 있고. 이런 일들만 아니라면 너와 함께 동물원 설계를 할 수 있을 텐데. 어쨌든 넌 폴리네시아랑 함께 잘해 낼 수 있을 거야. 참, 쥐 클럽의 위치는 흰쥐랑 의논해 보고, 알겠지?"

둘리틀 박사님의 동물원은 이렇게 시작되었다.

물론 이 일은 내게도 매우 흥미로웠고, 박사님이 나를 믿고 이런 큰일의 책임을 맡겼다는 것에 자부심도 느꼈다. 하지만 처음 시작할 때만 해도 이 일이 얼마나 큰 작업인지 제대로 알지 못했다. 그건 동물원이 아니라 '동물 마을'이나 '동물 클럽의 나라'라고 불려야 했다. 하지만 정원 안 그 장소를 늘 동물원이라고 불러왔기 때문에 계속해서 동물원이라는 이름을 쓰기로 했다.

보통 사람들이 생각하기에는 평범한 동물원이 아니었지만, 박사님이 생각하기에는 분명 동물원이었다. 박사님은 동물원은 동물들이 사는 집이어야지 감옥이 되어서는 안 된다고 생각했다. 우리는 동물들이 편안하고 행복하게 지낼 수 있어야 한다는 것을 최우선에 놓고 사소한 부분까지 신경 써서 작업을 진행했다.(오래

전에 박사님이 내게 자신의 처음 생각을 설명해 준 적이 있었다.) 예전 것을 그대로 유지한 것도 많았다. 예를 들면 동물들이 원하는 때에 마음대로 들어오거나 나갈 수 있도록 문은 언제나 집 안에서 잠글 수 있게 했다. 집이나 방 혹은 구멍에 들어가 살 동물 중에 원하는 동물이 있으면 자물쇠도 주었다.

박사님은 내키지 않아 했지만 규칙도 만들었다. 그건 동물들끼리 서로 방해받는 일 없이 안심하며 살 수 있게 하기 위해서였지, 속박하거나 자유를 침해하기 위한 규칙이 아니었다. 예를 들어 누군가가 파티를 열고 싶다면 반드시 이웃에게 미리 알려 주어야만 했다. (아무리 가까운 사이라도 말이다.) 그리고 한밤중에 장난스러운 노래를 부르는 것도 금지되었다.

→ 5장 ←

동물 마을

둘리틀 박사님이 동물들을 상대할 때 가장 어려웠던 건 비밀이
새어 나가지 않도록 하는 것이었다. 하지만 사람들에게 비밀을
지키라고 해도 그게 사실은 지켜지기 어려운 일임을 감안하면,
그다지 놀라운 일도 아닐 것이다. 폴리네시아는 새로운 동물원을
만들겠다는 이야기를 듣자마자 내게 경고했다.

"토미, 이 일은 너만 알고 있어야 해. 그렇지 않으면 너한테도
박사한테도 귀찮은 일이 생길 거야." 그래서 나는 이 일을 나만 아
는 비밀로 했다. 하지만 둘리틀 박사님이 더 많은 동물과 함께 살
기 위해 자신의 동물원을 개선하고 확장하려 한다는 이야기는 금
방 밖으로 퍼져 나갔다. 그러자 폴리네시아가 예언한 대로 동물
원에 들어오고 싶어 하는 동물들의 요청 때문에 아침, 점심, 심지

어느 밤까지 골머리를 앓아야 했다. 마치 전 세계의 동물들이 박사와 함께 살 기회만 엿보고 있던 것 같았다.

박사님은 즉시 나를 새로운 동물원의 부원장으로 임명했으니 모든 신청은 나를 통해서 하라고 발표했다. 덕분에 박사님은 귀찮은 일을 상당 부분 덜었지만, 박사님을 오랫동안 알고 지내던 동물들은 새로운 동물원에 들어가게 해 달라고 여전히 박사에게 직접 부탁했다.

예전부터 함께 살고 있던 동물들을 내보내는 것도 꽤 힘든 일이었다. 박사님은 다른 나라에서 살던 동물 중에는 퍼들비의 기후가 맞지 않는 동물들도 많다는 것을 알고 있었다. 툭하면 병에 걸리고 늘 몸 상태가 안 좋은 비버 한 쌍이 그 좋은 예였다. 하지만 이 비버들은 박사님을 너무 좋아했기 때문에 박사님이 캐나다로 돌아가는 것이 좋을 거라는 말을 수시로 했음에도 예의 바르지만 단호하게 거절했다. 하지만 여행에서 돌아와 비버들의 건강이 더 악화된 것을 알게 된 박사님은 이번만큼은 단호하게 이야기하는 것이 그들에게 더 나을 거라고 생각했다.

박사님은 비버들에게 말했다. "잘 들으렴. 잘 모를 수도 있지만, 여기 날씨는 너희들에게 아주아주 안 좋단다. 여긴 춥지도, 건조하지도 않아. 단지 감정에 휘둘려 너희들의 건강이 나빠지는 걸 그냥 지켜볼 수만은 없단다. 너희들은 캐나다로 돌아가야만 해."

이 말을 듣자마자 비버들은 울음을 터뜨렸다. 2년 후에도 돌아오고 싶다면 그때는 다시 돌아와도 된다는 약속을 듣고 나서야

HUGH LOFTING

박사님이 말했다. "잘 들으렴."

녀석들은 겨우 울음을 멈추고 떠나는 데 동의했다.

비버들을 캐나다까지 안전하게 돌려보내는 일은 부원장인 내 몫이었다. 간단한 일처럼 보일 수도 있겠지만, 그렇다고 아무에게나 부탁할 수 있는 일도 아니었다. 틸버리 부둣가를 며칠 동안이나 돌아다닌 끝에야, 나는 박사님이 흡족해할 정도로 정직하고 믿음직스러운 선원을 겨우 찾았다. 그는 노바스코샤로 가는 다음 번 항해 때, 적당한 돈을 받고 자신의 배로 비버들을 핼리팩스로 데려가 마을에서 떨어진 안전한 하구에 놓아 주겠다고 약속했다.

새 동물원에 들어와 살고 싶어 하는 동물들은 한 마리 혹은 가족 단위로만 있는 것이 아니었다. 박사님이 오래전부터 약속했던 쥐 클럽을 만든다는 소문이 퍼지자마자, 세계 곳곳의 거의 모든 동물들(내 생각에는 그랬다.)이 제각각 자신들의 클럽을 가질 수 있게 해 달라고 박사에게 부탁했다.

"이런 일이 생길 거라고 내가 말했지?" 내가 그린 새 동물원 설계도를 앞에 두고 함께 궁리하던 폴리네시아가 말했다. "이보다 열 배 더 커도 다 받아들일 수 없을 거야."

그러자 흰쥐가 말했다. (박사님의 계획에 자문역을 맡게 되어 콧대가 높아질 대로 높아진 녀석을 지켜보는 건 꽤 재미있는 일이었다.) "이렇게 하면 어떨까? 네 설계도에 여러 가지 다른 것들, 그러니까 단독 주택, 아파트, 호텔, 클럽 같은 것들을 할당해 보는 거야. 그러면 얼마나 여유가 있는지, 클럽은 몇 개나 만들 수 있는지 좀 더 쉽게 알 수 있을 거야."

내가 말했다. "그래, 좋은 생각이야. 일단 동물원 운영이 시작되면, 그다음에는 되돌리거나 바꾸기가 아주 힘들 테니까 말이야. 바꾸려고 해도 틀림없이 모두 반대할 거고."

흰쥐가 말했다. "내 생각에는 가게들도 있어야 할 것 같아. 그렇지?"

내가 큰 소리로 말했다. "가게? 그건 뭐하게?"

흰쥐가 말했다. "자 봐봐. 동물원이 완성되면, 어쨌든 그건 마을 같은 것이 될 거야. 동물 마을 말이야. 큰 거리가 있고… 거리 양쪽으로 집과 클럽이 있는… 다람쥐들은 호두를 사고, 쥐들은 도토리와 보리를 살 수 있는 그런 상점들도 있어야 해. 그렇게 생각 안 해? 마을을 더 활기차게 만들어 줄 거야. 좋은 가게들만큼 마을을 활기차게 하는 건 없는 법이니까. 그리고 내 생각에는 음식점도 한두 개 있어야 할 것 같아. 집에 늦게 돌아오거나 저녁 식사 준비할 시간이 없을 때 가서 식사할 수 있게 말이야… 그래 좋은 생각이야… 음식점 한두 개쯤은 반드시 있어야 해."

폴리네시아가 물었다. "그런데 상점은 누가 운영하지? 상점이나 카페가 혼자 저절로 굴러가는 건 아니잖아. 그건 너도 알지?"

흰쥐가 웃으며 말했다. "그건 쉬워. 난 생쥐랑 들쥐를 많이 알아. 호두 가게나 음식점 운영을 맡기겠다면 다들 달려들걸. 그런 일은 걔들의 천직이야. 음식을 모으는 건 특히나."

폴리네시아가 말했다. "쥐들에게는 그렇겠지, 하지만 동물원에는 너희들만 있는 게 아니란 걸 알아야 해. 너희 쥐들만 사는 마을

54

흰쥐가 말했다. "이렇게 하면 어떨까?"

이 아니라고."

흰쥐가 말했다. "글쎄, 난 마을을 몇 구역으로 나눌 수 있다고 생각해. 토미, 우리 클럽을 위해 문 근처에 언덕을 하나 만들어 준다는 약속 잊지 않았지? 내 머릿속에 이미 완전한 설계도가 그려져 있어. 이 인근에서 가장 멋진 곳이 될 거야."

힘겹게 계획을 짜고 작업한 끝에 우리는 마침내 새 동물원을 운영하게 되었다. 완성된 새 동물원에는 다음과 같은 시설들이 있었다. 토끼 아파트(토끼들이 굴을 팔 수 있는 언덕들이 많이 있었고, 공용 상추밭이 딸려 있었다.), 잡종개 아파트, 쥐 클럽, 오소리 여관, 여우 집회소, 다람쥐 호텔 등…

이것들은 일종의 클럽 같은 것이었다. 온갖 종류의 동물 수천 마리가 이 동물원에 들어오고 싶어 했기 때문에 우리는 회원 자격에 제한을 둘 수밖에 없었다. 우리가 그들에게 해 줄 수 있는 최선의 방법은 대기자 명단을 만든 다음, 빈자리가 생기면(물론 매우 드문 일이었다.) 순서대로 들어오게 해주는 것이었다. 모든 클럽에는 각각 회장과 임원진이 있었다. 그들에게는 하부 조직을 관리하고 클럽이 잘 운영될 수 있도록 만드는 임무가 부여되었다.

흰쥐가 말한 것처럼, 높은 담장으로 둘러싸인 옛 잔디 볼링장 안에 세워진 동물 마을은 몇 개의 구역으로 자연스럽게 나뉘었다. 그래서 큰길에서 다른 클럽의 동물들과 마주치게 되더라도 자기 일에만 신경 쓸 뿐 아무도 다른 동물들의 일에 참견하지 않았다.

큰 쥐가 운영하는 식료품점에서 일요일 음식거리를 샀다.

둘리틀 동물원에서 지켜야 할 가장 중요한 규칙은 마을 안에서는 절대로 먹이를 잡아서는 안 된다는 것이었다. 잡종개 아파트의 회원은 쥐를 잡아서는 안 된다. 적어도 동물원 안에서는 말이다. 그리고 여우가 새나 다람쥐를 쫓는 일도 금지되었다.

적에게 쫓겨 다닐 걱정을 하지 않아도 되자 동물들은 놀랄 만큼 자유롭고 느긋한 생활을 누리게 되었다. 그리 멀리 떨어지지 않은 길에서 테리어 두 마리가 걸어가고 있는데도 어미 다람쥐가 아무렇지도 않다는 듯 아기 다람쥐들에 둘러싸여 베란다에서 느긋하게 휴식을 취하고 있는 광경도 동물 마을에서는 심심치 않게 목격할 수 있었다.

상점이나 음식점의 주인은 대부분 쥐였다. 쥐들은 원래부터 도시에 사는 것을 좋아했다. 대부분의 쥐는 북쪽 끝 구역에 살았는데, 우리는 그곳을 '쥐 마을'이라고 불렀다. 토요일 저녁이면 우리는 큰 쥐가 운영하는 식료품점에서 여우, 개, 까마귀들이 뒤섞여 일요일 찬거리를 사는 모습을 자주 볼 수 있었다. 그리고 생쥐 배달원들도 불도그 집이나 여우 굴에도 아무런 두려움 없이 물건을 배달했다.

6장

다시 가난해지다

물론 한 울타리 안에서 여러 동물이 함께 사는 것이니만큼 다툼이 없기를 기대하는 것은 무리였다. 그래서 둘리틀 박사님은 서로를 적으로 여기게끔 타고난 동물들이 함께 사이좋게 살아가게 할 방법도 고민하고 있었다.

박사님이 말했다. "스터빈스, 여우가 병아리를 잡는 일을 그만 두거나 개가 쥐를 쫓는 걸 단번에 포기할 거라고 기대할 수는 없어. 하지만 내가 바라는 건 우리 동물원에 있는 동물들이 서로 사이좋게 지내기로 합의하고 서로를 잘 이해하며 사는 거란다."

실제로 종종 싸움이 벌어졌고, 특히 서로 익숙하지 않은 처음 몇 달간에는 다툼이 더 자주 벌어졌다. 그런데 이상하게도 싸움의 대부분은 같은 동물들 사이에 일어났다. 내 기억에는 그중에서도 오소리들이 가장 심했던 것 같다. 그들은 저녁때마다 숙소에 모여 게임을 했다. 하지만 박사님도 나도 그게 무슨 게임인지 도무지 알 길이 없었다. 아무튼 땅에다 금을 그은 다음 돌멩이를 가지고 하는 게임이었다. 마치 장기판과 장기알 같았다. 오소리는 성격상 뭐든 다 진지하게 받아들인다. 그래서 그런지 이 게임을 할 때도 아주 몰두해서 할 뿐만 아니라 승부에 대한 집착도 아주 컸다. 그런 만큼 게임이 끝나면 싸움도 잦았다. 그리고 깜짝 놀란 다람쥐가 한밤중에 찾아와 오소리들이 여관에서 싸움을 벌여 마을 전체에 민폐를 끼치고 있다며 나나 박사님을 깨워 하소연하는 일도 빈번했다.

결국 흰쥐(쥐 마을의 시장으로 뽑혀서 자부심이 하늘을 찌르고 있었다.)의 제안으로, 박사님은 동물 경찰대를 만들기로 했다. 개, 여우, 다람쥐, 토끼, 쥐들이 각각 두 마리씩 경찰로 뽑혔고, 불도그가 경찰서장으로, 여우가 비밀경찰대 대장으로 임명되었다. 그렇게 한바탕 소동이 지나간 후, 오소리 여관에서 함부로 소란을 일으키는 회원은 더 이상 없었다. 소란을 피우면 즉시 경찰에 체포되어 밤새 마을 감옥에 갇혀 있어야 했기 때문이다.

가장 먼저 경찰에 체포된 동물은 불쌍하게도 거브거브였다. 토끼 아파트 옆에 있는 채소밭에 상추가 잘 자란 걸 알고, 밤에 몰래 들어가 따먹은 것이다. 하지만 비밀경찰대 대장에게 발각되어 수갑(족쇄라고 하는 게 더 낫겠다.)이 채워지고 말았다. 박사님은 거브거브에게 앞으로 다시는 동물 마을에 들어가지 말라고 명령한

다음, 보증인이 되어 주었고 덕분에 거브거브는 경고만 받고 다음 날 아침에 풀려날 수 있었다.

"다음에는," 시장(흰쥐는 치안판사도 겸임하고 있었다.)이 말했다. "토끼들의 밭에서 6일 동안 중노동에 처할 거야. 재갈을 물려서 말이야."

새로운 동물원에서 쥐 클럽 이야기도 중요하기는 하지만 그건 나중에 좀 더 자세히 이야기하기로 하고, 여기서는 우선 잡종개 아파트에 관해 먼저 이야기하겠다. 잡종개 아파트는 지프가 오래 전부터 존 둘리틀 박사에게 만들어 달라고 부탁했던 것이다. 카나리아 오페라 공연을 하던 시절부터 런던의 이스트엔드 지역에 개들을 위한 무료 뼈다귀 식당을 열고 싶어 했던 지프는 거리를 떠도는 개들이 제대로 된 집에서 살 수 있게 해 줄 방법을 박사님이 찾아주기를 바라고 있었다. 이제 지프는 더할 나위 없이 기뻐하며 토비와 스위즐과 함께 이 새 클럽의 자잘한 문제를 해결하기 위해 분주히 움직였다.

지프가 내게 말했다. "어떤 개들은 개집에서 사는 걸 좋아해. 혼자 지내는 게 좋은 거지. 그리고 사람 집에서 사는 걸 더 좋아하는 개들도 있어. 그러니 개집을 많이 짓더라도 적어도 한 채는 좋은 집이 필요해."

그래서 범포와 나는 지프, 토비, 스위즐의 지시를 받아가며 집을 한 채 지어 주었다. 토비는 호들갑스럽고 거드름 많은 작은 개였지만, 이 작은 개 덕분에 우리는 클럽에 들어올 작은 개들을 배

"다음에는, 토끼들의 밭에서 6일 동안 중노동에 처할 거야."

려할 수 있는 좋은 방법들을 많이 찾아낼 수 있었다. 이건 아주 중요한 일이었다. 완성되고 나서 보니 개들을 위한 이 집은 매우 특이한 건물이 되어 있었다. 집 안의 모든 문은 걸쇠를 코로 올린 다음 밀어서 여는 식으로 되어 있었다. 난로도 특별했는데, 각각의 난로 앞에 개가 열한 마리나 누울 수 있을 정도로 폭이 아주 길었다. 소파도 많이 있었는데 아무리 작은 개라도 쉽게 올라갈 수 있게 모두 높이가 낮았고, 소파나 방석에 기름 처리가 된 천을 씌워 둔 덕분에 더러운 발로 올라가 진흙이 묻더라도 쉽게 세탁할 수 있었다. 물그릇도 방마다 놓아 두었다. 바닥에 아무렇게나 뼈다귀를 내팽개쳐 두는 것은 금지되었는데, 대신 현관문 근처에 우산꽂이가 아니라 낮은 선반을 두었다. 밖으로 나갈 때 그곳에 뼈다귀를 두고 나가게 했는데, 그러면 누군가 가져가지 않는 한 돌아올 때까지 그 위에 그대로 있었다.

식사는 특별하게 꾸며진 식당에서 했는데, 아주 낮은 식탁 위에 접시들이 놓여 있었다. 한편 음식은 발판이 딸린 탁자에 차려졌는데, 개들은 그 발판을 딛고 올라가서 차가운 고기를 마음껏 골랐다. 회원들은 이것을 매우 마음에 들어 했다. 개들의 식당에 뼈다귀와 고기를 공급하는 일은 매슈가 맡아서 했다. 스스로를 개 전문가로 자처하던 매슈는 동물원에서 이곳을 가장 재미있어 했다.

개들을 위한 특별한 체육관도 있었는데, 지프는 이곳을 '난장판 방'이라고 불렀다. 체육관에는 공중그네, 끈에 매달아 놓은 공 등 개 전용 체육 기구들이 있었다. 개들은 이곳에서 거의 매일 저녁

레슬링이나 줄다리기, 술래잡기 같은 대회를 열었다. 박사님과 범포와 나도 이곳에 자주 초대받았는데, 정말 재미있는 구경거리였다. 그리고 지프가 만들어 놓은 장애물들을 뛰어넘는 달리기 경주도 재미있었다.

잡종개 아파트는 둘리틀 박사님이 만든 동물 클럽들 가운데에서 가장 멋진 곳이었다. 물론 박사님이 말한 대로, 처음에는 줄곧 이곳 식구가 되어 싶어 한 개들의 명단을 만드는 일부터 시작해야 했다. 이 가운데 가장 먼저 클럽에 들어온 개들은 오래전에 박사님이 해리스 동물 가게에서 구해 준 불도그인 그랩과 리트리버인 블래키였다.

하지만 지프의 친구나 지프가 알고 지내던 개들이 훨씬 더 많았다. 지프는 인정 많은 개였기 때문에 거리로 나가 집 없는 개들을 찾는 일을 좋아했다. 녀석은 매일 한두 마리씩은 꼭 집으로 데려왔고 덕분에 클럽은 곧 그들로 가득 차 버렸다. 박사님은 지프에게 더 이상 개를 데리고 오지 말라고 명령했지만, 그래도 지프는 특별한 사정이 있다며 떠돌이 개들을 밤에 몰래 데리고 들어와서 부엌 선반 위에 있는 음식을 마음껏 먹게 한 뒤 하룻밤을 재워 돌려보냈다. 밖에서 동물원 안으로 들어가려면 비밀 열쇠로 문을 열어야 했다. 도랑 안에 감추어져 있는 끈을 조심스럽게 잡아당겨 문을 여는 것이었다. 박사님은 동물원 식구들에게 이 방법을 가르쳐 주면서 다른 동물들에게는 절대로 알려 주지 말라고 신신당부했다. 내가 알기로는 동물들은 이 약속을 아주 잘 지키

개들을 위한 체육관에서 열리는 장애물 달리기 경주

화가 잔뜩 난 주인들이 박사님 집으로 찾아왔다.

고 있었다. 덕분에 동물원이 운영되는 동안 동물원 밖 다른 동물들이 이 비밀 열쇠를 써서 동물원 안으로 들어온 적이 단 한 번도 없었다. 하지만 지프는 밤만 되면 '특별한 사정'의 개들을 데리고 와 그들에게 뒤돌아 앉아 있으라고 한 다음 이 비밀의 끈 열쇠를 잡아당겼다.

둘리틀 박사님이 개 클럽을 만들었다는 소문이 돌자 주인이 잘 보살펴주는 개들까지 집을 나와 동물원을 찾아왔다. 박사님과 함께 살고 싶고 거기다 체육관도 마음에 들고 좋은 친구들도 사귀고 싶기 때문이었다. 그러자 화가 잔뜩 난 주인들이 박사님 집으로 찾아와, 이게 다 박사가 자신들의 개를 꼬드겨 빼돌린 거니 체포하라고 경찰에 신고하겠다고 했다.

새 동물원을 유지하는 데 드는 돈도 상당히 많았는데 그중에서도 잡종개 아파트의 식비로 쓰이는 돈이 특히 많았다. 아파트가 만들어진 지 6주쯤 지난 어느 날 대브대브와 투투가 심각한 얼굴로 나를 찾아왔다.

"내가 생각했던 그대로야." 대브대브가 이제는 포기했다는 듯이 날개를 축 늘어뜨린 채 투덜거렸다. "돈이 또 거의 다 바닥났어. 너희가 천 페세타(옮긴이-에스파냐의 예전 화폐)도 넘게 가져온 거 같은데 벌써 다 써가. 나랑 투투랑 계산해 봤더니 그 돈으로는 앞으로 일주일밖에는 못 버틸 것 같아. 지프는 정말 생각이 없어도 너무 없어. 박사님도 돈 쓰는 법을 너무 모르시고. 너무 펑펑 쓰셔. 지프가 지난 몇 주 동안 데려온 떠돌이 잡종개들을 죄다 먹여 살리고도 망하지 않을 만큼 큰 부자는 세상 어디에도 없을 거야. 후우, 우린 또 무일푼이 된 거라고. 앞으로 어떻게 해야 할지 이젠 도무지 모르겠어."

→ 7장 ←

오소리의 이빨

나는 (대브대브, 투투, 폴리네시아와 함께) 박사님한테 가서 자금 상태에 대해 알려 주었지만, 박사님은 여느 때처럼 이번에도 진지하게 받아들이지 않았다.

박사님이 말했다. "이제 그런 문제로 날 방해하지 않았으면 좋겠어. 들어올 돈이라면 결국 어떻게든 들어오게 되어 있어. 거의 그래. 게다가 난 지금 끔찍하게 바쁘단다."

우리는 박사님이 쓴 자연학 책을 출판한 출판사 사장들을 찾아가 밀린 돈을 약간 받기는 했지만 그 돈도 오래가지는 못했다. 우리는 여태껏 한 번도 경험해 본 적이 없을 정도로 가난해졌다. 화가 머리끝까지 난 대브대브는 동물원을 운영하는 데 드는 돈이 나머지 식구들이 먹고사는 데 드는 돈을 다 합친 만큼이나 드니

우리는 박사님한테 가서 알려주었다.

이제 동물원을 없애야 한다고 박사님을 채근했다.

하지만 둘리틀 박사님의 말이 맞았다. 뜻밖의 일이, 그것도 신기하게 우리 동물원 안에서 생긴 덕분에 동물원의 문을 닫지 않아도 되었을 뿐만 아니라 박사님도 파산을 면한 것이다. 사연은 이랬다. 어느 날 밤 박사님이 해양학에 관한 새로운 책을 쓰는 일을 마치고 잠자리에 들려고 하는데 오소리 여관의 한 회원이 문을 두드리면서 박사님을 만나고 싶다고 했다. 그 오소리는 이빨이 너무 아파 참을 수 없으니 괜찮다면 지금 즉시 진료받을 수 있냐고 말했다. 물론 박사님은 그렇게 해 주었다. 박사님은 동물 치과 의사로도 실력이 뛰어났다.

박사님이 말했다. "아! 이쪽 구석 이빨이 부러졌구나. 아픈 게 당연하지. 하지만 치료하면 나을 게다. 입 더 크게 벌리고… 이상한 일이네! 내가 전에 이빨 때워준 적 있니?"

오소리가 대답했다. "아뇨, 저는 지금까지 박사님께 치료를 받은 적이 한 번도 없었어요. 그동안 건강했거든요."

박사님이 말했다. "그런데 이빨에 금이 씌워져 있어. 치과 의사가 치료해 준 것이 아니라면 왜 금이 씌워져 있을까?"

오소리가 말했다. "저는 모르겠는데요. 그런데 금이 뭐예요?"

박사님이 말했다. "음, 금을 모르는 모양이구나. 그럼 내가 거울을 보여 주마. 스터빈스, 손거울 좀 가지고 오겠니?"

내가 손거울을 가져다주자 박사님은 그걸 오소리 얼굴에 들이대고 소형 기구로 이빨 틈새를 가리켰다.

박사님이 말했다. "네 이빨 사이에 노란색 금속이 붙어 있는 게 보이지? 이게 금이란다."

"아, 네." 오소리는 거울에 비친 자기 얼굴이 마음에 드는지 만족스러운 표정으로 거울을 들여다보며 말했다. "저와 제 아내가 도빈의 들판에 갔을 때 구멍을 팠는데, 거기에 이런 게 많이 있어서 한 번 깨물어 봤어요. 제 이빨이 부러진 것도 이것 때문이었어요."

그때 마침 진찰실에 폴리네시아가 있었는데, 오소리의 말을 듣고 박사보다 더 흥미를 보였다. 매달아 놓은 고리에 앉아 있던 폴리네시아는 박사 옆으로 날아와 오소리의 입안을 들여다보았다.

그리고 다시 내게로 날아와 이렇게 속삭였다.

"정말이야. 오소리가 금을 먹은 거야. 어쩌면 우리에게 행운이 굴러온 건지도 몰라. 토미, 치료가 끝나면 저 오소리와 이야기해 봐."

박사님이 환자를 치료하는 데는 그리 많은 시간이 걸리지 않았다. 손은 매우 두툼했지만, 손놀림만큼은 세상 누구보다도 빨랐기 때문이다.

"자, 이제 통증은 없을 거다. 내일 다시 와라." 오소리가 입을 다물고 탁자에서 내려가는 모습을 보고 박사님이 말했다. "구멍을 팔 때는 입안에 들어가는 물건에 신경을 써야 한단다. 금속을 씹으면 누구나 이빨이 상하는 거야, 알았지? 자. 그럼 잘 가거라."

환자가 진찰실에서 나가자 폴리네시아가 내게 보냈고 우리는 뒤를 따라갔다.

"너 아까 어디에서 구멍을 팠다고 했니?" 폴리네시아가 동물원 울타리 쪽으로 걸어가는 오소리 옆으로 다가가 말을 걸었다.

오소리가 말했다. "도빈의 들판 근처야. 우리는 그 들판 약간 북쪽에서 둑을 향해 터널을 파고 있었어. 추운 날씨였지만 땅콩을 찾을 수 있을지도 모른다는 생각에 정말 열심히 팠어. 그리고 그 근처에 우리 피난처가 있거든. 박사님의 동물원에는 개들이 많이 있잖아. 그중에는 못된 녀석도 있거든. 동물원 안에서는 얌전히 있지만, 밖으로 나오면 우리를 놀리려고 얼마나 귀찮게 쫓아다니는지 몰라. 그래서 오소리 호텔 위원회에서 피난처를 마련하게 된 거야."

내가 물었다. "피난처라고? 그게 뭔데?"

오소리가 대답했다. "우리가 도망가서 숨는 곳이야. 우리는 그 근처에 구멍을 파 뒀지. 개들이 쫓아오면 우리 오소리들은 그 구멍 안으로 도망가. 굉장히 깊고 먹을 것도 있어. 개들이 구멍 밖에서 오랫동안 기다릴 때를 대비해서지. 어쨌든 우리는 그렇게 몸을 지켜야 해. 빨리 달릴 수 없으니까."

동물원 문 앞까지 갔을 때 폴리네시아가 말했다. "정말 안됐다. 그건 그렇고, 내일 아침 일찍 우리와 만날 수 있니? 네 이빨이 부러진 곳이 어딘지 알고 싶어. 도빈의 들판 북쪽이라고 했지? 좋아, 거기서 새벽 5시에 만나자. 어때?"

오소리가 대답했다. "알았어, 하지만 5시는 그렇게 이른 시간이 아니야. 요즘에는 5시 전에 날이 밝거든. 우리는 해를 보고 시간을 아는데, 날이 새기 전에 돌아다니는 걸 좋아해. 그러니까 내일 날이 밝을 무렵에 만나기로 해."

다음 날 아침, 폴리네시아가 나를 깨웠다. 나는 촛불을 켜고 옷을 갈아입었다. 아직 새들이 지저귀는 소리도 들리지 않는 이른 시간이었다.

너무 이른 시간에 일어났다고 내가 투덜거리자 폴리네시아가 말했다. "이건 중요한 일이야. 다른 사람이 가기 전에 빨리 그곳에 가서 살펴봐야 한다구."

아무리 금을 찾으러 가는 거라고는 해도 나는 너무 일찍 일어나는 바람에 도무지 신이 나지 않았다.

내가 물었다. "설마 그 늙은 오소리가 금광이라도 발견했다고 믿는 건 아니겠지? 잉글랜드에 금광 따위는 없어."

폴리네시아가 짜증을 내며 말했다. "그건 나도 알아. 하지만 지금까지 금광이 발견되지 않았다고 앞으로도 발견되지 않을 거라는 보장은 없잖아. 중요한 건 축복받은 오소리가 금을 봤다는 거야. 그게 아니라면 이빨 사이에 금이 끼었을 리가 없잖아. 서둘러. 외투도 얼른 입고. 곧 하늘이 밝아 올 것 같으니까."

아래층으로 내려가자 폴리네시아가 창고에서 쟁기를, 박사님 서재에서 광부용 망치를 가져오라고 내게 말했다. 우리는 새벽의 찬 공기를 뚫고 도빈의 들판으로 향했다.

늙은 오소리가 먼저 나와 우리를 기다리고 있었다. 오소리는 자

오소리가 우리를 기다리고 있었다.

기가 구멍을 파던 곳을 향해 울타리를 따라 뒤뚱뒤뚱 걸으며 서둘러 우리를 안내했다. 하지만 도착해 보니 그곳은 도빈의 들판이 아니라, 울타리 반대쪽에 있는 퍼들비 마을 공유지로 잡초만 무성한 넓은 땅이었다. 나도 잘 아는 곳이었다. 거의 자연 그대로인 그곳에서 나는 새 둥지, 버섯, 산딸기 같은 것들을 찾아다니곤했다. 그리고 그곳에 집시들이 천막을 치거나 모닥불을 피는 모습을 넋을 놓고 구경하기도 했었다. 그곳은 공유지였기 때문에 누가 우리를 내쫓을까 봐 걱정할 필요가 없었다.

→ 8장 ←

퍼블비의 금광 찾기 열풍

"운이 좋은 걸." 오소리가 팠다는 구멍 앞에 도착했을 때 폴리네시아가 속삭이듯 말했다. "여긴 퍼들비 마을의 공유지야. 너도 알지, 토미? 우리가 땅을 파는 걸 봐도 아무도 뭐라고 하지 않을 거야. 그래도 비밀로 해야 해. 삽 들고 얼른 일 시작하자."

나는 아직 졸렸다. 하지만 조금씩 땅을 파나가다 보니 우리가 지금 보물을 찾고 있다는 게 점점 더 실감 나기 시작했다. 얼마 지나지 않아 나는 내 목숨이라도 걸린 양 열심히 일했다. 아침이라 쌀쌀했는데도 이마에서 김이 나며 땀이 줄줄 흐르는 바람에 나는 번번이 일을 멈추고 땀을 닦아야 했다.

우리는 오소리에게 우리가 무엇을 찾고 있는지 이야기해 주고 도와달라고 부탁했다. 그러자 오소리는 구멍 안으로 기어들어가

얼마 지나지 않아 나는 내 목숨이라도 걸린 양 열심히 일했다.

자갈 섞인 금속 덩어리를 몇 개를 가지고 나왔다. 주머니칼로 그 것들을 긁어 보았더니 무르고 누런 금 성분이 모습을 드러냈다.

오소리가 말했다. "내 이빨을 부러뜨린 게 이거야. 하지만 이게 다야. 그런데 이런 게 무슨 도움이라도 되는 거야?"

폴리네시아가 말했다 "이거 놀라운데. 당연히 도움이 되지. 그 러니까 이걸로 금화를 만드는 거야. 금화 말이야. 그런데 이게 전 부인 게 확실해? 더 있으면 박사는 평생 부자로 살 수 있을 텐데."

오소리는 다시 구멍으로 들어갔다. 나는 괭이로 열심히 둑을 파 서 자갈을 찾아냈다. 하지만, 그 자갈들은 황금이 아니라 그냥 자 갈이었다.

폴리네시아는 내가 손수건 위에 늘어놓은 황금을 살펴보면서 말했다. "이것만으로도 상당한 재산이 될 거야. 우리가 뭘 하는지 누가 보기 전에 빨리 돌아가자."

아침 식사 때 우리가 박사에게 이 이야기를 하자, 박사님은 깊 은 관심을 보였다. 하지만 그것은 돈을 벌 수 있기 때문이 아니라, 지질학이라는 학문적 관점에서 나온 관심이었다.

박사님은 내가 손수건에 싸서 가져온 금덩어리를 보고 이렇게 말했다. "정말 믿을 수 없는 일이구나. 오래된 금화가 발견되었다 면 그다지 놀랄 일은 아니란다, 이건 어디로 보나 금덩어리거든. 지질학적으로 보아도 잉글랜드에서 이런 일은 처음이란다. 너희 들이 이걸 발견한 곳으로 가 보고 싶구나."

대브대브가 말했다. "어쨌든 박사님, 이 금덩어리는 제가 가지고 있겠어요. 저는 이걸 돈으로 바꿀 때까지 안전하게 보관할 수 있는 곳을 알고 있으니까요."

박사님과 나와 폴리네시아가 금이 발견된 장소를 조사하러 나가자, 지프와 거브거브는 자신들을 부르지도 않았는데 따라나섰다.

금광을 찾는 일은 매우 꼼꼼하게 진행되었다. 우리는 자갈투성이 둔덕을 전부 다 뒤엎은 후 흙을 파서 옮긴 다음 조사했다. 거브거브는 열병에라도 걸린 듯 흥분했고, 그건 지프도 마찬가지였다. 그들은 마치 진짜 탐광자라도 된 듯 비탈면에 굴을 팠다. 거브거브는 송로버섯을 파낼 때처럼 코로 흙을 뒤집었고, 지프는 쥐를 잡을 때 늘 하던 방식대로 앞발로 흙을 긁어냈다.

하지만 금은 더 이상 나오지 않았다.

박사님이 말했다. "도무지 이해할 수 없구나. 지질학적으로 볼 때 완전히 수수께끼 같은 일이라고 할 수밖에 없어. 이 자갈밭은 금이 나올 만한 곳이 절대로 아닌데 말이야. 그런데 바로 이곳에서 진짜로 금이 나왔다니. 그것도 덩어리 형태로 말이다. 아주 옛날에 어떤 광부가 다른 곳에서 금을 파낸 다음 여기다 숨겨 둔 거라고밖에는 달리 설명할 길이 없구나."

우리는 진짜 금광을 찾지 못했지만 금광 찾기 열풍이 생겨나기 시작했다. 박사님이 그곳에서 조사를 끝낸 것은 점심 무렵이 거의 다 되어서였다. 우리가 공유지를 나와 집으로 돌아갈 때, 누군가가 우리를 지켜보고 있었다. 나중에 나는 그때 함께 있던 매슈

거브거브는 송로버섯을 파낼 때처럼 코로 흙을 뒤집었다.

와 범포에게 물어보았는데, 두 사람 모두 아무에게도 이야기하지 않았다고 했다. 그런데도 퍼들비의 공유지에 있는 둑에서 금이 발견되었다는 소식은 순식간에 마을 전체로 퍼졌다. 오후 4시쯤 되자 그곳에는 곡괭이와 삽, 호미를 손에 든 사람들이 몰려와 모두 금을 찾고 있었다.

퍼들비 마을 사람 전체가 미친 듯이 금을 찾아 나섰다. 어떤 부인은 아이를 유모차에 태워 두고 구둣주걱으로 땅을 팠다. 집에서 노는 사람들과 밀렵꾼, 집시, 행상인, 마을의 장사꾼, 노인, 초등학생까지… 온갖 지위와 계층에 있는 사람들이 몰려왔다.

마을에는 박사님이 금으로 만든 고대 로마의 술잔을 잔뜩 찾았다는 소문이 퍼졌다. 그리고 그곳에서 프라이팬과 주전자가 발견되어 조사하러 가는 사람도 있었다. 그 이튿날 마치 지진이라도 일어난 것처럼 공유지에서 큰 소동이 벌어졌다. 그 때문에 마을 관리가 공공의 재산을 부순 죄로 박사님을 고소하겠다고 했다.

금광을 찾는 이 행렬은 일주일 이상 계속되었는데 나중에는 이웃 마을 주민들까지 몰려왔다. 금광이 발견된 게 사실인지 확인하기 위해 런던에서 진짜 광부가 오기도 했다.

박사님의 가족 중에 금광에 제일 열광한 동물은 거브거브였는데, 녀석은 공유지에서 떠날 줄 몰랐다. 드디어 자기 천직을 발견한 게 분명했다.

거브거브가 말했다. "박사님, 제 코로 파는 게 더 나아요. 저런 얼간이들이 삽으로 파는 것 보다 말이에요… 제가 훨씬 더 빠르다구요."

거브거브는 금광 찾는 일을 계속할 수 있게 해 달라고 박사님을 졸랐다. 둘리틀 박사님 것이 될 수도 있는 진짜 금을 언제 다른 사람들이 찾아낼지 모른다는 것이었다.

박사님이 말했다. "거브거브, 걱정할 거 없단다. 거긴 금이 든 돌이 하나도 없어. 우리가 발견한 금덩어리는 우연히 그곳에 있었던 거야. 오소리 말이 맞았어. 금은 이게 다고, 아주 옛날에 누군가 무슨 사정이 생겨 묻어둔 게 틀림없어."

하지만 금광에 대한 거브거브의 미련은 식기는커녕 점점 더 커져만 갔다. 박사님이 공유지에는 더 이상 가지 말라고 하자 거브거브는 대신 채소밭에서 버섯을 찾는 일로 위안을 삼았다. (사실은 밤에 몰래 나간 적도 몇 번 있었다.) 심지어 밥을 먹을 때도 금을 찾는 흉내를 내며 쌀 푸딩 안에 있는 건포도를 찾곤 했다.

하지만 대브대브는 어쨌든 금이 생겼고 폴리네시아가 일 처리를 척척 해 낸 덕분에 그 금을 전부 박사님이 갖게 되었다는 사실에 만족해 했다. 박사에게 맡겼다면 한 푼도 건지지 못할 뻔했다. 마을 관리들은 금은 마을의 공동 재산이니 돌려받아야 한다고 우겼다. 그러자 박사님이 기꺼이 그렇게 하겠다고 했다. 하지만 이런 일에만큼은 머리 회전이 빠른 매슈가 변호사를 찾아가 상담해 옛날 법에는 금을 발견한 사람이 절반을 갖게 되어 있다는 것을 알아냈다. 금의 무게를 달아보니 절반만 해도 꽤 많은 값을 받을 수 있을 만한 양이었다.

거브거브는 금을 찾는 흉내를 내며 쌀 푸딩 안에 있는 건포도를 찾곤 했다.

대브대브가 한숨을 내쉬었다. "후우. 다행이다. 한쪽이 손해를 보면 다른 한쪽은 이득을 본다는 박사님 말씀이 맞았어. 그 늙은 오소리의 이빨이 부러진 게 우리한테는 행운이 된 거니까. 그것도 시간에 딱 맞춰서 말이야. 정말이지 다음 끼니를 어떻게 해결할지 도저히 몰랐다구. 아무튼 이제 반년은 돈 걱정을 하지 않아도 되게 생겼으니 다행이야."

→ 9장 ←

쥐 글자

얼마 전부터 동물원의 동물 모두 대브대브가 박사에게 동물원을 완전히 접어야 한다고 말한 것 때문에 매우 걱정하고 있었다. 동물원을 계속 운영하려면 돈이 들기 때문에 대브대브가 그렇게 말하는 것도 무리는 아니었다. 동물들은 박사에게 그런 큰 짐을 지우면서까지 클럽을 계속하게 하는 것이 너무 자기들 생각만 하는 것은 아닌지 걱정이 들었다.

공유지에서 발견된 금의 절반이 박사 손에 들어오게 되었다는 재판 결과가 알려졌을 때, 동물 마을의 기쁨은 대단했다. 이 소식은 잡종개들이 사는 곳 그리고 마침내는 쥐 클럽까지 퍼져 나갔다. 동물원 한구석에서 조용히 지내고 있는 그 얌전한 푸시미풀류까지 동료들과 함께 기쁨을 나누었다. 러시아 밍크, 캐나다우

드척 등 다른 나라 출신 동물들까지도 기쁨을 함께했다. 그때까지 나는 동물들이 이렇게 기뻐하는 것을 본 적이 없었다. 동물원에 이 기쁜 소식을 전한 것은 토비와 스위즐이었는데 마침 저녁을 먹을 때였다. 동물 마을에서는 곧바로 떠들썩한 축제가 시작되었다. 동물 클럽의 회원들이 죄다 거리로 뛰쳐나와 환성을 질러댔다.

"박사님이 다시 부자가 되셨대!" 이런 말이 입에서 입으로, 집에서 집으로 전해졌다. 멍멍, 찍찍, 꿀꿀, 꽥꽥 같은 온갖 소리가 뒤섞여 어찌나 시끄러웠던지 옥슨소프 거리를 지나던 경찰이 박사 집 문을 두드리며 무슨 일이냐고 물어볼 정도였다.

이윽고 동물들은 행렬을 이뤄 노래하면서 동물 마을 거리를 돌아다니기 시작했다.

시장인 흰쥐가 지휘자를 맡았는데, 날이 저물자 시장은 쥐 마을로 가 횃불 행렬을 하는 게 어떻겠냐는 제안을 했다. 흰쥐는 내게 생일 케이크와 크리스마스트리에 장식할 양초를 가져다 달라고 부탁했다. 그리고 작은 깃발을 하나 준비해 거기에 "만세! 박사님이 다시 부자가 되셨다!"라고 큼지막하게 적어 달라고도 했다. 준비가 끝나자 집쥐와 생쥐 쉰네 마리가 촛불을 들고 두 줄로 늘어서서 저녁 8시부터 한밤중까지 노래를 부르며 쥐 마을을 행진하고 다녔다. 이 행렬은 가끔씩 멈춰 서서 큰 소리로 합창했다. "만세! 박사님이 다시 부자가 되셨다. 만세! 만세!"

그런데 뜻밖의 작은 소동이 벌어졌다. 쥐들이 들고 있던 양초의 불이 옮겨붙어 다람쥐 호텔에 불이 난 것이다. 그 호텔은 대부분

"박사님이 다시 부자가 되셨대!" 이런 말이 입에서 입으로, 집에서 집으로 전해졌다.

마른 나뭇잎으로 지어진 것이라 불이 붙자마자 미처 손쓸 틈도 없이 바닥으로 옮겨붙는 바람에 동물 마을 전체가 화염에 휩싸일 뻔했다.

하지만 아무도 다치지 않았고(다람쥐들은 모두 밖에 나가 축제를 즐기고 있었다.) 마을의 모든 동물이 소방대로 나서 불 끄는 일을 도운 덕분에 화재는 곧 진압되었다. 그리고 다람쥐 호텔도 모두가 힘을 모아 다시 지었다.

모든 일이 끝났을 때 시장인 흰쥐가 말했다. "대단한 축제였습니다. 그중에서도 촛불 사고는 정말 최고였습니다."

실제로 흰쥐의 밝은 성격은 타고난 천성이었다. 축제가 성공적으로 끝났다고 생각한 흰쥐는 그 후로 툭하면 쥐 클럽 파티, 동물 마을 잔치, 가장행렬 같은 일들을 벌이려 들었다.

박사님은 언제나 동물들이 즐거워하는 모습을 보는 걸 좋아했지만, 축제를 무조건 권장하지는 않았다. 축제가 벌어지면 동물들이 내지르는 소리로 십중팔구 너무 시끄러워지기 때문이었다. 동물원은 박사님 집에서도 가장 안쪽에 있었지만, 축제 때 잡종개 집에서 나는 요란한 소리는 몇 킬로미터나 떨어진 곳에서도 들릴 정도로 컸다.

동물원에서는 여러 가지 새롭고 재미있는 일들이 생겨났는데, 동물 도서관도 그중 하나였다. 외국에 나갔다 돌아온 내가 부모님을 만나고 온 지 얼마 안 되어 박사님은 내게 자신이 지금까지 동물 말에 관해 모으거나 직접 쓴 자료들을 정리해 달라고 부탁했다. 박사님의 서재 바로 위에 있는 침실에는 그 주제에 관한 책과 원고와 수첩이 가득 쌓여 있었다. 어지럽게 널려 있는 자료들을 정리하는 것은 무척이나 힘든 일이었다. 하지만 폴리네시아와 흰쥐가 도와주었다. 매슈는 책장을 만들어 주었다. 일주일 내내 우리는 목록을 만들고 분류하면서 자료를 정리할 수 있었다.

일을 끝낸 우리는 박사님을 서재로 불러 사방 벽에 깨끗하게 정리된 책장을 보여 주었다. 이것을 본 박사님은 자기가 동물의 말에 대해 얼마나 많은 연구를 했는지 확인하고는 깜짝 놀랐다.

흰쥐가 책장을 둘러보며 말했다. "박사님, 이제 정식 동물 도서관이 생긴 거예요! 이것들을 여기 두는 대신 동물원으로 옮겨서 동물들도 이용할 수 있도록 하면 안 될까요?"

박사님이 말했다. "그것도 괜찮겠는걸. 하지만 이것들은 동물들의 말에 대해 쓴 것들뿐이야. 사전하고 또… 동물 말로 쓰인 이야기책 같은 건 거의 없단다. 게다가 너희들 중에는 글자를 읽을 줄 아는 친구들도 별로 없잖아."

흰쥐가 말했다. "하지만 우리는 금방 배울 수 있어요. 박사님이 우리 친구 중 한둘에게 가르쳐 주시면 걔들이 다른 쥐들에게 금방 가르쳐 줄 거예요. 저는 쥐 클럽 같은 중요한 시설에는 아무래도 도서관이 필요하다고 생각해요. 정말로요. 그래야 한다구요."

흰쥐는 박사님의 반대에도 불구하고 둘리틀 동물원에 공립 동물 도서관이 있어야 한다는 생각을 포기하지 않았다. 흰쥐는 쥐들이(물론 이 점에 대해서는 개도, 오소리도, 다람쥐도 마찬가지지만)

흰쥐가 말했다. "박사님, 정식 동물 도서관이 생긴 거예요."

이야기책을 가장 좋아한다고 말했다.

박사님이 말했다. "그렇게 해 줄 수만 있다면야 나도 기쁘겠다만, 쥐에게는 글자가 없잖아. 그러니까 말을 적을 수 있는 수단이 없다는 거지."

흰쥐가 물었다. "우리가 금방 만들 수 있을 거예요. 그렇게 생각하지 않으세요? 사람도 옛날에는 글자가 없었잖아요? 박사님이 우리를 위해서 만들어 주시는 거예요. 간단한 것이면 돼요. 어려운 건 딱 질색이거든요. 간단한 글자를 만들어 주시면 제가 반드시 일주일 안에 쥐 클럽 회원들에게 가르쳐 볼게요. 쥐들은 새로운 걸 배울 때는 아주 열심히 하거든요. 어때요?"

이런 부탁을 들은 박사님은 당연히 흥미를 느꼈다. 어쨌든 동물 교육에 평생 힘을 쏟아온 사람이었으니까 말이다. 쥐를 위한 글자를 만드는 작업이 즉시 시작되었고, 흰쥐도 옆에서 박사님을 도왔다. 쥐 글자는 모두 열 개였다. 박사님은 그것을 쥐 글자라고 불렀지만, 폴리네시아와 나는 찍찍이 글자라고 불렀다. 왜냐하면 글자가 전부 다 찍찍 소리하고만 관련이 있었고 끝을 올리느냐 내리느냐에 따라 뜻이 달라졌기 때문이다.

이제 인쇄하고 책을 만드는 일이 남았다. 쥐 알파벳이 완성되자 박사님은 이 일을 내게 맡겼다. 물론 책은 아기 쥐들도 쉽게 가지고 다니며 읽을 수 있도록 아주 작게 만들어야 했다. 흰쥐는 아기 쥐들도 이 새로운 교육의 혜택을 받아야 한다면서 신경을 많이 썼다.

우리가 '생쥐 판형'이라고 이름 붙인 이 책의 크기는 1페니짜리 우표보다 조금 더 작았다.

우리가 '생쥐 판형'이라고 이름 붙인 이 책의 크기는 1페니짜리 우표보다 조금 더 작았다. 책은 모두 손으로 제본해야 했기 때문에 가장 가는 실을 바늘에 꿰어 만들었다. 책이 너무 작아서 인쇄할 때는 보석상이 쓰는 돋보기를 사용했다. 인쇄도 물론 손으로 했지만 티끌 하나조차 거뜬히 찾을 수 있을 정도로 눈이 좋은 흰쥐는 글자가 아무리 작아도 불평하지 않았다.

쥐의 말로 인쇄된 첫 번째 책이 완성되자 우리는 매우 자랑스러웠다. 대부분은 박사님이 애를 쓴 덕분이었지만, 나는 인쇄인이자 발행인으로서 뿌듯한 자부심을 느끼며 책의 표제면에 출판사 이름을 인쇄했다. "습지 옆 퍼들비 스터빈스와 스터빈스 출판사" (스터빈스를 두 번 쓴 데는 달리 특별한 뜻이 없었다. 그냥 그렇게 하는 게 멋져 보였고 출판사 이름으로 어울리는 것 같았기 때문이다.)

"토미, 이건 정말 대단한 일이야." 첫 책이 완성되자 흰쥐가 말했다. 우리는 초판의 인쇄를 공식 선언했다. "쥐 글자로 인쇄된 첫 번째 책이 나왔습니다! 우리는 역사에 남을 만한 일을 한 겁니다."

↝ 10장 ↜

새로운 공부

흰쥐가 말한 대로, '쥐 클럽'의 회원들은 모두 열심히 공부하기 시작했다. 스터빈스와 스터빈스 출판사에서 발행한, 세상에서 가장 희귀한 이 책은 오래가지 못했다. 동물원 안의 동물 도서관으로 한꺼번에 동물들이 몰려와 너무 열심히 읽는 바람에 책이 채 일주일도 못 견디고 걸레가 되어 버렸기 때문이다.

그 책을 도서관에 둔 것은 흰쥐가 부득부득 우겨서였는데, 도서관 공식 개장 행사는 정말 대단했다. 축제를 여는 것을 좋아한 흰쥐에게는 안성맞춤인 기회였다. 하지만 더 중요한 목표는 동물 마을 주민들에게 교육과 독서의 즐거움을 널리 알리는 것이었다.

가장 지속적으로 그리고 가장 열심히 공부한 동물은 쥐들이었다. 책을 읽는 데에는 마치 수수께끼를 푸는 것과 같은 새로운 기술이 필요했고 이것이 쥐들의 타고난 호기심을 자극한 것이었다. 개나 오소리, 여우, 토끼 같은 동물들은 다른 동물들이 큰 소리로 읽어 주는 것을 듣는 것만으로도 만족해했다. 그래서 도서관의 첫 용도는 모든 동물이 좋아하는 사랑방 같은 것이 되었다. 매일 오후, 여러 동물이 도서관에 와서 흰쥐가 큰 소리로 책을 읽어 주는 소리에 귀를 기울였다.

쥐 글자로 된 책에 대한 수요는 대단했다. 그런데 이상하게도 동물들은 시, 그중에서도 우스꽝스러운 시를 좋아했다. 공립 도서관 그리고 그 뒤를 이어 생긴 쥐 클럽 도서관은 시의 즐거움을 알리는 데 큰 몫을 했다. 지금까지 시에 대해 전혀 알지 못했던 쥐들이 새로운 교육을 받으면서 갑자기 시를 활발히 쓰게 되었다.

쥐 마을의 식당(이름이 '최고의 치즈'였다.)에서는 시인 쥐들이 일어서서 손님들에게 시를 들려주는 새로운 풍습이 생겼다. 손님들은 야유를 보내기도 하고 칭송을 하기도 하면서 시를 평가했다. 목소리가 좋은 시인들은 시를 자주 낭송했다. 그리고 평판이 좋은 시인에게는 '최고의 치즈' 주인이 기부금을 주었다. 식당 손님들에게 모자 대신 달걀 껍데기를 돌리면 손님들은 그 안에 돈 대신 도토리나 곡물을 넣었다. 앞서 말했지만, 시인 쥐들은 대부분 밝고 우스꽝스러운 시를 썼고 그런 시들이 인기도 제일 많았다. 쥐들의 저녁 식사 시간에 동물원 담 옆을 지날 때면 쥐들이 찍찍거리며 웃는 소리가 들려오곤 했다. 그러면 우리는 지금 '최고의 치즈'에서 풍자 시인이 손님들에게 새로운 풍자시를 들려주고

풍자 시인이 새로운 풍자시를 들려주었다.

있다는 것을 알 수 있었다.

쥐들에게 새로 일기 시작한 교육열에는 박사님이 쥐들을 위해 만든 잡지도 한몫했다. 그것은 《지하실 생활》이라는 잡지였는데, 매월 1일에 발행되었다. 이 잡지에도 주로 우스꽝스러운 내용이 많았지만, 그 외에도 뉴스, 동물원 이야기, 재미있는 그림도 실렸다.

박사님이 의사 일을 그만둔 뒤로 사용하지 않던 응접실의 난로 위 선반에는 작은 그림 한 점이 걸려 있었다. 젊은 시절 둘리틀 박사님을 상아에 그린 초상화였는데, 낡은 시계와 도자기 인형 사이에 오랫동안 그대로 걸려 있었다.

그러던 어느 날, 이 작은 그림이 없어졌는데 아무도 그 이유를 알 수 없었다. 박사님이 대브대브에게 묻자, 대브대브는 전날 평소대로 청소할 때만 해도 분명히 있었는데 언제 어디로 없어진 건지 전혀 모르겠다고 대답했다. 지프, 투투, 치치, 폴리네시아에게도 물어보았지만 아무에게서도 그 수수께끼 같은 일에 대한 단서를 얻지 못했다. 그 그림은 박사님이 의과 대학을 졸업했을 때 어머니가 유명한 화가에게 부탁해서 그린 그림이었기 때문에 박사에겐 아주 소중한 물건이었다. 하지만 한두 주 더 알아보았는데도 아무런 성과가 없자, 이것 말고도 신경 써야 할 일이 많던 박사님은 이 문제를 잊어버렸다.

동물 도서관이 문을 연 지 2주쯤 지난 어느 날 밤, 흰쥐가 박사님을 찾아왔는데, 바닷속 식물에 관해 박사님이 쓰고 있던 새 책 때문에 우리가 한창 바쁜 때였다.

동물 마을 시장이 흰 수염을 근엄하게 꼬며 말했다. "박사님, 박사님께 부탁드리고 싶은 일이 두 가지 있어요. 하나는 사람이 만든 덫에 관한 책이 있었으면 해요. 쥐덫에 관해 쥐 문자로 쓴 교과서말이에요. 우리한테는 그런 책이 필요해요. 특히 아이 세대에게는요. 이 철부지 쥐들은 몸집이 어느 정도 커지기만 하면 바로 둥지 밖으로 나가 쏘다니거든요. 바깥세상에 대해 미처 배우기도 전에 그러다가는 치즈에 혹해 덫에 걸리는 일이 생길 수도 있어요."

박사님이 말했다. "알았다. 써 주마. 여기 스터빈스가 생쥐 판형 책에 들어갈 만큼 작은 쥐덫 그림을 그릴 수 있다면 말이다."

흰쥐가 말했다. "두 배쯤 더 커도 괜찮아요. 아시겠지만 그건 교과서니까요, 그리고 우리는 쥐 클럽의 어른 회원들이 아기 쥐들에게 꼭 큰 소리로 읽어 주게 할 생각이에요. 지난 한 달 동안에만도 쥐덫 때문에 생긴 사고가 엄청나게 많았거든요. 제가 원하는 건 세상에 있는 모든 종류의 쥐덫이 나오는 책이에요. 완전한 책이어야 해요. 물론 박사님이 쓰시는 걸 저도 도와 드릴게요. 쥐의 관점에서 덫에서 무슨 냄새가 나고 또 어떻게 보이는지를 아는 유능한 전문가가 필요할 테니까 말이에요."

"말도 안 돼." 난로 옆에 앉아 흰쥐의 말을 듣고 있던 대브대브가 끼어들었다. "그럼 온 세상이 쥐투성이가 될 걸. 내 이불장에 제대로 된 쥐덫이 하나도 없는 게 얼마나 안 좋은 일인데."

"그래? 그러면 거기에 오리 덫도 있으면 넌 좋겠니?" 흰쥐가 언

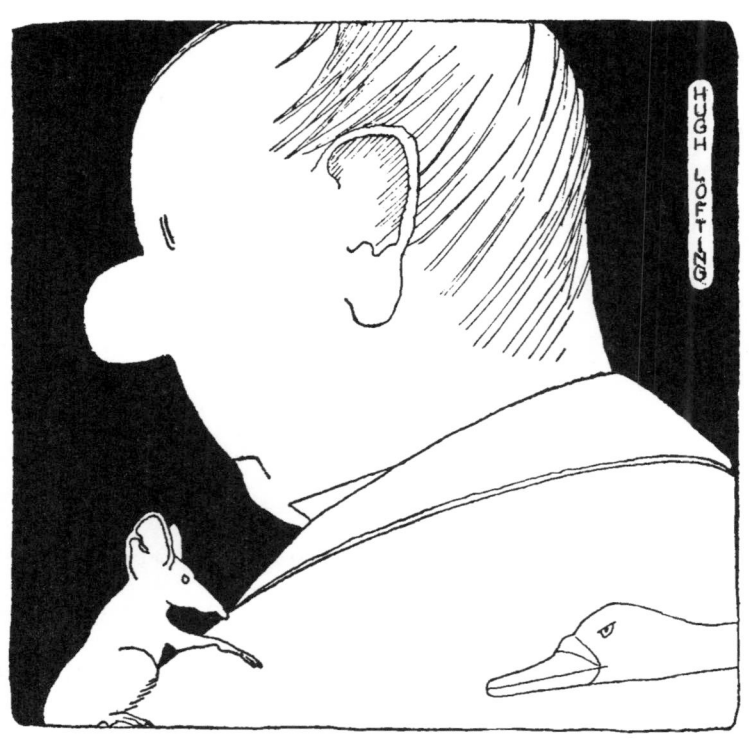

"거기에 오리 덫도 있으면 넌 좋겠니?"

짧은 모습으로 수염을 꼬며 말했다.

박사님이 물었다. "알겠다. 그런데 나한테 원하는 다른 하나는 또 뭐니?"

흰쥐가 말했다. "이것도 중요한 이야기예요. 제가 여기 온 건 위원회의 대표 자격으로 박사님과 토미를 우리의 '매월 기념 잔치'에 초대하기 위해서예요."

박사님이 혼잣말을 하듯 말했다. "매월 기념 잔치? 음. 그게 뭐지?"

흰쥐는 으쓱해 하며 말했다. "맞아요, 새로운 단어예요. 어느 나라 말이든 다른 나라 말에는 없는 특별한 단어가 있지 않나요? 그러니까 쥐 글자에도 새로운 단어 한두 개는 있어도 괜찮지 않나요? 어떻게 된 일이냐 하면, 우리 위원회가 회의를 열고 있을 때, 기차 쥐가… 기차역에서 사는 꽤 괜찮은 우리 회원인데… 기름 냄새가 좀 나기는 하지만… 아무튼 이 쥐가 회의 중에 일어나서 우리 클럽도 이제 잘 돌아가고 있으니 1주년 축하 잔치를 벌이는 게 어떻겠냐고 제안했어요."

대브대브가 난롯가에서 툴툴댔다. "맙소사, 맨날 축제면서."

흰쥐가 말을 이어갔다. "그러자 낡은 짐마차 바닥 밑에 사는 잘생긴 마차 쥐가 일어났는데, 이 친구도 우리 회원인데 런던에 관해서라면 모르는 게 없어요. 아무튼… 마차 쥐는 '1주년 잔치라면 일 년에 한 번씩이라는 말이군요. 우리 클럽은 아직 일 년이 되지 않았습니다. 게다가 우리 쥐에게 일 년은 너무 긴 시간입니다. 그래서 저는 일 년에 한 번이 아니라 한 달에 한 번씩 우리 클럽의 생일을 기념하는 매월 기념 잔치를 열 것을 제안합니다.'라고 말했어요.

그래서 긴 논의 끝에 잔치는 한 달에 한 번씩 열기로 했어요. 그리고 그걸 '매월 기념 잔치'라고 부르게 된 것이지요. 그러자 너무 가난해서 양초만 갉아먹고 사는 불쌍한 교회 쥐가 일어났는데, 이 친구도 우리 회원인데 아주 독실한 신자라서 우리한테 웃기는 노래 대신 찬송가를 부르라고 말하곤 했어요. 아무튼… 교회 쥐는 이렇게 말했어요. '아무리 멋진 잔치라 해도 그 잔치에 둘리틀 박사님이 참석하지 않으면 완전한 잔치라고 할 수 없으니 그분을 초청할 것을 위원회에 제안합니다. 쥐 사회의 복지를 위해 불철주야 노력하시는….' 이 친구는 자신이 대단한 웅변가라도 되는 것처럼 생각하는데, 제 생각에는 교회 쥐가 늘 그렇듯, 설교를 지나치게 많이 들은 것 같아요. … 아무튼 이 친구는 '불철주야 노력하시는 둘리틀 박사님의 수고가 없었다면 우리 쥐 클럽은 생겨나지 않았을 겁니다. 그래서 저는 매월 기념 잔치에 둘리틀 박사님을 초대할 것을 제안합니다. 또 둘리틀 동물원의 부원장으로서 크게 이바지한 토미 스터빈스도 함께 초대해야 한다고 생각합니다.'라고 말했어요.

이 제안은 아무런 이의 없이 통과되었어요. 박사님께 말씀을 전해 달라고 회원들이 저한테 부탁한 거고요. 잔치는 내일 저녁이에요. 복장은 특별히 신경 쓰실 필요 없어요. 그럼 참석해 주시는 걸로 알게요."

박사님이 대답했다. "물론이지. 기꺼이 참석하마. 스터빈스도
반드시 참석할 거야."

∽ 11장 ⌇

쥐 클럽

쥐 클럽은 세계 어디에서도 비슷한 예를 찾아볼 수 없을 것이다. 클럽의 건물은 처음에는 높이가 고작 80센티미터 정도였다. 하지만 클럽의 회원 수가 처음 50마리에서 300마리로, 곧이어 5천 마리로 늘어나자 건물도 따라서 커질 수밖에 없었다.

매월 기념 잔치에 박사와 내가 초대받아 갔을 때 클럽의 건물 높이는 사람의 키 정도였고, 폭도 길이도 딱 그 정도였다. 건물은 매우 특이한 방식으로 지어져 있었다. 커다란 벌집 모양이었는데, 작은 문이 많이 달려 있었다. 높이는 13층이었다. 위층으로 올라가려면 이탈리아식 건물들처럼 밖에 난 계단을 이용해야 했다. 건물 한가운데는 '총회실'이라고 불리는 커다란 공간이 있었는데, 이 방은 1층부터 14층까지 통으로 뚫려 있었다. 총회실은 보통 때

HUGH LOFTING

건물은 매우 특이한 방식으로 지어져 있었다.

는 연주회를 열거나 연극을 할 때, 혹은 회원이 모두 모여 새로운 안건을 표결하거나 생일잔치 같은 중요한 행사를 할 때 쓰였다. 전체적으로 보면 건물은 안쪽은 텅 비고 벽이 두꺼운 돔 형태였는데, 그 두꺼운 벽 안에 거실, 가구가 딸린 아파트, 식당, 위원실 등이 있었다.

물론 입구는 모두 아주 작았다. 쥐들만 통과할 수 있을 정도로. 하지만 우리처럼 특별한 손님을 맞아, 흰쥐 박사와 내가 총회실 안으로 들어갈 수 있도록 미리 오소리들에게 부탁해 건물 아래로 굴을 파 두었다.

이 굴 입구에 도착해서 보니 흰쥐와 위원들이 모여 우리를 기다리고 있었다. 그리고 건물로 올라가는 모든 문 앞에는 위대한 박사님이 도착하는 모습을 보려고 기다리는 쥐들이 장사진을 치고 있었다. 흰쥐가 클럽 회장으로서 간단한 환영사를 했고, 우리는 환영사가 끝난 다음 터널 안으로 들어갔다.

내가 말했다. "박사님, 조심해서 기어가세요. 등이 천장에 닿으면 건물 전체가 다 무너질 수도 있어요."

다행히 우리는 아무런 사고 없이 회의실에 도착했는데, 그곳은 우리 두 사람이 바짝 붙어 서 있어야 할 정도로 비좁았다. 흰쥐는 박사에게 클럽의 방들을 구경시켜 주고 싶다고 말했다. 하지만 우리가 서 있는 곳 말고는 사람이 들어갈 수 있는 큰 방이 하나도 없었기 때문에 선 채로 작은 구멍을 통해 들여다볼 수밖에 없었다. 복도를 따라 늘어서 있어서 총회실에서는 안을 볼 수 없는 방들도 있었다. 하지만 박사님이 쓰는 치과용 반사경을 가져오라고 흰쥐가 미리 나한테 귀띔해 둔 덕분에 우리는 그걸 복도 쪽으로 집어넣어 마치 치아 뒤쪽을 보듯이 방의 구석구석을 볼 수 있었다.

둘리틀 박사님은 고도의 문화를 가진 쥐들이 자신들을 위해 직접 설계하고 가구를 갖춘 방들을 매우 흥미롭게 관찰했다. 건물과 그 안의 것은 나와 범포가 약간 도와준 것 빼고는 모두 쥐들이 만든 것이었다. 그 자신이 석공이기도 한 건축 책임자가 우리 옆에 서서 건물이 작은 부분까지 하나하나 얼마나 공들여 만들어졌는지 자랑스럽게 설명해 주었다.

반사경으로 복도와 입구의 구멍을 살피던 박사님이 갑자기 흥분해서 소리쳤다.

"와우, 스터빈스 여기 와서 이것 좀 봐. 지금 이게 꿈인지 생시인지 모르겠어. 저기 아래 보이는 게 분명 사람의 얼굴이야. 이 반사경 좀 봐. 내 얼굴 같아 보이는데."

나는 반사경을 들여다보았다. 그러고는 곧 웃음을 터뜨리고 말았다.

내가 말했다. "박사님 얼굴 같아 보이는 게 아니라 박사님이에요. 박사님 얼굴이라고요. 언젠가 잃어버리신 박사님 젊은 시절 작은 초상화예요."

그때 잠시 자리를 비웠던 흰쥐가 박사 뒤에서 건물을 설계한 쥐를 꾸짖는 소리가 작게 들려왔다.

흰쥐가 화를 내며 말했다. "내가 말하지 않았나?"

흰쥐는 화를 내며 말했다. "내가 여성 휴게실이 아니라 위원실을 보여드리라고 말하지 않았나?… 돌머리 같으니라고! 이제 우리가 가진 최고의 그림을 돌려드려야 하게 생겼잖아."

박사님이 물었다. "그런데 이 초상화가 왜 여기에 있는 거니?"

흰쥐가 대답했다. "음, 딱히 우리가 도둑질을 한 건 아니에요. 감옥 쥐 생각이었어요. 우리 회원이기도 한데, 늘 감옥에 살아서 그런지 조금 양심 불량이기는 하지만 그래도 유머 감각도 있고 재미있는 이야기, 특히 범죄 이야기라면 끝도 없이 나오는 쥐예요. … 아무튼 제가 무슨 말을 하려고 하냐면 이게 다 그 녀석의 머리에서 나온 거라는 거지요. 우리는 새로 지은 위원실을 어떻게 꾸미는 게 좋을지, 어떤 가구를 놓고 어떤 장식을 할지 회의를 열었어요. 보셔서 아시겠지만, 위원실은 작은 방이기는 하지만, 어떤 의미에서는 클럽에서 가장 중요한 방이라고 할 수 있어요. 중요한 결정은 모두 여기서 이루어지니까요. 그런데 어떤 쥐가 회장 자리 뒤쪽 벽에 그림을 한 점 걸어야 한다고 제안했어요. 그러자 교회 쥐가 일어나서 말했어요. '형제 여러분, 저는 거기에다 '서로 사랑할지어다' 같은 뭔가 교훈이 될 만한 표어를 걸어야 한다고 생각합니다.' 그러자 감옥 쥐가 곧바로 반대했어요. '저는 반대합니다. 서로 사랑하는 건 굳이 내세우거나 벽에 써 놓지 않아도 할 수 있는 일이에요.' 그러자 이번에는 기차 쥐가 일어나서 말했어요. '아닙니다. 우리는 그림을 걸어야 합니다. 우리에게 그런 시시한 표어 따위는 필요 없습니다. 뭔가 즐거움을 주는 게 필요

합니다. '지하실 생활'에 나오는 만화 그림 중에 하나를 겁시다.' 그러자 감옥 쥐가 다시 일어나서 이렇게 말했어요. '가벼운 것도 좋겠지만, 만화 그림은 전혀 어울리지 않는다고 생각합니다. 우리 위원실의 위엄하고는 전혀 어울리지 않습니다. 우리가 벽에 걸어야 할 것은 우리 클럽의 창립자이신 존 둘리틀 박사님의 초상화입니다. 그리고 저는 그걸 어디서 구할 수 있는지 알고 있습니다. 위원실에 딱 맞는 크기입니다.' 결국 감옥 쥐가 그날 밤 바로 박사님 댁으로 들어가 박사님의 초상화를… 그러니까 말하자면 빌려 온 셈이에요, 그림을 다시 가지고 가실 생각이세요, 박사님?"

박사님이 웃으면서 말했다. "아니, 그러지 않을 거야. 여기가 아주 잘 어울리는 것 같아. 너희들이 이걸 여기에 두길 원한다니 오히려 영광인 걸, 기꺼이 너희 클럽에 선물할 테니 소중히 다뤄 주렴. 하지만 대브대브한테는 비밀로 하는 게 좋겠다."

흰쥐가 말했다. "그건 하나도 걱정하실 필요 없어요. 박사님, 박사님도 토미도 자리에 앉으세요. 제가 쥐들을 부를 게요. 이제나 저제나 모두 신호가 떨어지기만 기다리고 있거든요, 장소가 너무 비좁아 박사님이 자리에 앉으시고 난 다음에 들어오라고 했거든요."

박사님도 나도 몸을 구부린 채 이 비좁은 곳에 놓은 세상에서 가장 이상하게 생긴 만찬용 식탁에 간신히 앉았다. 우리가 앉은 의자는 잡종개 아파트에서 빌린 빈 비스킷 깡통이었다. 식탁은 달걀 모양이었는데 길이가 1.5미터, 너비가 1미터쯤 되었다. 식탁

기차 쥐가 일어났다.

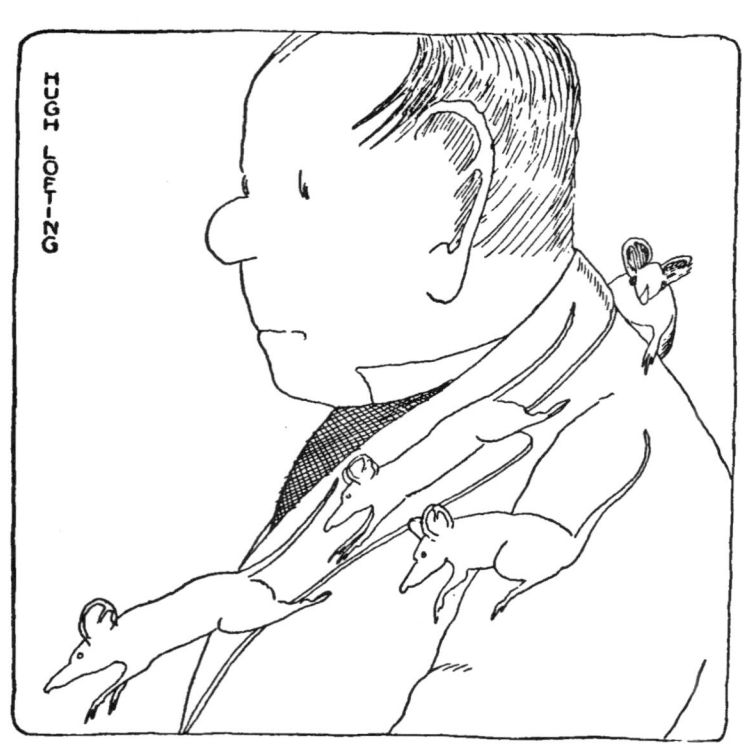

쥐들이 박사님의 몸에 올라와 옷깃을 타고 미끄러져 식탁 위로 내려갔다.

한가운데는 작은 치즈 조각, 견과류, 말린 생선 조각, 기름에 튀긴 빵부스러기, 사과 씨, 자두 씨 같은 음식이 차려져 있었고, 나머지 부분은 쥐들이 앉을 수 있도록 비어 있었다. 쥐 마을에서는 식사 할 때, 누구나 식탁 위로 올라와 앉거나 서 있을 수 있었는데, 그 건 상류 사회의 쥐들에게도 아무런 문제가 되지 않았다.

우리가 자리에 앉자 흰쥐가 어디론가 신호를 보냈고, 그러자 매 우 이상한 일이 일어났다. 수백, 수천 마리나 되는 쥐들이 사방의 구멍에서 일제히 튀어나와 신나하며 찍찍거리기 시작한 것이다.

10여 마리의 쥐가 존 둘리틀 박사님의 몸에 올라와 옷깃을 타 고 미끄러져 식탁 위로 내려가자 회장인 흰쥐가 속삭였다. "쥐들 의 실례를 용서해 주세요. 평소에도 이렇게 무례한 건 아니에요. 박사님한테서 제일 가까운 곳을 차지하려고 저러는 거니까요. 박 사님 옆에 앉는 건 정말 대단한 영광이라 자랑하고 싶어서들 그 래요. 박사님이 자리에 앉으실 때까지 기다리게 한 건 그래서였 어요. 우리 회원 전부 잔치 입장권을 샀어요, 5천 장이나요. 거기 다 마을 밖에서 온 손님들도 있고요. 그러니 혼잡하더라도 양해 해 주세요."

→ 12장 ←

매월 기념 잔치

　매월 기념 잔치는 대성공을 거두었다. 물론 박사님이나 나나 잔
치 음식을 제대로 배불리 먹었다는 말은 하지 못할 것 같다. 엄청
나게 많은 음식이 나온 것은 사실이다. 하지만 사람인 우리가 쥐
들의 잔치에서 양껏 배를 채우기는 애당초 힘든 일이었다. 그릇
이 호두 껍질로 된 것들밖에는 없어서 배불리 먹으려면 그런 작
은 그릇을 수도 없이 비워야 했기 때문이다. 마실 것도 도토리로
만든 컵에 담겨 나왔다.

　하지만 잔치가 어찌나 재미있고 특이했는지 우리는 배가 고픈
지 부른지 신경 쓸 겨를이 없었다. 무엇보다도, 우리 두 사람이 겨
우 들어갈 수 있는 방에 들어가 5천 마리나 되는 쥐와 함께 식사
한 것은 정말 색다른 경험이었다. 우리가 자리에 앉자 박사님 옆

마실 것은 도토리로 만든 컵에 담겨 나왔다.

자리를 두고 한바탕 쟁탈전이 벌어지기도 했지만, 회원들은 이내 예의 바른 모습을 되찾았다. 시중을 드는 쥐들은 두 조로 나뉘어 있었는데, 한 조는 식탁 위에서, 다른 한 조는 식탁 아래에서 대기했다. 식탁에 배치된 조는 한가운데 있는 음식을 손님 쥐들에게 나눠주었는데, 손님들은 열두 줄로 식탁 둘레를 빙 둘러싸고 있었다. 다른 한 조는 식탁 다리를 타고 오르내리며 부엌에서 총회실로 분주히 오가며 떨어진 음식을 보충했다.

"여기 사과 씨 더!" 식탁 위에 있던 대장 종업원이 큰소리로 외쳤다. 그러자 아래에 있던 종업원 두 마리가 서둘러 부엌으로 가 요리사 쥐가 달걀 껍질 한가득 담아 주는 사과 씨를 식탁으로 가져 왔다. 모든 일은 빈틈없이 척척 진행되었다. 주방 쥐들은 쉴 틈없이 일했다. 한 마리 쥐가 먹는 음식은 양이 얼마 되지 않았지만, 5천 마리나 되는 쥐를 접대하는 일은 결코 쉬운 일이 아니었기 때문이다.

위층 문 앞에는 쥐들로 구성된 작은 합주단이 잔치 내내 곡을 연주했다. 악기는 전부 쥐들이 직접 발명한 것으로, 크기와 모양이 다 다른 북, 호두 껍데기에 끈을 달아 만든 하프 등이 있었다. 어떤 쥐는 지푸라기를 플루트처럼 불었다. 쥐들의 음악은 기괴한데다 연주 소리도 작았다. 사실은 쥐들이 어찌나 떠들어대는지 연주 소리도 거의 들리지 않았다.

마지막 코스의 식사가 끝나자 흰쥐가 식탁을 두드리며 조용히 시켰다. 쥐들의 잡담이 일시에 멈추었고, 호두껍질 그릇과 도토리

컵을 치우는 소리가 들리자 몇몇 쥐들이 쉿쉿 소리를 냈다. 주방으로 통하는 문에 설거지 소리가 새어 나오지 않도록 바나나 껍질이 드리워지자, 쥐 클럽 초대 회장이자 쥐 마을의 시장인 흰쥐가 위엄에 찬 표정으로 헛기침을 한 차례 한 후 식후 연설을 시작했다.

나중에 나는 내가 속기술을 배우지 않은 걸 후회했다. 그랬다면 흰쥐의 연설을 한마디도 빼먹지 않고 받아적어 두었을 것이기 때문이다. 흰쥐의 연설은 지금까지 내가 들은 연설 중에서 가장 훌륭한 연설이었다.

흰쥐는 박사님을 잔치에 초대하게 되어 기쁘다며 위원회를 대표해 감사 인사를 하는 걸로 연설을 시작했다. 그런 다음 쥐들을 향해 몸을 돌려 존 둘리틀 박사님이 쥐들의 문명을 발전시키기 위해 어떤 노력을 하셨는지를 간략하게 소개한 후 앞으로도 쥐들을 위해 애써 주실 것을 부탁했다.

흰쥐가 말했다. "존 둘리틀 박사님의 노고를 통해 우리 쥐 클럽이 쥐 사회에 전반적으로 가져온 발전, 조직과 문화에 대해 듣더라도 대다수의 사람은 절대 믿지 않을 것입니다. (여기저기서 '옳소, 옳소!' 소리가 터져 나왔다.) 바로 지금이야말로 우리 위대한 쥐 종족이 과연 무엇을 할 수 있는지를 세상에 알려줄 역사상 최초의 기회입니다. (흰쥐는 작은 주먹으로 식탁을 두드리며 점점 더 열정적으로 웅변했다.) 지금까지 우리 쥐들의 삶은 어떠했습니까?" 흰쥐가 물었다. "우리의 일상은 왜 늘 쫓겨 다니고 먹이가 되고… 도망 다니고, 숨는 일로 점철되어만 했습니까? 하지만 이제 박사님

"흰쥐가 말했다. "존 둘리틀 박사님이…""

의 선견지명 덕분에 여기 동물 마을의 우리 쥐들은 개나 고양이나 덫에 대한 걱정 따위를 잊고 다른 것을 생각할 수 있는 여유가 생겼습니다. 여러분에게 묻겠습니다. 그 결과 우리는 무엇을 얻었습니까?

이 대목에서 회장이 말을 멈추고 하얀 수염을 꼬자, 연설에 푹 빠져 있던 청중들은 숨죽인 채 앉아 회장의 다음 말을 기다렸다.

잠시 후, 흰쥐는 총회실 주위의 높은 벽을 가리키며 말을 이어 갔다. "바로 이것, 쥐 클럽이라는 위대한 기관입니다. 여러분이 받게 된 교육, 그리고 여러분의 아이들이 받게 된 교육입니다. 우리가 갖게 된 새로운 문명 모두, 이 모든 혜택이 다 둘리틀 박사님이 우리 마을의 쥐들이 그동안 우리가 끊임없이 겪어온 불안에서 벗어나 편안한 평화와 진정한 자유를 누릴 수 있게 해 주신 덕분입니다. 저는 앞으로… 확신합니다. 그리고 그건 여러분도 마찬가지일 것입니다. 우리 쥐들의 문명이 적어도 인간과 같은 수준에 다다르리라 기대합니다. 그때가 되면 세계 곳곳에 우리 쥐들의 도시가 생길 것이고, 우리 쥐들의 철도가 놓일 것이며, 우리 쥐들의 증기선 항로도, 그리고 대학과 그랜드 오페라도 생길 것입니다. 저는 오늘 밤 이 자리를 빛내주신 둘리틀 박사님께, 그리고 박사님이 우리 쥐들의 행복을 위해 애써주신 노고에 대해 감사의 인사를 드릴 것을 제안드립니다."

회장의 연설이 끝나자 객석이 엄청나게 소란해졌다. 5천 마리나 되는 쥐들이 모두 자리에서 일어나 환성을 지르고 손을 흔들며 연사의 말에 동의를 표한 것이다. 자신에게 열렬히 감사를 표하는 쥐들을 본 박사의 얼굴에 감동의 빛이 역력하게 드러났다.

환호성이 가라앉자, 이제 초대 손님이 답사할 차례였다. 박사님은 클럽 건물이 무너지지 않도록 극도로 조심스럽게 일어나 짧은 답사를 했고, 이번에도 박수갈채가 쏟아졌다.

이어서 각각의 쥐들을 소개받는 순서가 마련되었다. 물론 클럽 회원 중에 박사가 개별적으로 아는 쥐들도 많이 있었다. 하지만 박사님이 아직 한 번도 만난 적이 없는 수백 마리의 쥐들이 자신들도 박사님에게 소개되어야 한다고 강력하게 요구했다.

박사님에게 소개된 쥐 중에는 재미있는 쥐들도 꽤 있었다. 감옥 쥐, 교회 쥐, 기차 쥐, 마차 쥐처럼 흰쥐가 이미 박사님께 말했던 쥐들이 먼저 소개되었다. 하지만 그들 말고도 더 많은 쥐가 소개되었다. 이 쥐들이 항상 클럽에서 사는 것은 아니었다. 어떤 쥐들은 일주일에 두세 번 저녁때 찾아왔다가 한밤중이 되면 자기 집으로 돌아갔다. 그리고 전국적으로 자자한 이 클럽의 명성을 듣고 아주 멀리서 일부러 찾아온 쥐들도 있었다.

그 중에는 박물관 쥐도 있었다. 이 쥐는 런던의 박물관에 살고 있는데 이날 밤 잔치에 참석하려고 일부러 이곳까지 달려온 것이었다. 그 때문에 기차 쥐는 박물관 쥐를 퍼들비 근처 마을까지 오는 화물 열차에 태워 주었다. 이 박물관 쥐는 자연학 지식이 상당히 풍부했고 자연학을 연구하는 학자들이 요즘 어떤 동물을 박제로 만들고 있는지도 잘 알고 있었다. 둘리틀 박사님은 이 쥐가 런던에

감옥 쥐와 교회 쥐

서 가지고 온 소식에 깊은 관심을 보였다.

동물원 쥐도 있었다. 이 쥐도 이날 밤 잔치를 위해 런던에서 달려왔다. 동물원에 사는 이 쥐는 가끔씩 사자가 자고 있을 때 사자 우리로 숨어 들어가 고기를 훔쳐 먹은 적이 있다고 자랑했다. 그밖에도 찻집 쥐, 화산 쥐, 냉장고 쥐가 있었는데 냉장고 쥐는 늘 추운 곳에서 살기 때문에 털이 매우 길었다. 그리고 선박 쥐도 있었는데, 이 쥐는 카나리아 섬에서 박사님의 배가 썩었다는 사실을 알려준 바로 그 검은 쥐였다. 녀석은 이제는 불안한 선박 생활에서 벗어나 쥐 클럽에서 여생을 편안하게 보낼 생각이라고 말했다. 또 병원 쥐, 극장 쥐 같은 여러 쥐가 있었다.

쥐가 워낙 많았기 때문에 박사님은 각각 한두 마디 이야기를 나누는 것으로 만족할 수밖에 없었다. 하지만 회장 쥐가 쥐들을 한 마리씩 데리고 나와 박사에게 짧게 소개하는 모습과 그 쥐들의 삶에 얽힌 이야기를 들으며 나는 쥐 사회가 그 어떤 인간 사회에도 뒤질 것이 없다는 사실을 알게 되었다.

→ 13장 ←

호텔 쥐

회원 소개가 거의 끝나 갈 무렵, 나는 박사님이 동물의 얼굴을 너무나 정확하게 기억하는 걸 보고 깜짝 놀랐다. (자주 있는 일이긴 했다.) 존경스러운 눈길로 자신만을 쳐다보고 있는 들쥐와 생쥐 수천 마리를 앞에 두고 박사님은 갑자기 그중 한 마리를 콕 집어 가리키더니 흰쥐에게 속삭였다.

"저기 있는 들쥐가 누구지? 왼발로 코를 긁고 있는 쥐 말이야."

흰쥐가 말했다. "호텔 쥐예요. 저 쥐랑 이야기해 보고 싶으세요?"

박사님이 자길 가리킨 것을 알아챈 문제의 그 쥐는 박사님이 자신을 알아본 걸 대단한 영광으로 여기며 어느새 앞으로 나와 있었다.

박사님이 말했다. "얼굴이 아주 낯익구나. 전에 어디서 본 것 같은데." "맞아요. 거의 반쯤 죽은 상태로 박사님을 찾아간 적이 있어요. 기억하시나 보네요? 4년쯤 전이었어요. 제 두 형이 박사님을 아침 6시에 깨워야 했죠. 중상이었거든요. 그때 전 의식도 거의 없었어요."

박사님이 말했다. "아, 그랬지. 이제 기억난다. 그 다음 날 내가 잠에서 깨기도 전에 가 버렸지. 그래서 너랑 얘기할 기회도 없었구. 그런데 왜 그렇게 심하게 다쳐서 왔던 거니?"

그 쥐는 마치 그때를 회상이라도 하는 듯 아련한 눈빛을 하고 말했다. "무거운 쌍둥이가 탄 유모차에 치였어요. 그런 일이 있었죠… 하지만 아주 긴 이야기예요."

박사님이 말했다. "듣고 싶구나. 밥 먹고 난 다음이야말로 이야기를 듣기에 딱 좋은 때지."

호텔 쥐가 말했다. "그렇다면 말씀드릴게요. 하지만 다른 쥐들이 어떻게 생각할지…"

그러자 모든 쥐가 호텔 쥐에게 이야기해 보라면서 편안하게 자세를 잡았다. 쥐들은 원래 이야기를 좋아했고, 호텔 쥐의 경험담이 꽤 재미있을 것 같았기 때문이다. 그 호텔 쥐가 이야기를 시작했다.

"제가 호텔 생활을 시작한 건 5년 전 일이었어요. 호텔에 사는 것이 위험하다고 생각되기도 하지만, 제가 볼 때는 어느 곳이나 마찬가지인 것 같아요. 자기가 사는 곳이 고향이니까요. 그리

박사님이 말했다. "얼굴이 아주 낯익구나."

고 저는 많은 사람이 드나들고 변화가 많은 생활을 좋아하거든
요. 저와 두 형은 그다지 멀지 않은 어느 시골 마을의 낡은 호텔을
찾아냈어요. 그곳은 음식도 꽤 맛있어서 우리는 그곳에서 살기로
했지요. 그 호텔에는 커다란 지하실이 있었는데 먹을 게 지천이
었죠. 안마당에 있는 마구간으로 가면 귀리가, 식당 바닥엔 치즈
와 빵 부스러기가 흩어져 있었어요. 거기에는 우리 말고도 쥐 한
마리가 더 살고 있었는데, 약간 특이한 친구였어요. 그러니까…
그래요. 보통 쥐와는 많이 달랐어요. 보통 쥐들은 이 쥐를 따돌리
면서 함께 살지 않으려고 했지요. 그런데 한번은 이 쥐가 개에게
쫓길 때 우연히 제가 목숨을 구해 준 적이 있어요. 그때부터 이 쥐
가 저를 따라다녔어요. 이 쥐의 이름은 '흘끔이'였어요. 눈이 하나
밖에 없었어요.

흘끔이는 달리기를 정말 잘했어요. 다른 쥐들은 달리기할 때 흘
끔이가 속임수를 쓴다고 말했어요. 하지만 저는 그런 나쁜 평가
를 하나도 믿지 않았어요. 정말 바람처럼 그리고 번개처럼 빨랐
기 때문에 속임수 같은 건 쓸 필요가 없었으니까요. 그런 짓 하지
않고도 누구든 쉽게 이길 수 있었어요. 아무튼 녀석이 우리랑 같
이 살고 싶다고 말했을 때 저는 스놉 형에게 이렇게 말했어요. 참,
제 형들 이름은 스놉하고 스닙이에요. … 아무튼 '흘끔이는 좋은
점이 많은 친구야. 한번 소문이 나쁘게 나면 쥐들은 좋은 건 아무
것도 믿지 않고 나쁜 것만 믿잖아. 흘끔이는 불쌍하게도 모두에
게 왕따를 당하고 있어. 같이 살게 해 주자.'고 말했어요.

스놉 형이 말했어요. '그렇게 하면 친구들이 전부 우리도 따돌릴 걸. 게다가 얘는 정말로 험악하게 생겼잖아. 눈도 하나뿐인 데다 뭔가 구린 구석도 있어 보이고, 물론 나는 다른 쥐들 말에는 신경 쓰지 않아. 스냅, 얘를 우리랑 함께 살게 하고 싶다면 마음대로 해. 물론 나는 다른 쥐들의 생각에 신경 쓰지 않아. 동료들이 따돌리는 걸 무서워하는 게 아니야. 그래, 스냅, 이 친구랑 함께 살고 싶다면 그렇게 하자.' 참, 스냅은 가족들이 날 부르는 별명이에요.

이렇게 해서 흘끔이는 시골의 작고 오래된 호텔에서 우리랑 함께 살게 되었어요. 여러분도 나중에 아시게 되겠지만, 녀석이랑 함께 살게 된 건 제게는 아주 잘된 일이었어요. 그런데 흘끔이랑 저 사이에는 결코 의견일치를 할 수 없는 게 하나 있었어요. 흘끔이는 철학자 같은 구석이 있었어요. 늘 이렇게 말하곤 했어요. '너 자신을 믿어라. 네 머리를 믿어라. 이게 내 좌우명이야.' 하지만 전 좋은 구멍이 절 가장 잘 지켜 줄 거라고 믿고 있었어요. 여러분도 아시겠지만 호텔 주변에는 온갖 위험이 도사리고 있어요. 개도 몇 마리 있고, 고양이가 적어도 두세 마리는 있고, 항상 사람이 오가니까요. 절 위해 제가 직접 만든 구멍은 제가 살아 본 구멍 중에서 최고로 멋지고 아늑한 구멍이었어요. 이 구멍을 형들과 함께 사용했는데 문은 하나밖에 없었어요. 구멍은 부엌 굴뚝 뒤쪽에 있었기 때문에 화로 때문에 주변 벽돌이 항상 따뜻하게 데워져 있었어요. 겨울밤 잠을 자기에 더할 나위 없이 좋은 곳이었죠.

저는 흘끔이에게 이런 말을 하곤 했어요. '흘끔아. 나는 내 구멍

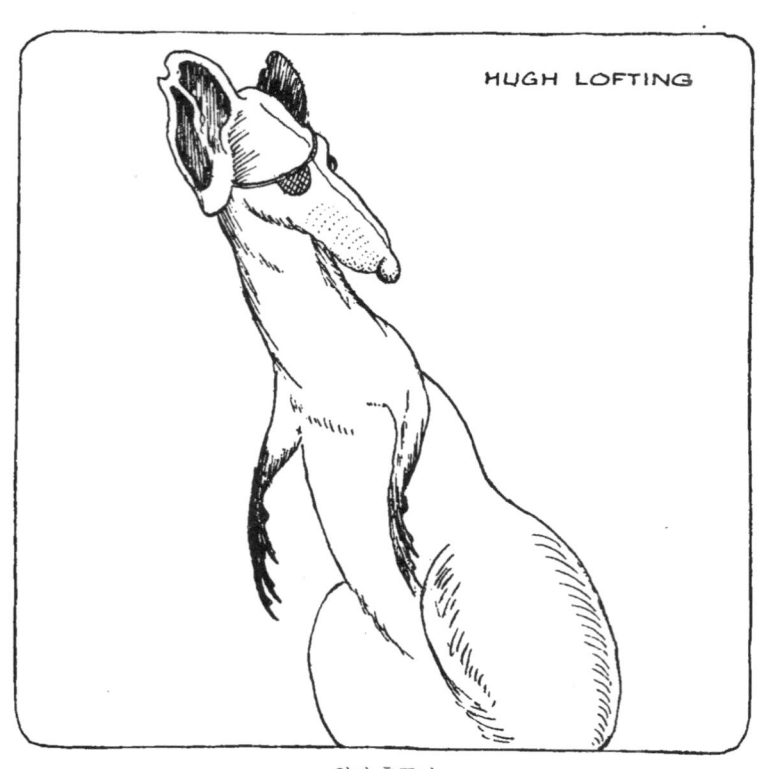

HUGH LOFTING

왕따 흘끔이

으로 돌아오면 늘 안심이 돼. 내 편안한 이 집 안에 있으면 밖에서 무슨 일이 벌어지건 신경 쓸 일이 하나도 없거든.'

그러면 홀끔이는 하나밖에 없는 눈을 흘겨보듯 깜박이며 나를 바라봤어요.

'그건 익숙하기 때문일 뿐이야. 네가 그곳에 대해서 무엇이든지 알고 있고, 또 그 모든 것이 마음에 들기 때문일 뿐이라고. 하지만 그 구멍이 가장 안전한 곳이라고는 말할 수 없어.'

내가 말했죠. '그렇지 않아. 구멍 안은 내 친구 같은 곳이야. 나를 지켜 주는 친구 같은 곳.'

홀끔이가 말했어요. '말도 안 돼. 자기 자신은 스스로 지켜야 하는 거야. 아무리 훌륭한 곳이라 해도 너를 지켜 주지는 못해. 나 자신을 믿고 자기 머리에 의지해야 해. 이게 내 좌우명이야.'

그때 호텔에는 고양이가 두 마리 살고 있었어요. 하지만 휴게실 난로 옆에서 조는 게 대체로 녀석들의 일상이었어요. 그리고 하루에 두 번 밥을 먹었어요. 물론 우리 호텔 쥐들은 녀석들의 습관이나 하루일과를 줄줄이 꿰고 있었어요. 녀석들은 너무 뚱뚱하고 게을렀기 때문에 사실 우리는 전혀 무서워하지 않았어요. 그런데 한 달에 한 번쯤 녀석들도 둘이서 함께 쥐 사냥을 했어요, 우리가 녀석들의 습관을 잘 알고 있는 것처럼 녀석들도 우리 쥐구멍을 잘 알고 있었어요.

그러던 어느 날, 녀석들에게 악마가 찾아왔는지, 사흘 동안이나 계속 사냥을 했어요. 망을 보던 쥐가 녀석들이 출정에 나섰다는 걸 우리에게 알려줬어요. 호텔에는 고양이와 개, 사람이 사방에 깔려있기 때문에 우리는 밤낮으로 보초를 세워 두어야 했거든요. 고양이가 일단 쥐 사냥을 시작하면 우린 어떤 쥐구멍이라도 좋으니 그곳에서 멀리 떨어져 있지 않아야 해요. 하지만 앞에서도 말씀드렸듯이, 저는 오로지 제 구멍만을 믿고 있었어요. 다른 구멍을 절대로 믿지 않았어요. 언젠가 개를 피해 낯선 구멍으로 뛰어들어 갔는데, 그 안에 있는 족제비한테 하마터면 죽을 뻔한 적이 있거든요. 그건 그렇고, 이야기를 계속할게요. 그날 오후 늦게 집으로 돌아오자 고양이 두 마리가 굴 앞에 있었어요. 한 마리는 구멍을 지키고 있었고, 다른 한 마리는 저를 향해 달려들었어요. 저는 당황하지 않았어요. 고양이에게 쫓겨 본 적이 수도 없이 많았거든요. 하지만 두 마리에게 동시에 쫓긴 적은 없었어요. 제 구멍 안으로 들어갈 가능성은 없었어요, 그래서 길 쪽으로 열려 있는 창문으로 뛰어나갔어요.

호텔 쥐는 잠깐 이야기를 멈추더니 예의 바르게 앞발로 입을 가리고는 헛기침을 했다. 한편 듣고 있던 다른 쥐들도 다들 고양이에게 쫓기던 아슬아슬한 일을 당한 경험이 있었기 때문에 기대에 한껏 부푼 채 상체를 앞으로 내밀고 이야기가 계속되길 기다렸어요.

호텔 쥐는 말을 이어 갔다. "하지만 저는 운이 없었어요. 창문밖으로 뛰어나갔는데 하필이면 지나가던 유모차 바퀴 아래에 떨어졌던 거죠. 유모차 바퀴가 사정없이 제 몸 위를 지나갔어요. 그

"길 쪽으로 열려 있는 창문으로 뛰어나갔어요."

순간 저는 많이 다쳤다는 사실을 깨달았어요. '어머 이게 뭐야, 쥐 잖아!' 유모차를 끌고 가던 여자는 비명을 지르며 쌍둥이가 타고 있는 유모차를 밀면서 서둘러 도망쳤어요. 그때 저는 고양이가 제게 덤벼들 거라 생각하고 삶을 포기했어요. 그땐 두 뒷다리를 아예 움직일 수 없었기에 전 거북이처럼 앞발로 기어갈 수밖에 없었거든요.

하지만 제 운이 완전히 끝나버린 건 아니었어요. 고양이들이 제게 덤벼들려는 바로 그 순간, 이런 소란을 우연히 목격한 개 한 마리가 전속력으로 달려온 거예요. 그 개는 나는 거들떠보지도 않았어요. 녀석은 고양이 두 마리를 쫓아 시속 60킬로로 내달렸어요.

하지만 제 고생은 그걸로 충분하지 않았나 봐요. 뭐가 잘못되었는지는 알 수 없었지만, 엄청난 고통이 찾아왔어요. 언제 적에게 잡힐지 모른다는 생각을 하며 전 조금씩 조금씩 창문 쪽으로 몸을 질질 끌고 갔어요. 운이 좋았는지 그 창문은 길바닥하고 같은 높이의 지하실 창문이었어요. 그렇지 않았다면 저는 결코 그 창문을 통과할 수 없었을 거예요. 창문은 제가 다친 곳에서 고작 1미터도 떨어지지 않은 가까운 곳에 있었지만, 그 짧은 거리가 얼마나 길게 느껴지던지 그때의 고통을 저는 결코 잊을 수 없을 거예요.

그사이 저는 이런 말을 수도 없이 되뇌었어요. '구멍이야! 저기까지만 가면, 무사할 거야. 저 녀석들이 돌아오기 전에 가야 해.'"

~ 14장 ~

왕따 쥐

호텔 쥐가 이야기를 계속했다. "저는 초주검이 되어서 간신히 구멍까지 갈 수 있었고, 도착하자마자 정신을 잃고 구멍 바닥에 쓰러졌어요.

정신을 차리고 보니 흘끔이가 몸을 굽힌 채 나를 내려다보고 있었어요.

흘끔이가 눈물을 글썽이며 말했어요. '스냅, 여긴 네 철학 따위가 들어맞는 곳이 아니야.'

제가 물었어요. '도대체 나한테 무슨 일이 생긴 거야? 어디가 부러진 거야?'

흘끔이가 대답했어요. '뒷다리가 둘 다 부러졌어. 퍼들비에 사시는 둘리틀 박사님께 널 데리고 가야 해. 이젠 네 구멍도 아무 소

"흘끔이가 몸을 굽힌 채 나를 내려다보고 있었어요."

용 없으니까.'

스닙 형하고 스놉 형도 거기 있었어요. 세 마리 쥐가 머리를 맞대고 저를 박사님 댁으로 데려갈 방법을 궁리했어요. 그런 다음 그들은 어디선가 낡은 구두 한 짝을 구해 와서는 그걸 들것, 더 정확히는 구급 썰매로 쓸 거라고 말했어요. 날 그 구두 안에 태워 끌고 갈 거라고 했어요."

박사님이 물었다. "설마 퍼들비까지 계속 끌고 왔단 말은 아니겠지?"

호텔 쥐가 말했다. "아니에요. 그때 마을 쥐들이 호텔 밖을 정찰하고 있었어요. 그들은 제가 다쳤다는 소식을 듣고 조언을 해주는 등 할 수 있는 한 저를 도와주려고 애썼어요. 양배추를 실은 짐마차 한 대가 거리에 있는 여관 앞마당에 서 있는 걸 발견했어요. 그 마차는 아침에 퍼들비로 갈 예정이었어요. 그들의 생각은 저를 구두 구급차에 태워 마당까지 끌고 간 다음 마차에 실린 양배추에 숨겨 퍼들비까지 가 박사님 댁에 데려간다는 거였어요.

모든 준비가 끝나자 그들은 저를 구두에 태웠어요. 그런데 그때 구멍 입구 쪽에서 흘끔이가 심한 욕설을 지껄이며 뛰어왔어요.

'우린 아직 갈 수 없어. 그 무서운 고양이들이 돌아와 구멍 밖에서 지키고 있어. 놈들은 입구가 하나뿐이라는 걸 아주 잘 알고 있어. 나도 하마터면 놈들 발 사이로 곧장 걸어갈 뻔했다고. 우린 함정에 갇힌 거야! 이제 밖으로 나갈 수 없게 됐어.'

우리는 구멍 안에서 기다릴 수밖에 없었어요. 다리의 상태는 점점 더 나빠졌고, 열도 극도로 심해졌어요. 이 와중에도 흘끔이는 자기 자신을 믿어야 한다는 말만 계속해댔지만 그건 오히려 제 짜증만 더 키울 뿐이었어요.

흘끔이가 말했어요. '이제 알겠지? 좋은 구멍이 어떻다구? 우린 여기서 나가고 싶어도 나갈 수 없다구. 네 머리를 믿어라. 이게 내 좌우명이야.'

저는 소리쳤어요. '조용히 좀 해! 난 열이 나서 머리가 터질 것 같다구. 차가운 물로 머리나 적셔 줘. 저기 구석에 가면 물이 좀 있을 테니까.'

중상을 입은 제게 흘끔이가 보여 준 태도는 그다지 기분 좋은 것이 아니었어요. 하지만 결국 흘끔이는 제 목숨을 구해 주었지요. 더구나 그 때문에 하마터면 자기 목숨을 잃을 뻔했어요. 그날 고양이들은 해가 저물었는데도 구멍 앞을 지키고 있었어요. 저는 의식이 가물가물해져 갔고 의식이 있을 때조차도 열이 너무 높아서 정신을 차릴 수가 없었어요.

그러자 흘끔이가 형들에게 말했어요. '이제 방법은 한 가지밖에 없어요. 고양이들은 앞으로 이틀쯤 더 버티고 있을지도 몰라요. 그렇게 되면 스냅은 죽어요. 어떻게 해서든 빨리 둘리틀 박사님께 데리고 가야 해요. 스냅은 전에 내 목숨을 구해 주었던 적이 있어요. 이번에는 내가 그 은혜를 갚을 차례예요. 내가 고양이들을 따돌리겠어요.'

형들이 소리쳤어요. '뭐? 고양이들을 따돌리겠다고?'

"형들은 저를 태운 구두 구급차를 끌고 갔어요."

흘끔이가 한쪽 눈을 깜빡이면서 말했어요. '그래요, 저는 이 나라에서 다리가 가장 빠른 쥐예요. 이 일은 나 말곤 아무도 할 수 없어요. 형들은 구멍 앞까지 구두를 끌고 가세요. 지금은 시간이 늦었기 때문에 거리에 사람이 없을 거예요. 제가 마을을 돌아다니면서 고양이들을 따돌릴게요. 그 사이에 스냅을 짐마차에 실으세요. 짐마차는 새벽에 출발하니까요.'

형들이 말했어요. '명심해, 고양이가 두 마리란 걸. 조심해야 해. 네가 잡히면 박사님 댁으로 스냅을 데리고 갈 쥐가 괜스레 한 마리만 줄어드는 거니까.'

형들은 저를 태운 구두 구급차를 구멍 입구 쪽으로 10센티쯤 끌고 갔어요. 그러자 외눈박이 왕따이자 달리기 명수이자 믿음직한 친구인 흘끔이가 입구 쪽으로 갔어요. 창문으로 들어오는 가로등 불빛이 구멍 안까지 들어오자 흘끔이의 험악한 얼굴이 비쳤어요. 구멍 밖에 있는 야수 같은 고양이들의 그림자도 보였고요. 악마처럼 끈질기게 기다리는…

정말로 숨 막히는 순간이었어요. 흘끔이는 승부사 기질을 타고났어요. 전 녀석이 승산이라곤 전혀 없는 쪽에 내기를 거는 걸 본 적이 있어요. 그저 재미 삼아 말이에요. 그래서 전 어쩌면 녀석이 이 위험천만한 상황을 오히려 즐기고 있을지도 모른다고 생각했어요.

흘끔이는 엉덩이를 움찔거리면서 드디어 출발 준비를 마쳤어요. 지금까지 한 번도 경험해 본 적 없는 새로운 도박을 하기 위한 준비였지요. 그리고 마치 총구에서 총알이 튀어나가듯 빠르게 구멍 밖으로 뛰어나갔어요. 그와 동시에 우리는 두 마리 고양이가 뛰어나가는 소리를 들었구요.

그때부터 한 시간 동안 흘끔이는 성난 고양이 두 마리를 이리저리 데리고 다니면서 숨바꼭질을 했어요. 쥐로서는 가장 위험한 도박을 한 것이지요.

처음에 흘끔이는 전속력으로 거리를 달렸어요. 흘끔이는 어디에서 멈추고 어디로 도망을 치면서 어떻게 장난해야 할지 처음부터 잘 알고 있었던 거예요.

호텔 근처 집 뒤에 작은 마당이 있었지요. 그 마당에는 오리를 기르는 작은 연못이 있었는데 그 연못에 골판지 상자가 떠 있었어요. 흘끔이는 두 마리의 고양이를 그곳까지 끌고 가 골판지 상자를 디딤돌 삼아 연못을 뛰어넘었어요. 바로 뒤에서 흘끔이를 쫓던 두 고양이 가운데 한 마리가 골판지 위로 뛰어올랐다가 물에 빠졌지요. 그 바람에 흘끔이를 쫓는 걸 멈추고 아침까지 열심히 털을 말렸어요.

하지만 나머지 한 마리는 자기가 쫓고 있는 쥐가 영리하다는 걸 알고는 함부로 덤벼들지 않았어요. 흘끔이는 그나마 시간이라도 끌 수 있게 있게 되었으니 그게 어디냐고 생각했지요. 흘끔이는 고양이가 가까이 다가오면 쥐구멍 안으로 뛰어들어 갔어요. 일부러 시간을 많이 끈 거예요. 고양이가 밖에서 기다리는 동안 한숨 돌린 다음 고양이가 포기하고 돌아가려 마음먹을 때쯤 되면

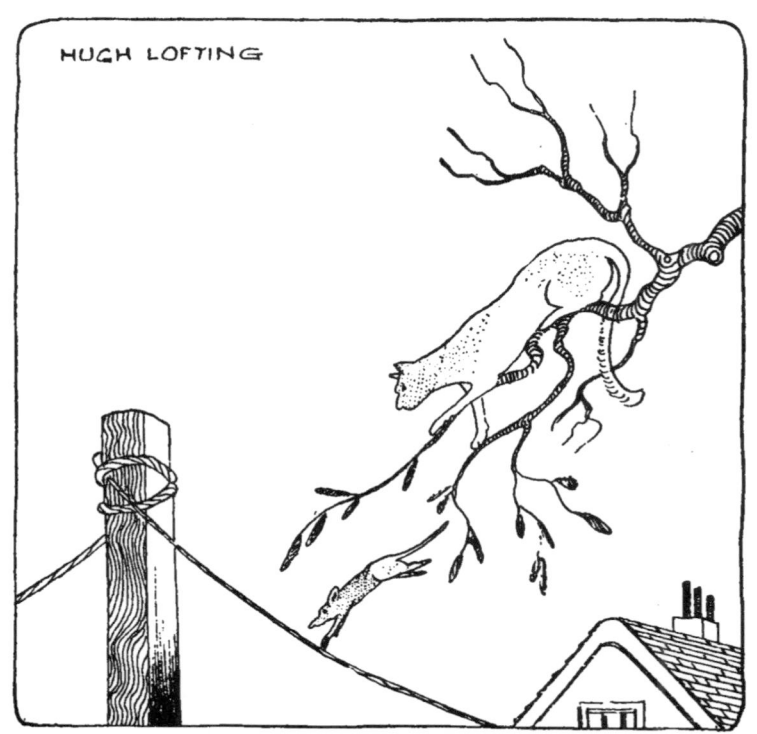

"흘끔이는 나뭇가지 끝으로 가 빨랫줄 쪽으로 몸을 날렸어요."

다시 쥐구멍 밖으로 나와서 도망을 쳤지요.

홀끔이는 온 마을을 뛰어다녔어요. 지하실로도 내려가고 지붕 위로도 올라갔지요. 아찔할 정도로 높은 담 위에 올라가 달리기도 했어요. 심지어는 나무 위로 올라갔다가 위쪽 나뭇가지에서 고양이한테 잡힐 뻔하기도 했어요. 하지만 홀끔이는 나뭇가지 끝으로 가 빨랫줄 쪽으로 몸을 날렸어요. 녀석은 거기서 고양이를 놀려대며 쫓아올 테면 쫓아와 보라고 약을 올리기까지 했어요.

한편, 스님 형과 스놉 형은 저를 태운 구두 구급차를 끌고 거리를 느릿느릿 지나갔어요. 이런 끔찍한 여행은 처음이었어요. 저는 두 번이나 도랑 안으로 굴러떨어졌어요. 어찌어찌 여관 마당에 도착하자 형들은 저를 짐마차에 태운 다음 양배추 사이에 숨겼어요. 짐마차는 새벽에 출발했어요, 당장이라도 죽을 것처럼 아팠어요! 양배추가 실린 짐마차는 다행히 옥슨소프 거리를 지나 퍼들비로 들어섰어요. 덕분에 저는 박사님 댁 바로 앞에서 내릴 수 있었어요. 조금만 늦었어도 저는 죽었을 거예요. 왕따 홀끔이가 아니었다면 이야기는 완전히 달라졌을 거예요. 스님 형은 서둘러 우리 쥐구멍으로 돌아가, 홀끔이를… 혹시라도 제 목숨을 구하려다 자기 목숨을 잃은 게 아닐지 걱정하며 몇 시간 동안이나 홀끔이를 초조하게 기다렸어요, 형들은 홀끔이가 비록 다른 쥐들에게 왕따는 당하고 있지만 사실은 영웅이라는 걸 알게 되었어요. 아침 8시쯤 홀끔이가 지푸라기를 씹으며 어슬렁어슬렁 돌아왔어요… 마치 시골로 휴가가 하루 재밌게 놀다 온 것처럼 말이죠.

  이제 전 흘끔이가 옳았다고 생각해요. 결국 여러분은 여러분의
머리를 믿어야 해요. 그리고 여러분 자신도…

↣ 15장 ↢

화산 쥐

호텔 쥐의 모험 이야기를 듣고 그 자리에 있던 쥐들이 각자 자신들의 경험을 떠올렸다. 청중이 많다 보면 그런 경우가 종종 생기기도 한다. 아무튼 호텔 쥐의 이야기가 끝나자마자 쥐들이 서로 자신의 감상을 이야기하기 시작하는 바람에 주위가 소란스러워졌다.

박사님이 흰쥐에게 말했다. "너희 쥐들은 우리 인간보다 더 조마조마하고 흥미진진한 삶을 살고 있구나."

흰쥐가 말했다. "예, 아마 그럴 거예요. 여기 모여 있는 회원들 대부분 그런 모험담 한두 가지쯤은 가지고 있어요. 일주일쯤 전에 화산 쥐가 들려준 이야기도 정말 신기했어요."

박사님이 말했다. "쥐들의 경험담을 더 듣고 싶구나. 하지만 이

제 돌아가야 할 시간이 된 것 같아. 너무 늦었어."

흰쥐가 말했다. "다른 날 저녁때 또 들르셔도 괜찮아요. 저녁엔 항상 회원들이 많이 모이거든요. 저는 전부터 박사님이나 토미가 우리 회원들의 경험담을 책으로 엮어 주면 좋겠다는 생각을 하고 있었어요. 말하자면 '쥐 클럽 이야기'라는 제목으로요."

우리 이야기를 듣고 있던 많은 쥐가 이 제안에 자기도 참여하겠다고 나섰다. 그들은 자신의 경험담이 클럽의 모험 책에 실리기를 진심으로 바라고 있었다. 우리는 다음 날 저녁때 다시 와서 화산 쥐의 이야기를 듣기로 하고 헤어졌다. 하지만 나는 쥐들의 이야기를 한마디 한마디 다 그대로 받아 적는다는 게 보통 일이 아닐 거라는 걸 알고 있었다. 흰쥐는 쥐들에게 될 수 있으면 천천히 또렷하게 이야기하라고 미리 말해 두겠다고 했다. 그 말을 들은 나는 박사님(당연히 박사님은 쥐의 말을 나보다 훨씬 잘 안다.)이 도와주면 어떻게든 해 낼 수 있을 거란 자신감이 생겼다. 나는 이 일을 반드시 해 내고 싶었다. 그건 이 책이 동물문학의 한 획을 긋는 책이 될 거라는 걸 알고 있기 때문이었다.

쥐들은 우리가 이 계획에 찬성했다는 걸 알고 매우 기뻐했다. 곧바로 다음 일주일 동안 이야기할 쥐들을 정해 게시판에 이름을 적었다. 이윽고 박사와 나는 조심스럽게 자리에서 일어나 밖으로 나왔다. 그동안 쥐들은 내일 밤도 모두 모이자는 약속을 했다.

다음 날 저녁 많은 청중이 모인 가운데 떠나갈 듯한 쥐 클럽 회원들의 박수를 받으며 화산 쥐가 일어났다. 그 쥐에게서는 이국

흰쥐가 말했다. "다른 날 저녁때 또 들르셔도 괜찮아요."

분위기가 느껴졌다. 다른 쥐들과 색깔도 같았고 크기도 같았지만 왠지 모르게 다른 나라 쥐 같았다. 화산 쥐의 눈은 반짝반짝 빛났고 동작도 빨랐다. 하지만 그 쥐가 이젠 젊지 않다는 것을 쉽게 알 수 있었다. 그 쥐에게서는 밝은 분위기와 세상의 모든 풍파를 겪은 것 같은 풍부한 연륜이 함께 느껴졌다.

화산 쥐는 흰쥐에게 가볍게 고개 숙여 인사하고 나서 이야기를 시작했다. "회장님은 어젯밤 존 둘리틀 박사님 덕분에 쥐 클럽이 만들어졌고, 우리 쥐 사회가 얼마나 발전되었는지 설명해 주셨습니다. 저는 오늘 밤, 전에도 그런 때가 있었다는 것에 대해서 말씀드리려고 합니다. 아마 이런 예는 다시 없을 것입니다. 그때 우리 쥐 종족은 높은 수준의 세련된 문화를 가지고 있었습니다.

오래전에 전 화산 중턱에 살고 있었습니다. 물론 그곳은 사화산이었습니다. 산 중턱에는 마을이 두세 개 있었습니다. 저는 산에 대해서라면 구석구석 모르는 게 하나도 없었습니다. 꼭대기에 있는 분화구를 탐사한 적도 몇 번 있었답니다. 그곳에는 스펀지처럼 구멍이 송송 뚫린 바위로 된 엄청나게 크고 신비로운 분지가 있었는데, 땅속 저 깊은 곳까지 커다란 균열이 나 있었습니다. 균열이 가서 생긴 그 틈새에 가만히 귀를 기울이다 보면 여러분은 저 깊숙한 곳에서 천둥처럼 들려오는 신비한 소리를 들을 수 있을 겁니다.

세 번째로 분화구에 올라갔을 때는 제 냄새를 맡고 근처 포도밭에서부터 따라오는 개에게 쫓기고 있었습니다. 그래서 저는 밤

"산 중턱에는 마을이 두세 개 있었습니다."

새도록 분화구에 숨어 있었습니다. 그때 땅속에서 들리는 묘한 소리가 마음에 걸렸습니다. 사람들이 웅성거리는 소리와도 비슷했죠. 아침이 되어 저는 아주 늙은 쥐 한 마리를 만나게 되었습니다. 그 쥐는 늘 분화구에 사는 것 같았는데 저는 이 마음씨 좋은 할아버지와 곧 친해졌습니다. 할아버지 쥐는 저를 분화구 여기저기로 데리고 다니면서 동굴, 김이 피어오르는 호수 등 여러 곳을 구경시켜 주었습니다. 나중에 알게 되었는데 할아버지 쥐는 분화구의 갈라진 틈 안에서 살고 있었습니다.

제가 물었습니다. '음식은 어떻게 구하세요?'

할아버지 쥐가 대답했습니다. '도토리를 먹어. 산에서 조금만 내려가면 떡갈나무가 있지. 가을이 되면 그 도토리들을 주워다 저장해 두는 거야. 작은 계곡도 있기 때문에 물 걱정할 필요도 없지. 얼마든지 편안히 살 수 있어.'

제가 말했습니다. '다람쥐 같아요. 겨울을 날 준비를 하다니 말이에요. 하지만 왜 굳이 이런 곳에서 사시는 거지요?'

할아버지 쥐가 말했습니다. '글쎄다, 사실 나는 이제 늙어서 몸이 약해. 예전처럼 달릴 수도 없기 때문에 마을에 살면 개나 고양이에게 붙잡힐 것이 뻔하지. 하지만 그 녀석들은 분화구 가까이에는 오지 않아. 묘한 소리가 들리는 이 분화구에 악마가 살고 있다는 미신을 믿고 있거든.'

저는 이 할아버지 쥐와 이틀을 함께 보냈습니다. 번잡하고 시끄러운 도시에 살던 제게는 기분 전환의 기회가 되었습니다. 분화구는 생각에 잠겨 앉아 있기에 더없이 좋은 곳이었습니다. 저녁이 되면 우리는 분화구 가장자리에 웅크리고 앉아, 멀리 저 아래쪽에 반짝거리는 도시의 불빛과 그 너머 펼쳐져 있는 바다와 안개 낀 암청색 수평선을 바라보았습니다.

저는 할아버지 쥐에게 이런 곳에서 홀로 살면 외롭지 않냐고 물어보았습니다.

할아버지가 말했습니다. '가끔은 그렇지. 대신 여기선 안심하고 살 수 있어. 저 아래서는 절대 그럴 수 없잖아.'

때때로 땅속에서 들려오는 소리가 커지면 할아버지 쥐는 틈새로 들어가 귀를 기울였습니다. 저는 왜 그러느냐고 물었습니다. 할아버지 쥐는 처음에는 미소만 띠고 대답하지 않다가 제가 다시 묻자 이렇게 대답했습니다.

'분화하려는 건 아닌지 알아보는 거야.'

제가 물었습니다. '분화요? 그게 뭔데요?'

할아버지 쥐가 말했습니다. '화산이 폭발하는 것 말이야. 이 화산은 너무 오랫동안 잠만 자고 있거든. 나는 소리를 들으면 화산이 폭발하려는 것인지 아닌지 알 수 있단다. 이런, 왜 그렇게 웃니?' 그 말에 내가 웃음을 터뜨리자 할아버지 쥐가 물었습니다. 그리고 말을 이어 갔습니다. '거짓말이 아니야. 나는 이 화산이 폭발하는 걸 미리 알 수 있어. 땅속 소리가 가르쳐 주거든.'

물론 저는 할아버지 쥐의 말을 믿지 않았습니다. 그리고 이 외로운 할아버지 쥐와 헤어져 마을로 돌아왔습니다.

"우리는 분화구 가장자리에 웅크리고 앉아 있었습니다."

얼마 후, 마을 사람들이 새로운 종류의 고양이들을 잔뜩 데리고 왔습니다. 쥐들이 너무 많이 늘어나자 우릴 몰아낼 생각을 한 겁니다. 그 고양이들은 정말 무서운 녀석들이었습니다. 놈들은 전혀 쉬지 않고, 밤이고 낮이고 우리를 쫓아다녔습니다. 더구나 수가 너무 많아서 우리는 도저히 마을에서 살 수 없었습니다.

고양이들에게 목숨을 잃는 동료들의 수가 늘어나자 어느 날 밤 우리 마을의 지도자들은 낡은 지하실에 모여 앞으로의 대책을 의논했습니다. 몇몇 제안이 나오기는 했지만 별 도움이 되지 않았습니다. 그때 제 머리에 할아버지 쥐가 평화롭게 사는 분화구가 떠올랐습니다. 저는 분화구에 가면 고양이나 개에게 시달리지 않고 살 수 있으니 그곳으로 가 살자고 제안했습니다. 제 제안을 탐탁지 않게 여기는 쥐들도 몇 있었습니다. 하지만 이것저것 따질 상황이 아니었습니다. 결국 다음날 새벽에 마을 저 너머 새로운 주거지로 제가 모두를 안내해 간다고 만장일치로 의견을 모았습니다."

→ 16장 ←

땅속에서 들리는 소리

화산 쥐는 계속 말을 이어 갔다. "다음 날 엄청나게 많은 쥐가 그 마을을 떠났습니다. 산꼭대기에 사는 할아버지 쥐는 망을 보고 있다가 깜짝 놀랐어요. 수천 마리나 되는 쥐들이 산등성이를 올라와 자신의 외로운 삶에 동참하자고 나섰으니 놀라는 것도 무리는 아니었습니다.

다행히 아직 가을이 끝나지 않았던 때라 떡갈나무 숲에는 도토리가 많이 남아 있었습니다. 우리는 도토리를 주워 땅속 작은 구멍에 저장했습니다. 분화구 안에는 그런 방 같은 구멍이 무수히 뚫려 있었거든요.

무사히 안전한 장소로 데리고 왔다는 이유로 쥐들은 저를 지도자로 떠받들었습니다. 하지만 이사의 흥분이 가라앉자 여기저기

152

"다음 날 엄청나게 많은 쥐가 마을을 떠났습니다."

서 불평이 터져 나왔습니다. 어떤 일이건 불평은 늘 따라붙게 마련이니까요.

자기 자신이 똑똑하다고 믿는 젊은 쥐들이 다른 쥐들을 모아놓고 불만에 가득 찬 연설을 했습니다. 그들은 제가 전보다 더 안 좋은 곳으로 자신들을 데려왔다고 말했습니다. 그들은 자신들의 문명이 진보하기는커녕 퇴보했다고 주장했습니다. 도토리나 모으면서 사는 다람쥐나 매한가지 신세가 되었다는 거였습니다. 마을에서 살면 늘 위험에 맞닥뜨리기는 하지만 그래도 시끌벅적한 삶의 재미는 느낄 수 있다는 거였습니다. 매일 똑같은 음식만 먹지 않아도 되고, 원하기만 하면 둥지를 비단으로 꾸밀 수도 있고, 아니 적어도 비단이 어디 있는지 정도는 알 수 있다는 등 온갖 불만이 다 터져 나왔습니다.

이 불평분자들의 연설을 들은 쥐들이 제게 어찌나 반감을 갖게 되었는지 한동안은 군중들에게 목숨을 잃을 뻔한 일도 많이 겪었습니다. 저는 말이 별로 없는 편입니다. 하지만 그때는 저도 목숨을 지키기 위해 연설을 할 수밖에 없었습니다. 저는 모든 쥐에게 지금 우리의 생활이야말로 옛 조상들의 생활과 똑같은 것이며, 우리에게 어울리는 생활이라고 설명해 주었습니다. '노아의 홍수 이후 우리 쥐들은 이렇게 검소하게 살아왔습니다. 그런데 사람들이 모여들고 마을이 생기자 쥐들은 지하실이나 식당에서 화려한 생활을 하고 싶어졌습니다. 원래 우리 쥐들은 곡식과 나무 열매를 꺾으며 살던 참을성 있는 농부였는데 건방진 생각에 휩싸인 나머지 빵 부스러기나 치즈 등을 훔쳐 먹는 게으름뱅이가 되어 버린 것입니다. 저는 여러분에게 건강하고 떳떳한 생활을 할 기회를 준 것입니다. 그런데 여러분은 건방진 젊은 쥐의 연설을 듣고 사람에게 빌붙어서 음식이나 얻어먹는 치사한 쥐로 돌아가려 하고 있습니다. 좋습니다, 그런 생각을 하고 있다면 지금 당장에라도 돌아가십시오. 벼룩처럼 치사하게 살아가려는 그런 쥐는 필요 없습니다. 그리고 앞으로 제게 다시 지도자가 되어 달라는 부탁을 하지 마십시오. 저는 결코 그 부탁을 받아들이지 않을 것입니다.' 저는 매우 화가 나 있었습니다.

그런데 아무래도 저는 그 쥐들의 지도자가 될 운명이었던 것 같습니다. 물론 전 지도자가 될 생각은 없었습니다. 정치 따위에는 흥미도 관심도 없었으니까요. 하지만 제 연설이 끝나자 박수 갈채가 터져 나왔습니다. 모두 완전히 제 편이 되었던 겁니다. 그때 할아버지 쥐가 제 등 뒤로 달려와 속삭였습니다.

'화산이 폭발해. 땅속 소리가 가르쳐 주었어. 빨리 모두 도망쳐야 해.'

저도 처음에는 할아버지 쥐의 말을 믿지 않았습니다. 지금도 할아버지 쥐가 어떻게 화산이 폭발한다는 것을 미리 알 수 있었는지 전 모릅니다. 어쨌든 우물쭈물할 시간이 없었습니다. 다른 쥐들을 생각해야 했기 때문입니다. 그래서 저는 다시 한 번 연설을 시작했습니다.

'여러분! 이 산은 위험합니다. 지금 폭발하려 하고 있습니다. 모

두 피하십시오. 한시라도 빨리 도망쳐야 합니다.'

쥐들이 모두 자리에서 일어나 소리쳤습니다. '우리를 이끌어 주십시오. 어디든지 따라가겠습니다. 우리 모두 당신을 믿고 있습니다. 당신은 우리가 믿을 수 있는 지도자입니다.'

이어서 소동이 벌어졌습니다. 짧은 시간 안에 쥐 수천 마리를 이끌고 산에서 내려가야 했기 때문입니다. 우리가 떠나기 시작했을 때는 이미 날이 어두웠고, 길도 좁아서 매우 위험했습니다. 하지만 간신히 도망칠 수 있었습니다. 여섯 마리 쥐에게 부탁해서 할아버지 쥐도 모셔야 했습니다. 할아버지 쥐는 빨리 달릴 수 없었기 때문입니다.

우리는 밤새도록 달렸습니다. 우리를 쫓아낸 마을 성벽을 지나 끝없이 끝없이 계속 계곡 쪽으로 달려갔습니다, 계곡에 다다랐을 때 이미 모두 지칠 대로 지쳐 있었지만, 그리 오래 쉴 수는 없었습니다. 저는 잠깐의 휴식만 준 후 강에 놓인 돌다리를 건너 또 다른 산비탈을 올라 우리가 처음 출발한 곳에서 30킬로가 넘게 떨어진 곳까지 계속 달리게 했습니다. 녹초가 된 저는 간신히 입을 열어 멈추라는 명령을 내렸습니다. 그 순간 화산 입이 떡 벌어지면서 엄청난 굉음과 함께 시뻘건 불이 솟구치며 어두운 밤하늘 사이로 바윗덩어리가 날아다니기 시작했습니다.

산이 그렇게 화를 내는 모습을 저는 그때까지 한 번도 본 적이 없었습니다. 새빨갛게 녹은 바위가 산비탈을 따라 흘러내리면서 모든 것을 태워 버렸습니다. 계곡 너머 한참 떨어진 곳에서 그 모

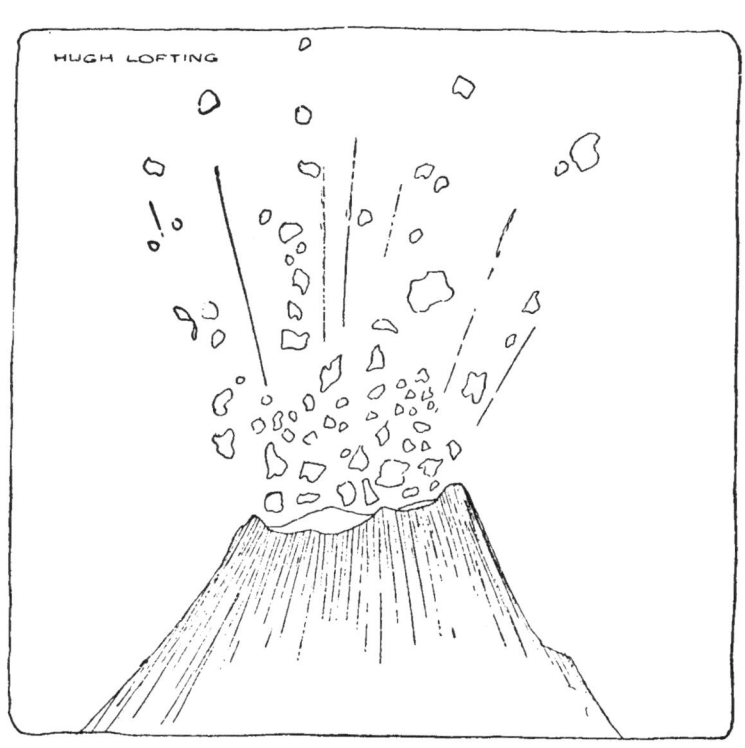
"화산 입이 떡 벌어지면서 엄청난 굉음 소리가 났습니다."

습을 지켜보던 우리 주위까지 화산재가 날아왔습니다.

다음 날이 되자 불은 꺼졌고 한 줄기의 연기만 정상에서 피어오를 뿐이었습니다. 화산 아래 있던 마을들은 흔적도 없이 사라져 버렸습니다. 우리를 쫓아낸 마을도 완전히 사라졌습니다.

우리는 새로운 산에서 살기 시작했고 몇 년 동안은 평화롭게 살 수 있었습니다. 저는 모든 쥐를 위험에서 구해 주었기 때문에 제 뜻과는 상관없이 모두의 지도자가 되었습니다.

얼마간의 시간이 흐른 후, 우리는 '제2차 대이주'가 성공했음을 선포했습니다. 하지만 세상만사가 늘 그렇듯 이번에도 나는 우리가 또 이주할 수밖에 없을 거라고 예감했습니다. 이번의 골칫거리는 족제비였습니다. 갑자기 근처에 족제비가 떼로 몰려와 쥐와 토끼와 여타 동물들에게 싸움을 걸어온 것입니다. 저는 이번에는 또 어디로 가야 할지 고민에 빠졌습니다. 그동안 저는 계곡 너머 우리가 살던 산을 살펴보곤 했습니다. 할아버지 쥐는 그 화산이 앞으로 50년 동안은 다시 폭발하지 않는다고 제게 자신 있게 말한 적이 있습니다. 저는 화산이 폭발하는 걸 전에 할아버지 쥐가 맞췄으니 이번에도 맞을 거라고 생각했습니다. 어느 날 저는 계곡을 건너가 화산을 살펴보고 오기로 마음먹었습니다. 그리고 혼자 출발했습니다.

그곳은 매우 황폐한 모습이었습니다. 포도밭이나 올리브 숲, 딸기나무로 덮여 있던 아름다운 산등성이는 재투성이 황무지로 바뀌었고, 햇살을 받아 뜨겁게 달궈져 있었습니다. 저는 천천히 산

"이번의 골칫거리는 족제비였습니다."

을 올라가 전에 마을이 있었다고 생각되는 곳에 도착했습니다. 땅속에 묻혀 버린 마을 건물들이 어떻게 변했을지 궁금해졌습니다.

전 이곳저곳을 돌아다니다가 용암으로 구멍이 뚫려 있는 곳을 찾아냈고 그 구멍으로 들어갔습니다. 이미 몇 년이나 지난 뒤였기 때문에 모든 것이 차갑게 식어 있었습니다. 밖이 몹시 더웠던 탓에 시원한 땅속으로 들어가자 기분이 상쾌했습니다. 저는 곧바로 지하 탐험을 시작했습니다.

저는 아래로 아래로 계속 파내려 갔습니다. 쉽게 팔 수 있는 곳도 있었고 그렇지 않은 곳도 있었습니다. 화산재와 용암을 헤치고 들어가자 마침내 그 아래에 묻혀 있는 마을이 나타났습니다.

마을을 돌아다니다 저는 하마터면 울 뻔했습니다. 골목 하나하나, 건물의 돌 하나하나가 모두 새록새록 떠올랐기 때문입니다. 아무것도 변한 것이 없었다. 비처럼 쏟아져 내린 불이 이 마을의 모든 생명을 앗아갔지만, 도시 그 자체는 지하에 평화롭게 잠들어 있었다.

저는 큰소리로 외쳤습니다. '그래, 여기로 우리 쥐들을 데려오는 거야. 우리를 쫓아낸 바로 이 마을로. 드디어 우리 쥐들만의 도시를 갖게 되는 거야!'"

≁ 17장 ≁

쥐 공화국

화산 쥐의 목소리가 약간 갈라진 것을 느낀 흰쥐는 클럽 종업원에게 물을 가지고 오라고 손짓했다. 물은 금방 준비되었다.

화산 쥐는 가볍게 머리를 숙여 회장에게 감사 표시를 한 다음, 컵에 든 물을 한 모금 마시고 다시 말을 이어갔다.

"산으로 돌아온 저는 쥐들을 전부 불러 모아 세 번째 이사할 때가 되었다고 말했습니다. 우리가 이사 갈 곳을 말하자, 여느 때와 마찬가지로 많은 쥐가 불평을 쏟아냈습니다. 이미 한 번 도망쳐 나온 곳으로 다시 가야 한다는 말을 들었으니 그럴 만도 했습니다.

제가 말했습니다. '잠시 기다려 주십시오. 몇 년 전에도 여러분은 제가 여러분의 문명을 퇴보시켜 우리의 생활을 다람쥐 수준으로 떨어뜨렸다고 불평하신 적이 있습니다. 하지만 저는 이제 여러분이 지금까지 상상조차 해 보시지 못했을 수준으로 우리의 문명을 발전시킬 기회를 여러분에게 드리려고 합니다. 조금만 인내해 주십시오.'

저는 어둠을 방패 삼아 다시 쥐들을 전부 데리고 계곡을 건넌후, 화산 활동을 멈춘 산으로 올라갔습니다. 제가 땅을 팔 곳을 가르쳐 주자 쥐들은 곧바로 구멍 수백 개를 팠습니다. 우리는 그 구멍들 안으로 들어갔고, 그렇게 그곳은 우리의 지하 마을이 되었습니다.

그곳을 제대로 정리하는 데는 한 달쯤 걸렸습니다. 문 앞에 쌓인 엄청난 양의 재를 치우는 대청소도 해야 했고 그것 말고도 신경 써야 할 일이 아주 많았기 때문입니다. 하지만 이 멋진 쥐들의도시를 자세히 설명하려면 한 달도 모자랄 겁니다. 사람들이 쓰던 물건은 이제 모두 우리 차지가 되었습니다. 우리는 털 이불을덮고 잤습니다. 우리는 로마인들이 만든 대리석 풀장에서 목욕했습니다. 온갖 향신료와 머릿기름이 가득한 이발소도 있었습니다.멋쟁이 숙녀 쥐들은 적어도 일주일에 두 번은 미용실에 가서 매니큐어를 받았습니다. 저녁이 되면 말쑥하게 차려입은 신사 쥐들이 거리를 어슬렁거리며 산책을 즐겼습니다. 레슬링, 수영, 권투,높이뛰기 클럽들이 생겨 대회를 열기도 했습니다. 상류층 집에는값비싼 미술품도 많았습니다. 교육과 문화의 향기가 도시 전체에넘쳐났습니다.

물론 화산이 폭발했을 때 마을에 남아 있던 음식은 대부분 불

"멋쟁이 숙녀 쥐들은 적어도 일주일에 두 번은 미용실에 가서 매니큐어를 받았습니다."

타 버렸지만 먹을 만한 것들도 꽤 남아 있었습니다. 보리나 옥수수, 건포도, 콩 등이었습니다. 이 음식들은 처음에는 제가 맡았다가 나중에는 시의회에서 보관했습니다. 처음 몇 달은 곡식을 배급받기 위해 모든 쥐가 열심히 일했습니다. 덕분에 거리 청소와 집수리, 쓰레기 처리 등이 놀랄 만큼 훌륭하게 이루어졌습니다.

하지만 우리의 도시 생활 가운데에서 가장 흥미로운 건 정치였습니다. 안정된 쥐 마을에는 가끔 병에 걸리는 것 말고는 무서워할 것이 거의 없었으니까요. 마을은 점차 커졌습니다. 일 년이 지나갈 무렵 쥐 숫자를 조사해 보니 모두 1075만 마리나 되었습니다. 세계에서 가장 큰 쥐 도시가 만들어졌던 겁니다. 이렇게 거대한 도시가 되고 보니, 아무래도 그 규모에 맞는 정치 조직이 필요했습니다. 우리는 도시가 아닌 국가의 형태를 갖추기로 했습니다. 우리는 각각의 관청을 만들어 하원을 두었고 국가가 더 커지자 '쥐 공화국'이라고 불렀습니다. 그리고 저는 명예로운 초대 총리로 뽑혔지요.

얼마 안 있어 우리 공화국의 소문은 다른 곳에 사는 쥐들에게 퍼져 나갔고 덕분에 우리의 멋진 거리는 거의 매일 관광객들로 넘쳐났습니다. 하지만 우리 공화국의 시민이 되고 싶어 하는 쥐들이 있어도 우리는 쉽게 받아들이지 않았습니다. 우리 공화국의 시민이 되려면 엄격한 학과 시험과 신체검사를 통과해야 했습니다. 그중에서도 신체검사는 특히 엄격했습니다. 유능한 의사 쥐를 다수 배출한 우리 의과 대학의 발표에 따르면 우리가 걸리는 대

164

부분의 질병은 다른 곳에 사는 쥐들이 옮긴 것이기 때문입니다. 그래서 우리는 관광객들도 엄격한 의료 검사를 통과하지 못하면 들어올 수 없다는 법을 새로 만들었습니다. 좋은 영양 상태, 자유로운 생활, 스포츠와 체육에 대한 대중의 관심 덕분에 우리 공화국 시민들의 발육 상태는 다른 쥐들에 비해 월등히 좋았습니다. 우리 쥐들의 역사상 우리 '쥐 연합 공화국'의 충실한 일꾼들보다 더 튼튼하고 체격이 좋은 쥐들은 그 어느 시대에도 없었습니다. 거짓말처럼 들릴 수도 있겠지만, 저는 고등학교 체육부에서 몸집은 토끼만큼 크고 힘은 두 배 센 학생 쥐들을 본 적도 있습니다.

건축 기술도 날이 갈수록 발달했습니다. 용암이나 화산재가 떨어져 내리지 않도록 거리 광장 이곳저곳에는 지붕이 만들어졌습니다. 쥐들 가운데에는 집이 있는데도 구멍에서 생활하고 싶어 하는 쥐도 있었습니다.

어느 날 아침, 저는 땅을 잘 파는 유명한 쥐와 구멍을 파는 것에 관해서 이야기하고 있었습니다. 그때 제 부하 직원이 흥분한 모습으로 뛰어들어 왔습니다.

부하가 다급히 말했습니다. '드릴 말씀이 있습니다. 도로 청소국 국장이 뵙고 싶답니다. 아무래도 사람들이 찾아온 것 같은데 그 사람들은 우리나라 위쪽 땅을 파고 있답니다. 시장의 광장 지붕이 무너져서 모두 피하느라고 야단입니다.'

저는 곧바로 국장 쥐와 함께 시장의 광장으로 달려갔는데 시장은 이미 엉망이 되어 있었습니다. 곡괭이와 삽을 든 사람들이 우

HUGH LOFTING

스포츠와 체육에 대한 대중의 관심

리가 살고 있는 곳을 덮고 있는 용암과 재를 치우고 있었습니다. 그 모습을 본 저는 이제 모든 게 끝장이라고 생각했습니다. 사람들은 잃어버린 마을을 되찾아 예전처럼 그곳에서 살기 위해 되돌아왔던 겁니다.

쥐 중에는 사람들이 한번 확인만 해 보고 곧 돌아갈 거라고 생각하는 친구들도 있었지만, 저는 그렇게 생각하지 않았습니다. 역시 제 생각이 맞았습니다. 다음 날이 되자 사람들 수는 더 많아졌지요. 그들은 오두막을 세우고 천막을 친 뒤 더 열심히 땅을 팠습니다. 성질 급한 쥐들은 전쟁이라도 벌이자고 야단이었습니다. 쥐청년군으로 불리는 의용군 300만 마리가 하룻밤 만에 모였습니다. 사흘째 되는 날, 이 군대 대표가 저를 찾아와 이 정도 군대라면 수가 적은 사람들과 충분히 맞서 싸울 수 있다고 주장했습니다. 하지만 저는 이렇게 말했습니다.

'그건 안 됩니다. 이 마을은 우리나라가 되기 전에 사람들의 것이었습니다. 물론 일시적으로 사람들을 쫓아낼 수는 있을 것입니다. 하지만 그들은 고양이와 개, 족제비, 쥐약 등을 준비해서 전보다 더 강화된 병력으로 우리를 찾아올 겁니다. 그렇게 되면 결국 우리는 전멸할 수밖에 없습니다. 전쟁은 안 됩니다. 우리는 다시 이사하는 수밖에 없습니다.'

그때 제가 느낀 처절한 슬픔은 여러분도 충분히 이해할 수 있으리라 믿습니다. 저는 폐허처럼 변한 거리를 지나 집으로 돌아오고 있었습니다. 그런데 돌아오는 도중에 저는 사람들이 제 동상을 없애려는 모습을 보았습니다. 유명한 조각가 쥐가 만든 그 동상은 저의 공적을 기리기 위해 분수 근처에 세운 거였습니다. 동상 받침대에는 '쥐들의 구세주 – 위대한 지도자'라고 새겨져 있었습니다. 사람들은 글자를 해독하려고 세밀히 들여다보았습니다. 아마 제 생각에 동상은 나중에 로마 시대 유물로 여겨져 사람들의 박물관으로 옮겨진 것 같습니다. 사실 그건 뛰어난 예술품이었습니다. 내 배를 너무 크게 조각한 것만 빼면 말입니다. 아무튼 이 광경을 본 저는 이제 더 이상은 쥐들의 지도자가 되지 않기로 했습니다. 저는 사다리 맨 꼭대기까지 올라가 보았습니다. 저는 우리 쥐들의 문명을 그 어떤 시대보다도 더 높은 곳까지 끌어올렸습니다. 이제 다른 쥐가 저 대신 쥐들을 이끌 수 있도록 양보하기로 했습니다. '제4차 대이주'는 제가 없어도 될 것이라고 생각한 겁니다.

저는 조용히 집으로 돌아와 꼭 필요한 물건만 조금 챙겨서 손수건에 쌌습니다. 집을 나온 저는 한산한 거리를 지나 산을 내려왔습니다. 한때 쥐들의 가장 큰 정부, 가장 큰 제국의 총리에서 한순간에 떠돌이 방랑자 쥐 신세가 되어…"

"사람들은 글자를 해독하려고 세밀히 들여다보았습니다."

→ 18장 ←

박물관 쥐

화산 쥐의 이야기가 끝나자 잠시 묘한 적막이 흘렀다. 위대한 지도자가 자신이 이룩한 훌륭한 문화를 뒤에 두고 홀로 떠나는 장면을 머릿속에 그리다 보니 모두들 숙연해진 것이다. 이윽고 박사님이 입을 열었다.

"그런데 너희 나라의 다른 쥐들은 어떻게 됐니?"

화산 쥐가 대답했다. "그 후 한동안은 소식을 알 수 없었습니다. 전 바다로 갔습니다. 항구에 정박해 있던 배에 올라타 다른 나라로 여행을 떠났으니까요. 일 년쯤 지난 뒤 다른 쥐들한테 소식을 들었습니다. 배를 바꿔 타고 여기로 오는 중이었습니다. 그 쥐들 말로는 젊고 거친 쥐들이 결국 인간들과 전쟁을 일으켰다고 합니다. 결과는 제가 예상한 그대로였습니다. 인간과 쥐의 첫 전투에

"저는 배에 올라탔습니다."

서는 쥐들이 쉽게 이겨 적들을 산에서 쫓아냈습니다. 하지만 일주일쯤 뒤 인간들은 산탄총과 연막탄 같은 무기로 무장하고 돌아왔습니다. 훈련된 고양이, 개, 족제비도 데리고 왔다고 합니다. 쥐에 대한 끔찍한 학살이 시작되었습니다. 수백만 마리의 쥐가 학살당했습니다. 간신히 살아남은 쥐들은 공포에 사로잡혀 미친 듯이 도망쳤습니다. 지하 마을을 버리고 다른 계곡으로 도망가는 쥐들로 산비탈이 회색빛으로 물들 정도였다고 합니다. 개와 고양이들에게 목숨을 잃은 쥐들이 어찌나 많았는지 안전하게 도망간 쥐의 숫자는 정말로 적었습니다. 그나마 살아남은 쥐들도 대부분 뿔뿔이 흩어졌습니다. 그 후로는 우리 위대한 종족 어느 누구도 나라를 세울 시도를 하지 못했다고 합니다. 그렇게 쥐 공화국은 무너지고 만 겁니다."

흰쥐는 회장석에서 일어나 화산 쥐에게 감사의 말을 전한 후 회원에게 내일 저녁 그러니까 화요일인 15일에는 박물관 쥐가 이야기할 거라고 공지했다. 모임은 이것으로 끝나고 모두 집으로 돌아갔다.

다음 날 박사와 나는 저녁 8시가 되기 전에 쥐 클럽 회의실에 자리를 잡았다. 사실 박사와 나는 매우 바빴지만 박물관 쥐의 이야기를 꼭 듣고 싶었다. 박물관 쥐가 꽤 대단한 친구라는 것을 알고 있었기 때문이다. 박물관 쥐는 지금까지도 자연학에 대해 재미있는 이야기를 많이 들려주었다. 이 쥐는 몸집이 작은 대학교

172

수처럼 보였다. 작고 검은 동그란 눈에 뾰족한 코를 가진 박물관 쥐는 풍부한 지식과 재미있는 유머를 겸비하고 있었다.

박물관 쥐가 이야기를 시작했다. "저는 평생 자연사 박물관에서 살았습니다. 박물관이 제 마음에 든 가장 중요한 이유는 문을 닫은 후, 그러니까 오후 6시부터 다음 날 오전 10시까지, 그리고 일요일이라면 오후 2시까지 박물관 전체가 저만의 세상이 되기 때문이에요. 오늘 저는 주로 야야의 둥지에 대해 말씀드리려 해요. 동인도에 사는 진기한 새인 야야는 아주 특이한 둥지를 지어요. 그리고 제가 아는 한 가장 멍청한 박제사인 제러마이아 푸즐버그 교수에 대해서도 말씀드릴 거예요.

이 교수가 얼마나 어리석은지 한 가지 예를 소개하지요. 어느 날 교수는 아주 오래된 동물 뼈를 맞추고 있었어요. 그 동물은 다섯 개의 발가락을 가진 핑키두들이었어요."

그때 박사님이 상체를 내밀고 물었다. "뭐라고?"

박물관 쥐가 말했다. "아, 이름은 저도 확실히 몰라요. 어쨌든 발가락이 다섯 개인 동물이었어요. 그런데 푸즐버그 교수가 잠깐 자리를 비웠을 때 교수의 개가 오래 묵은 돼지 뼈를 입에 물고 방으로 들어갔다가 그대로 두고 나갔지요. 그때부터 교수는 어째서 뼈가 하나 남는지 이상하다며 그 돼지 뼈를 동물 뼈에 짜 맞추려고 매일 밤낮으로 노력하지 뭐예요.

저는 첫 번째 아내 사르스파릴라와 결혼한 후 함께 박물관으로 신혼 여행을 갔어요. 아내에게 박물관을 구경시켜 주었죠. 아내는

제러마이아 푸즐버그 교수

그곳에서 살고 싶다고 말했어요. 우리는 박물관을 돌아다니면서 가정을 만들 곳을 찾았지요.

아내가 말했어요. '따뜻하고 편안한 곳이어야 해요. 우리 아이들을 위해서도 그런 곳을 찾아야 해요. 춥고 찬바람 부는 곳에서 아이들을 키우는 건 좋지 않거든요.'

저는 대답했죠. '알았어요. 좋은 곳이 있어요, 따라와요.'

박물관 아래층에는 박제실이라고 불리는 좁고 긴 방이 있었어요. 그곳에서는 푸즐버그 교수가 조수와 함께 새 박제를 만들거나 식물이나 나비들 표본을 만들었어요. 그곳에서 만든 박제나 표본은 나중에 위층으로 가지고 가서 유리 상자에 넣어 사람들에게 전시했죠. 어느 박물관이나 필요 이상으로 많은 수집품과 표본들을 가지고 있어요. 우리가 살던 박물관 박제실에도 코끼리 상아부터 유리병에 들어 있는 벼룩까지 표본 종류가 아주 다양했죠. 이런 물건들 가운데에는 새 둥지도 있었어요. 대부분 나뭇가지에 매달려 있었는데 크기, 모양, 종류가 모두 달랐어요. 그런데 그 가운데 특이한 둥지가 하나 있었어요. 그게 야야의 둥지였지요. 모양은 공처럼 둥글고 출입구로 이용되는 작은 구멍이 한 개 뚫려 있었어요. 쥐구멍 정도의 크기였어요. 그곳으로 들어가면 사람 눈에 띄지 않고 편히 살 수 있었지요.

제가 그 둥지를 보여 주자 아내는 매우 기뻐했어요. 우리는 푸즐버그 교수가 박제를 만들 때 사용하고 남은 비단 조각으로 둥지 안을 부드럽고 편안하게 만들었어요. 원래 이 둥지를 만든 야야가 말털과 엉겅퀴를 이용해 푹신하게 만들어 놓긴 했지만요. 그 후 얼마 동안 우리 부부는 새로운 가정에서 평화롭고 행복하게 살았어요. 박제실이 열려 있는 동안에는 꼼짝도 하지 않고 얌전히 있었죠. 물론 푸즐버그 교수가 서투른 솜씨로 동물 박제를 만들어 조수에게 자랑스레 보여 줄 때는 웃음이 나와서 견딜 수 없었지만 말이에요.

이윽고 우리 부부 사이에 아기가 태어났어요. 아기가 태어난 뒤에야 우리는 정말 좋은 곳에 살고 있다는 사실을 깨닫게 되었지요. 둥근 벽으로 둘러싸인 새 둥지만큼 아기 쥐에게 좋은 곳은 없을 거예요. 아무 데서도 찬바람이 스며들지 않았거든요. 하지만 박물관에 살다 보니 한 가지 불편한 점은 있었어요. 그건 식사할 때마다 밖으로 나가야 한다는 것이죠. 사실 박물관에는 먹을 게 아무것도 없거든요. 밀랍 같은 것은 있었어요. 하지만 푸즐버그 교수는 박제 재료에 벌레가 달라붙지 않게 하는 독한 약품을 사용했기 때문에 도저히 먹을 수 없었어요. 물론 건물 문이 모두 닫혀 있어도 쥐가 드나드는 데 어려움이 없어요. 하지만 날씨가 나쁠 때도 뭔가 먹으러 반드시 나가야 한다는 건 아주 성가신 일이었어요. 갓난아기까지 생겨서 보통 문제가 아니었지요.

아내와 저는 번갈아 밖으로 나가 먹을 것을 구해 왔고, 남은 쪽은 아기를 돌보았어요. 음식을 찾으러 멀리까지 가야 하는 때도 있었는데, 그런 때는 가져온 빵 부스러기를 박물관 복도에 모아 두었다가 한꺼번에 박제실로 옮겨야 했어요. 그런데 어느 날 밤,

176

"저는 조심스럽게 바깥을 엿보았어요."

먹을 것을 찾느라 밤늦게까지 돌아오지 못했죠. 집에 도착했을 때는 이미 날이 밝을 무렵이었어요. 저는 완전히 지쳐 있었어요. 하지만 아이들이 칭얼거리고 울어 대서 도저히 잠을 잘 수 없었어요. 그날 저녁 아내가 먹을 것을 찾으러 나갔는데, 아내가 나간지 얼마 지나지 않아 아이들이 조용해졌어요. 밤새도록 한숨도 자지 못했던 저는 곧바로 깊은 잠에 빠져 버렸죠.

잠에서 깨어나 보니 둥지 입구에 난 구멍을 통해 햇빛이 들어오고 있었어요. 저는 너무 오래 잤다고 생각했어요. 제 기억에는 햇빛이 이렇게 둥지까지 직접 들어온 적이 지금까지 단 한 번도 없었어요. 저는 자리에서 일어나 조심스럽게 바깥을 엿보았어요.

저는 제 눈을 믿을 수 없었어요. 우리 둥지가 박제실에 있는 게 아니었어요! 박물관 중앙 전시실의 유리 상자 안에 들어 있었던 거예요. 주위에는 먼지투성이 선반들 위로 온갖 둥지 표본들이 나뭇가지와 지지대 위에 진열되어 있었어요. 우리 집은 사방이 막힌 유리 상자 안에 갇혀 관람객들에게 공개되었어요. 그리고 우리 집을 여기다 가져다 놓은 얼뜨기 푸즐버그 교수가 유리 상자 밖에 서서 아이들 둘을 데리고 박물관 관람을 온 한 여성에게 자신의 작품을 자랑하고 있었어요!"

19장

푸즐버그 교수의 걸작

박물관 쥐는 한숨을 내쉬고 나서 말을 이어 갔다. "그때 제가 어떤 기분이었는지는 여러분도 짐작하실 수 있을 거예요. 저와 아이들 전부가 유리 상자 안에 꼼짝없이 갇힌 거예요. 저는 푸즐버그 교수가 뚱보 부인과 함께 자리를 뜨고 난 다음에도 감히 밖으로 나갈 엄두조차 내지 못했어요. 다른 관람객 두세 명이 또 들어와 상자 안을 들여다보며 구경했기 때문이에요. 아마 그보다 더 불편하고 사생활도 보장되지 않는 집은 상상조차 할 수 없을 거예요.

얼마 후 관람객도 박물관 직원도 모두 나가고 전시실이 텅 비게 되었어요. 바로 그때 아내가 혼비백산한 채 우리를 찾고 있는 모습이 보였어요. 둥지 입구에 서서 손을 흔들어 신호를 보내자

"관람객들이 항상 우리를 구경했어요."

마침내 아내가 우리를 발견했어요. 아내는 유리 상자로 달려와 이렇게 말했어요.

'여보, 아이들을 내보내요. 빨리 지금 당장이요.'

그 순간 한계가 찾아왔어요.

'여보, 그만 좀 멍청하게 좀 굴어요. 내가 일부러 둥지랑 아이들을 여기에 넣었다고 생각해요? 나더러 어떻게 내보내라는 거예요? 내가 유리를 물어뜯을 수 있는 것도 아니구.'

그러자 아내가 울먹였어요. '그래도 밥은 먹여야 하잖아요. 아침밥 줄 시간이 한참이나 지났어요.'

저는 말했어요. '아이들 아침밥이라고! 내 아침밥은? 아이들도 기다려야 해요. 박물관이 닫힐 때까지는 아무것도 할 수 없어요. 5시까지는… 그때까지는 숨어 있는 게 나을 것 같아요.'

하지만 여느 여자들처럼 아내도 합리적인 생각을 잘 못 했어요. 아내는 유리 상자 밖에서 계속 서성거리며 칭얼거리기도 하고 두 손을 비벼대기도 했어요.

아내가 울먹이며 말했어요. "거기 당신 머리 위 선반에 있는 박제 오리를 아이들한테 주면 안 될까요?"

저는 대답했어요. "말도 안 돼요. 박물관 박제 오리는 비소투성이라고. 걱정하지 말아요. 아이들도 어떻게든 5시까지는 견딜 수 있을 거예요. 나도 그렇구."

그때 만약 경비원이 들어와 숨어야만 할 상황이 되지 않았다면 아마도 아내는 온종일 바가지를 긁어댔을 거예요.

그날 나머지 시간 동안 나는 손이 빌 틈이 없었어요. 두 끼나 거른 아이들이 갑자기 귀뚜라미나 된 것처럼 야단법석을 떨었기 때문이에요. 녀석들은 둥지 밖으로 기어나가려고 발버둥을 쳤어요. 눈을 뜬 지 고작 2~3일밖에는 지나지 않았는데 말이에요. 한 대 때릴 뻔했다니까요.

아이들은 계속해서 엄마를 찾았어요 '엄마! 엄마 무슨 일 생겼어? 배고파. 엄마 어딨어? 엄마 찾으러 갈래.'

저는 아이들이 차례로 구멍에 빠지는 바람에 눈코 뜰 새가 없었어요. 녀석들은 얼마나 많은 사람이 유리 상자를 보고 있는지 따위는 신경도 쓰지 않았어요. 녀석들은 배가 고프다면서 엄마만 찾아댔어요. 정말 한심한 녀석들이었어요.

저는 경비원이 관람객들을 전시실에서 내보내고 문을 잠그는 것을 보고 그때처럼 기뻤던 적이 없었어요. 저는 제복을 갖춰 입은 이 늙은 경비원들을 모두 알고 있었어요. 이 사람들의 일상은 우스꽝스러웠어요. 재미있기도 했지만요. 그들이 하는 일 중 하나는 폭탄을 던지려는 사람들을 감시하는 거였어요, 사람들이 왜 박물관 같은 곳에 폭탄을 던지거나 폭발물을 설치하고 싶어 하는지 저는 도무지 알 수 없었어요. 하지만 그런 사람들이 실제로 있어요. 아니 있을 수도 있다고 생각해요. 경비원들이 짐을 든 관람객이 전시실에 들어오는 걸 막는 건 그 때문이에요. 그 안에 다이너마이트가 들어 있을지도 모른다고 여겨서지요.

한 나이 든 경비원은 늘 점심 도시락을 싸 와서 아무도 없을 때

"저는 제복을 갖춰 입은 이 늙은 경비원들을 모두 알고 있었어요."

코끼리 박제 뒤쪽에 가서 먹었어요. 아마도 그럴만한 이유가 있었나 봐요. 아무튼, 그 경비원이 바닥에 떨어뜨리는 부스러기는 내가 박물관 안에서 유일하게 구할 수 있는 음식이었어요. 이날 저녁 경비원이 외투를 갈아입을 때, 치즈를 넣은 빵을 싼 종이에서 빵 껍질이 조금 떨어졌어요. 저는 그날 밤 안으로 부스러기들을 손에 넣지 못하면 아침에 청소 아주머니가 치워 버릴 거란 걸 알고 있었어요. 하지만 저는 유리 감옥 안에서 배를 쫄쫄 굶으며 그 빵 부스러기들을 쳐다보기만 할 수밖에 없었는데, 바로 그때 아내가 나타나 그것들을 주워 상자 너머로 넣어 주었어요.

아내가 말했어요. '여보, 이걸 아이들에게 먹여요.'

'맙소사, 생각 좀 하고 살아요.' 저는 아내를 쏘아붙였어요. '우리가 먼저 해야 할 일은 입구, 아니 출구를 찾는 일이라구.'

아내는 말했어요. '바닥을 갉아서 구멍을 뚫어요. 간단하잖아요. 이제 보는 사람도 없으니 안심해도 돼구요. 경비원이 오려면 아직 한 시간도 넘게 남았고요.'

저는 피곤에 찌든 목소리로 말했어요. '이 상자 바닥에 함석판이 덧대져 있다는 걸 정말 모르는 거예요? 함석은 유리랑 똑같아서 이빨로 갉을 수가 없단 말이에요.'

제 말을 들은 아내는 다시 당황했어요. 이제는 모든 걸 포기한 것 같았어요.

아내가 소리쳤어요. '그럼, 아이들은 굶어 죽고 말 거예요!' 아내는 미친 듯이 다시 상자 주위를 맴돌았어요.

아내에게 뭔가를 기대하는 건 무리라고 생각한 저는 좋은 수를 찾아낼 수 있을지 주위를 둘러보았어요. 벽 이음새, 바닥, 지붕까지 상자 안을 꼼꼼히 조사하면서 어딘가 있을지 모를 약한 부분을 찾아보았어요. 우연히라도 뭔가 도움이 될 만한 것이 있을지 몰라 선반도 하나하나 살펴보았어요. 그리고 마침내 맨 위 선반에서 탈출에 도움이 될 만한 것을 발견했어요.

바로 그거였어요. 푸즐버그 교수가 수집한 새 둥지 중에 바닷새 둥지가 몇 개 있었어요. 그 둥지들은 돌 사이에 놓여 있었어요. 갈매기 같은 새들은 둥지를 그런 식으로 짓거든요. 녀석들은 바닷가에 있는 작은 돌에 바다풀이나 튼튼한 나뭇가지들을 써서 둥지를 만들어요. 이 표본을 진열할 때 푸즐버그가 아마 자기 실력 이상의 능력을 발휘한 것 거예요. 그는 바닷새들의 둥지에 어울리도록 맨 위에 있는 선반 전체를 망망대해의 섬처럼 꾸며 놓았어요. 뒤쪽 배경은 바다 그림이었는데 등대나 배 같은 것들이 그려져 있었어요. 그 앞쪽으로는 조류 박제 몇 개와 둥지가 해변의 돌들 사이에 놓여 있었구요. 돌들은 대체로 둥글었는데 크기는 제각각이었어요. 그때 든 생각이 맨 위 선반에 있는 좀 큰 돌들을 굴려 떨어뜨리면 어떻겠냐는 것이었죠. 만약 돌들이 떨어지면서 뭔가에 부딪혀 방향이 바뀌어 상자 바닥에 부딪히기만 한다면 튕겨 올라 유리창을 치고 그 충격으로 유리가 깨질지도 모른다고 생각한 거예요.

저는 곧바로 그 일을 시작했어요. 제 계획을 성공시키려면 떨어

"바닷새의 둥지가 몇 개 있었어요."

진 돌멩이가 튕겨 나가 유리에 부딪히도록 만들어야 했어요. 전 유리 상자 바닥까지 내려가 다른 둥지에서 단단한 나뭇가지들을 모아 높이 쌓았죠. 꽤 힘든 일이었어요. 새들이 만든 둥지가 워낙 튼튼했거든요. 그 때문에 푸즐버그 교수가 정성 들여 만든 작품은 엉망이 되어 버렸지요.

저는 일을 하는 동안 아이들을 돌볼 수 없었기 때문에 마음대로 돌아다니도록 내버려두었어요. 그러자 그 조그마한 녀석들은 모두 둥지에서 빠져나왔지요. 유리 상자 밖에 있는 엄마를 본 녀석들은 엄마를 따라 유리 상자 안을 맴돌며 나갈 곳을 찾았어요. 만약 이때 푸즐버그 교수가 전시실 안으로 들어왔다면 우리는 모두 목숨을 잃었을 거예요.

마침내 준비가 끝나자 저는 아이들이 돌멩이나 유리에 다치지 않도록 가장 위쪽 선반으로 보냈어요. 그리고 큰소리로 아내에게 제 계획을 이야기해 주었어요.

'잘 들어요, 아이들을 내보낼 때 당신이 도와주어야 해요, 이 녀석들은 다루기 힘드니까.'

아내가 대답했어요. '알았어요. 제가 세 녀석을 데리고 나올게요. 당신도 세 녀석을 데리고 나와요. 그리고 제발 부탁이니까, 유리 구멍을 빠져나올 때 아이들이 다치지 않도록 조심해요.'

드디어 저는 둥근 돌멩이에 어깨를 대고 떨어뜨릴 준비를 했어요. 그때 아내가 외치는 소리가 들렸어요.

'아, 안 돼요! 경비원이 와요. 빨리 아이들을 숨겨요!'

빨리 아이들을 숨기라니, 그게 쉬운 일인가요? 아이들은 숨을 생각이 전혀 없었어요. 엄마를 본 아이들은 빨리 밖으로 나갈 생각만 하고 있었는데, 갑자기 아내의 모습이 보이지 않자 미친 듯이 울어 대면서 유리 상자 안을 헤매고 다녔어요.

그렇게 힘든 순간은 지금까지 한 번도 없었답니다. 저는 두 아이를 붙잡아서 박제 뒤에 숨기고 다시 두 마리를 붙잡으러 갔는데, 그 사이에 먼저 숨겨 놓았던 아이들이 다시 박제 뒤에서 뛰어나왔어요.

다행히 그날 밤에 근무를 선 경비원은 조금 졸린 상태였는지 상자를 등불로 비춰보지는 않았어요.

경비원이 나가자 아내가 유리 상자 밖에 모습을 드러냈고 나는 다시 계획을 실행에 옮겼어요.

"쨍그렁!"

제 계획은 아무런 실수 없이 멋지게 성공했죠. 돌은 유리 상자 정면에 부딪혔고, 불도그라도 드나들 수 있을 만큼 커다란 구멍이 뚫렸어요. 아이들만 없었다면 이 모든 일이 잘 풀렸을 거예요. 하지만 유리 상자가 부서지는 요란한 소리에 놀란 아이들은 이리저리 정신없이 뛰어다녔고, 저는 아이들을 붙잡기 위해 쫓아다녀야 했어요. 그때 박물관 여기저기서 비상벨이 요란하게 울렸어요. 경비원들이 소리를 지르며 달려왔어요.

'폭탄이다! 폭탄. 이봐. 빨리 경찰을 불러. 폭탄이 터졌어!'

저는 아내에게 말했어요. '안 되겠어. 지금은 꼼짝 말고 그대로

HUGH LOFTING

"나는 다시 계획을 실행에 옮겼어요."

있는 게 좋겠어요. 가서 그 빵 부스러기 좀 가지고 와요. 소동이 진정될 때까지 일단 안에서 기다려야겠어요. 정말 말썽꾸러기 녀석들이야. 빨리 둥지에 들여보내요. 당신이 함께 있으면 아이들도 마음을 놓을 거예요. 운이 좋으면 소동이 가라앉은 뒤에 도망갈 수 있을 거예요.'

우리는 말썽꾸러기들을 간신히 둥지 안에 몰아넣을 수 있었어요. 유리가 깨지고 5분도 지나지 않아 많은 사람이 몰려왔어요. 가장 먼저 달려온 사람은 박물관 입구를 순찰하는 경찰이었는데, 그 경찰은 손에 수첩을 들고 있었어요. 그리고 소방수 여섯 명이 호스를 끌고 달려왔고 이어서 경비원 아내가 약과 붕대를 가지고 왔어요.

그들은 모두 부서진 유리 상자 앞에 서서 폭탄에 관한 이야기를 나누었어요. 경비원은 진짜 폭탄이 터진 거라고 생각했어요. 유리 상자 안에 있는 새 둥지가 모두 엉망이 된 채 나뒹구는 모습을 보며!

그들이 러시아 무정부주의자의 소행이라느니, 극동의 무정부주의자의 소행이라느니 하면서 여러 가지 이야기를 하는 동안 우리는 야야의 둥지 안에서 그 터무니없는 이야기를 듣고 있었어요.

마지막으로 그 이름도 위대한 푸즐버그 교수가 도착했어요. 경비원이 사람을 보낸 거예요. 거의 자정에 가까운 시간이라 자다 말고 온 거였어요. 교수는 자신의 걸작이 엉망진창이 되어 나뒹구는 모습을 보고 당장이라도 울음을 터뜨릴 것 같아 보였어요.

190

"그 이름도 위대한 푸즐버그 교수가 도착했어요."

극악무도한 무기의 공격을 받아 박물관 자체가 날아가 버릴 수도 있었다는 건 안중에도 없고 그저 자기가 만든 아름다운 해변 풍경이 사라진 것만 분해했어요. 교수는 엉망이 된 진열품을 다시 정돈하려 했지만, 경찰이 손대지 못하게 했어요. 우리에게는 다행스러운 일이었지요. 그는 당장에라도 파편들을 주워 모아 다시 조립하려 했지만, 정말 다행스럽게도 경찰이 막아섰습니다.

'손대지 마십시오. 교수님, 이런 폭발 장치에 함부로 손대면 안 됩니다. 조금이라도 잘못 건드리면 전보다 더 큰 폭발이 일어날 수 있기 때문입니다. 우리 경찰서에서 폭약 전문가가 올 겁니다. 그들은 폭발물을 잘 아는 전문가들이니 조사를 마친 뒤 다시 정리하십시오.'

덕분에 우리는 간신히 목숨을 건질 수 있었어요. 소방수와 경찰은 의논 끝에 아침까지 사고 현장을 그대로 놓아두기로 했어요. 아침에 경찰서에서 폭약 전문가가 오면 그들에게 조사를 맡긴다는 방침이었어요. 그리고 아침까지 모두 한숨 자기로 결정을 내렸던 거예요. 경비원은 경찰이 말한 두 번째 폭발이 걱정되어 사람들이 모두 나간 뒤에 아무도 이 방에 들어오지 못하도록 문에 자물쇠를 채웠어요.

물론 그건 우리가 바라던 바였어요. 아침에 청소 아주머니가 올 때까지 일곱 시간이나 시간 여유가 생긴 거거든요. 그 안에만 이사하면 되는 거였어요. 깨진 유리 틈으로 아이들을 빼낸 후 우리가 가장 먼저 한 일은 전시실 한가운데 앉아 늙은 경비원이 떨어

192

뜨리고 간 빵부스러기로 배를 채운 거였어요. 그런 다음 우리는 아이들을 데리고 계단을 통해 박제실로 내려갔어요. 아내가 아이들을 돌보는 사이 저는 온갖 잡동사니가 널려 있는 선반 위에서 새 보금자리가 될 만한 것을 찾았어요,

하지만 여러분 생각대로 저는 이번에는 우리가 잠든 사이에 통째로 진열될 만한 둥지 같은 걸 고를 생각은 전혀 하지 않았어요."

~ 20장 ~

감옥 쥐

    다음 날 밤 감옥 쥐가 자신의 이야기를 시작하려고 하자 박사님이 말했다. "네가 왜 감옥에서 살게 된 건지 우선 그 이유부터 알고 싶구나. 나도 감옥에 갇혀 본 경험이 있단다. 감옥은 아주 조용하고 게다가 쉬기에 딱 좋은 곳이기는 하지만 평생을 살 정도로 유쾌한 곳은 아니던데."

    감옥 쥐가 이야기를 시작했다. "네, 그래요. 사실 지금부터 말하려는 게 바로 제가 어떻게 감옥에서 살기 시작했는지에 관한 이야기예요."

    박사님이 말했다. "그렇군!" 그러자 모두 조용히 귀를 기울였다.

    감옥 쥐가 말했다. "미리 말씀드리는데…. 저는 처음에는 화실에서 살았어요. 어떤 화가의 화실에 얹혀산 거죠. 살기에 그다지 나쁜 곳이 아니었어요. 첫째, 화가 중에는 까탈스러운 사람들이 별로 없어요. 그 사람들은 쥐가 있건 없건 별로 신경을 쓰지 않아요.

둘째, 화가들은 음식을 직접 하는데, 설거지를 제대로 하는 경우가 거의 없어요. 식사하고 난 다음에 말이에요. 한다고 해도 식사 준비를 하기 전에 하지요. 그래서 항상 먹을 것이 많아요. 어떤 화실에 가든 생선 머리나 뼈다귀, 아니면 그릇 바닥에 말라붙은 소스 같은 걸 쉽게 찾을 수 있을 거예요.

저는 마치 보헤미아 예술가라도 되는 양 여러 화실을 돌아다니며 살았어요. 그러다 좀 특이한 화가의 화실에 정착하게 되었어요. 항상 혼자 지내는 걸 봐서 친구도 많아 보이지 않았고 그렇다고 딱히 친구를 만들고 싶어 하는 것 같지도 않았어요. 좀 특이한 화가였어요. 다른 화실에서는 파티를 했어요. 모여서 사이좋게 웃고 떠드는 화기애애한 분위기였어요. 하지만 이 화가는 거의 아무도 만나지 않는 거예요. 제 생각에는 아마 사랑에 실패해 절망하고 있었던 것 같아요. 물론 확실치는 않아요. 나이 든 철학자 한 사람이 어쩌다 찾아와 함께 앉아 밤늦도록 정치 이야기를 하기는 했어요.

저는 두 사람 이야기에 신경을 써 본 적이 한 번도 없었어요. 그런데 어느 날 밤, 우연히 두 사람 이야기를 듣고 저도 모르게 석탄통 뒤에 멈춰 섰어요. 저는 연습을 한 덕분에 사람 말을 잘 알아듣는 편이었거든요. 특히 몇 번씩 들은 단어는 완벽하게 이해할 수 있었어요.

"그들은 밤늦도록 정치 이야기를 했어요."

철학자가 물었어요. '마이클, 자네는 왜 고양이를 기르지 않는 건가?'

'고양이? 그런 걸 왜 기르는데요?'

화가의 대답을 듣고 저는 얼마나 기뻤는지 몰라요.

다시 철학자가 말했어요. '그럼 개라도 기르지 그래. 자네는 외톨이가 아닌가. 동물이라도 기르면서 함께 생활하면 외로움을 잊을 수 있을 거야. 혼자 지내는 건 결코 좋지 않아.'

화가가 허공을 바라보며 말했어요. '싫습니다. 친구 따위는 필요 없습니다. 그냥 혼자 지내는 게 편합니다.'

그리고 곧 재미있는 토론이 시작되었어요. 대화를 듣고 있자니 화가가 철학자보다 더 철학자 같은 생각을 하고 있었어요.

'고양이, 개, 금붕어, 카나리아… 사람들이 왜 그런 동물을 기르는지 이해할 수 없습니다. 아내를 얻는 것도 그래요. 사람은 무엇인가를 사랑하면 자유를 잃게 됩니다. 물론 저는 외톨이입니다. 하지만 그렇기 때문에 가고 싶은 곳에 마음대로 갈 수 있습니다. 만약 가족이나 사랑하는 동물이 있다면 어떻게 마음대로 돌아다닐 수 있겠습니까?'

결국 철학자도 그 말이 맞는다고 생각했어요. 그렇다고 해도 화가는 분명히 외로웠어요. 화가의 그 외로움을 보여 주는 사건이 있었거든요. 어느 날 먹을 것을 찾고 있던 저는 발이 미끄러져서 설거지대 옆에 놓여 있던 양동이 안으로 떨어졌어요. 양동이에는 물이 담겨 있지 않았기 때문에 보통 때 같으면 쉽게 뛰어나올 수 있었을 거예요. 그런데 그날은 떨어질 때 어디에 부딪혔는지 발을 삐어서 도저히 뛰어오를 수 없었어요. 게다가 양동이 안이 너무 미끄러워서 기어오를 수도 없었죠. 완전히 함정에 빠졌던 거예요.

이윽고 화가가 다가와 양동이 안에 들어 있는 저를 보았어요. 그때 저는 끝장이라고 생각했죠. 사람이 쥐에 대해 어떻게 생각하는지 잘 알고 있었거든요. 사람은 쥐를 죽이는 걸 마치 착한 일이라도 하는 것처럼 생각하잖아요? 그 화가도 처음에는 분명히 저를 죽이려 했을 거예요. 난로가 있는 데로 가서 부지깽이를 들고 왔거든요. 실제로 저를 보자마자 난로가 있는 곳으로 가서 부지깽이를 들고 왔거든요. 화가는 잔뜩 인상을 쓰고 있었어요. 하지만 그 얼굴에 곧 쓸쓸한 미소가 번졌죠.

그가 중얼거렸어요. '그래, 너도 생명이지. 너를 죽인다고 해서 내게 무슨 도움이 되겠니. 자. 나가라. 난 설거지해야 하니까.'

화가는 제가 양동이 안에서 나올 수 있도록 양동이를 옆으로 기울여 주었어요. 저는 다리를 절룩거리며 양동이 밖으로 기어나왔어요. 다리를 삐어서 빨리 걸을 수는 없었죠. 천천히 하수구 쪽으로 기어가다가 고개를 돌려 보니 화가는 뭔가 생각하는 표정으로 저를 보고 있었어요.

그가 말했어요. '맙소사! 사고가 난 거니? 자, 이걸 가지고 가서 먹으렴.'

화가는 설거지대에서 베이컨 껍질을 집어 던져 주었고, 저는 그것을 입에 물고 고맙다는 몸짓을 한 뒤 구멍 안으로 들어갔어요.

"그는 부지깽이를 들고 왔어요."

"저는 옆에 놓인 의자에 앉아 그가 그림을 그리는 모습을 구경하곤 했어요."

그 후 며칠 동안 화가는 늘 제게 신경을 쓰고 있는 것 같았어요. 그는 저를 보면 다른 사람처럼 구두를 던지거나 하는 대신 빵 부스러기나 고기 조각을 던져 주었어요. 화가는 저와 친구가 되고 싶었던 거예요. 저는 화가가 매우 외롭다는 걸 알게 되었지요. 화가는 이야기를 나눌 상대가 없었기 때문에 늘 제게 말을 걸었어요. 혼잣말로 중얼거릴 때도 잦았고요. 얼마 지나지 않아 저는 화가에 꽤 익숙해졌어요. 화실 안을 마음대로 뛰어다녀도 신경 쓰지 않는다는 걸 알게 된 저는 옆에 놓인 의자에 앉아 그가 그림을 그리는 모습을 구경하곤 했어요. 식사도 함께할 수 있을 정도가 되었죠. 화가는 양동이를 엎어서 제가 앉을 수 있도록 자리를 만들어 주었어요. 그리고 제가 어떤 음식을 좋아하는지 궁금해했어요. 화가는 저를 마키아벨리라고 불렀답니다. 왜 그렇게 부르는 건지 저는 이유를 몰랐어요. 어쩌면 마키아벨리라는 사람은 화가의 친구일지도 모른다고 생각했어요.

화가는 이런 말을 자주 했어요. '마키아벨리, 넌 정말 최고의 친구야. 내 일을 전혀 방해하지 않으니까. 내가 화실을 나가더라도 걱정하지 말아라. 이곳에서는 너 혼자서도 충분히 살아갈 수 있어. 어쨌든 네 건강을 빌게. 너는 내 가장 소중한 친구야.'

그리고 맥주잔을 들어 저를 향해서 건배했어요.

그런데 그 화실 마루 밑에는 저 말고도 쥐 두세 마리가 더 살고 있었어요. 어느 봄날 우리는 함께 소풍을 나갔어요. 사람들이 그렇듯 봄이 되면 쥐들도 밖으로 나가고 싶어지거든요. 그런데 운

나쁘게도 개에게 쫓겨서 우리는 뿔뿔이 흩어지게 되었어요. 개는 다른 두 마리를 내버려두고 저를 쫓아왔지요. 저는 꽤 멀리까지 도망가야 했어요.

사흘째 되던 날, 저는 간신히 화실로 돌아올 수 있었어요. 그리고 깜짝 놀랐죠. 화가가 사라져 버린 거예요. 저는 동료들에게 화가가 언제 어디로 갔는지 물어보았어요. 그 쥐들은 경찰이 와서 화가를 데리고 갔다는 것 외에는 아무것도 모른다고 했어요. 그들은 사람 말을 몰랐거든요. 설사 안다고 해도 저만큼은 몰랐어요. 다만 무슨 혁명에 관한 이야기를 나눈 것 같다고만 말했어요.

그때의 제 기분을 어떻게 표현해야 좋을지 모르겠군요. 화가는 늘 제가 최고의 친구라며 자기가 떠난 뒤에도 건강하게 살라고 말했어요. 어쩌면 화가는 자기가 그렇게 될 거라는 걸 미리 알고 있었는지도 몰라요. 저는 편안한 마음으로 지낼 수가 없었어요.

화가의 그림을 보면서 텅 빈 화실을 돌아다니다 보면 자꾸 울음이 터졌어요. 마침내 저는 결심했어요. 이 나라의 모든 감옥을 뒤져서라도 반드시 화가를 찾아내겠다고요.

이게 제가 감옥 쥐가 된 사연이에요."

→ 21장 ←

쥐의 순례

전 화가를 찾아다니다 신기한 곳도 여러 군데 가봤고, 이상한 친구들도 많이 알게 되었어요. 전부 합쳐 감옥을 스무 곳도 넘게 돌아다녔을 거예요. 덕분에 온갖 죄수들을 다 만났지요. 그중에는 정부에 반대하다 잡혀 온 정치범도 있었고, 소매치기, 지폐위조범, 개 도둑, 도박판 사기꾼, 친구를 죽인 살인범도 있었어요. 그런 사람들을 만나면 재미있기도 했어요. 하지만 대체로는 마음 한구석이 짠했어요.

죄수들은 하나같이 저와 친구가 되고 싶어 했어요. 사람이 감옥에 들어가면 쥐하고도 친구가 되고 싶어 한다는 걸 저는 그때 처음 알았어요. 좀 낯설기는 했어요. 감옥에 있다 보면 너무 외롭고 비참한 마음이 들어서 그런가 봐요. 그런 죄수들도 감옥에서 나

"어떤 감옥 쥐는 제게 화실로 돌아가 있어 보는 게 어떻겠냐고 충고하기도 했어요."

오면 쥐에게 돌이나 신발을 던지며 험악한 얼굴로 '야, 이 지저분한 쥐새끼들아' 하며 욕을 해댈 게 뻔하긴 하지만요. 그래도 감옥 안에서만큼은 친구를 만들려고 해요. 그래요. 감옥 안에는 친구가 없으니까요. 하지만 내 친구인 그 화가는 감옥이 아닌 곳에서도 절 친절하게 대해 주었어요. 전 그게 화가와 다른 사람의 차이점이라고 생각해요. 그래서 전 더 열심히 그 화가를 찾아야겠다고 다짐했어요.

여러 감옥을 돌아다니는 동안 저는 진짜 감옥 쥐들과도 만나게 되었어요. 그 친구들을 만날 때마다 저는 화가에 대해서 물어보았지요. 어떤 감옥 쥐는 화가를 찾는 저를 이상하다고 생각했어요. 감옥 쥐들은 대부분 이렇게 말했지요.

'내 말 잘 들어. 그 화가는 너 따위는 이미 잊어버렸어. 널 만난다고 해도 지금까지 기억할 리가 없다고. 사람은 믿을 수 없어. 특히 쥐와는 원수 사이라구.'

저는 그저 이렇게 대답할 뿐이었죠. '그 사람은 지금 난처한 처지에 놓여 있어. 그래서 찾으려는 거야. 그 사람은 곤경에 처한 날 도와주었어. 그 은혜를 잊을 수 없어.'

어떤 감옥 쥐는 제게 화실로 돌아가 누군가 그 화가랑 관계있는 사람이 올 때까지 기다려 보는 게 어떻겠냐고 충고하기도 했어요. 만약 그런 사람이 오면 그 사람 뒤를 따라가 보라는 거였죠. 그러니까 그 사람이 화가가 갇혀 있는 감옥을 찾아갈 수도 있다는 뜻이었어요. 그것도 꽤 괜찮은 생각이었어요. 저는 곧바로 화실로 돌아가서 누군가가 방문하기를 기다렸지요. 일주일쯤 지나자 철학자가 찾아왔어요. 저는 눈을 동그랗게 뜨고 철학자를 지켜보았지요. 철학자는 옷과 책을 보자기에 싸더니 그것을 들고 밖으로 나갔어요.

저는 그 뒤를 따라갔어요. 마침 저녁이었기 때문에 제 모습은 그다지 눈에 띄지 않았지요. 개라면 사람 뒤를 따라다녀도 그렇게 위험하지 않지만, 쥐가 사람을 따라가는 건 전혀 다른 문제였어요.

도중에 고양이 몇 마리에게 쫓기기도 했지만 그래도 그 나이든 철학자를 30분은 족히 따라붙을 수 있었어요.

그런데 철학자와 저는 정말 운이 없었어요. 철학자가 특히 더했죠. 어느 길모퉁이에서 마차에 치이고 말았거든요. 순식간에 벌어진 일이라 무슨 일이 일어난 건지 제대로 알 수도 없었어요. 처음에 저는 철학자가 죽은 줄 알았어요. 하지만 죽지는 않았더군요. 심하게 다쳐서 구급차에 실려 병원으로 갔어요.

제 희망은 그렇게 날아가 버렸어요. 저는 어두운 거리에 쭈그리고 앉아 철학자가 병원으로 실려 가는 모습을 지켜보았어요. 그리고 화가는 이 세상에서 의지할 수 있는 단 한 사람의 친구마저 잃었다고 생각했지요.

저는 포기하지 않고 다시 화가를 찾으러 다녔어요. 이 일로 제 결심은 전보다 더욱 굳어졌지요. 저는 일생을 걸고라도 반드시 화가를 찾아내겠다고 결심했어요.

206

"고양이 몇 마리에게 쫓기기도 했어요."

그로부터 얼마 동안 저는 끈기 있게 감옥을 뒤지는 여행을 계속했어요. 그 일에 익숙해지자 처음보다 훨씬 빨리 움직일 수 있었지요. 하지만 결코 쉬운 일은 아니었어요. 감옥에는 독방이 많았거든요. 감옥에 가면 일단 먼저 독방이 몇 개 있는지부터 살폈어요. 그리고 그 독방으로 들어가는 방법을 생각했어요. 들어갈 수 없으면 그 주변을 어슬렁거리면서 기다렸다가 운동을 하려고 밖으로 나온 죄수들 얼굴을 확인했어요. 어떤 죄수는 좀처럼 밖으로 나오지 않았기 때문에 시간이 오래 걸렸어요.

두세 달이 지나자 저도 조금씩 지치기 시작했어요. 하지만 희망을 버리지는 않았죠. 감옥 쥐들이 제게 무슨 말을 하던 제 마음속에는 반드시 화가를 찾아야 한다는 생각이 굳게 자리 잡고 있었어요.

그러던 어느 날이었어요. 저는 다른 감옥에 도착해서 독방 죄수들을 확인했어요. 그런데 한 독방 안에 있는 죄수는 얼굴을 확인할 길이 없었어요. 그 독방에는 도저히 들어갈 수 없었거든요. 게다가 그 독방 죄수는 좀처럼 밖으로 나오지 않았어요. 전 일주일쯤 그 독방 주변을 맴돌면서 죄수의 얼굴을 확인하려고 기다렸어요.

그 주 마지막 날, 저는 그 독방을 포기하고 다른 감옥으로 가고 싶었어요. 독방 하나 때문에 다른 감옥 조사를 너무 늦출 수는 없었거든요. 앞으로도 찾아야 할 감옥이 많았으니까요. 하지만 그냥 떠나기에는 마음에 걸려서 조금만 더 기다려 보기로 했어요.

그런데 떠나지 않기를 잘했지 뭐예요. 그날 밤 제가 문밖에 어슬렁거리고 있는데 화가가 즐겨 불던 휘파람 소리가 들려왔거든요. 그 화가는 화실에서 일할 때 특정 곡을 휘파람으로 자주 불곤했어요. 그 휘파람 소리는 틀림없이 화가의 것이었어요. 석 달 가까이 찾아 헤맨 끝에 마침내 화가를 발견한 거였죠.

흥분한 나머지 저는 경솔하게도 독방으로 들어갈 계획을 세웠어요. 어떻게 해서든 화가를 만나고 싶었기 때문에 위험하지만 모험을 하기로 했어요. 간수가 아침 식사를 가지고 갈 때 함께 들어가기로 한 거죠. 아주 위험한 일이었어요. 독방에는 쥐가 몸을 숨길 수 있는 곳이 거의 없거든요.

어찌 되었든 저는 잘해 냈어요. 전 어둠을 틈타 문밖에서 준비하며 기다렸어요. 그러다 간수가 아침 식사를 가지고 왔을 때 들키지 않도록 간수 신발 뒤에 꼭 붙어서 따라 들어갔어요. 전 간수가 식사를 내려놓는 순간 재빨리 침대 밑으로 미끄러져 들어간 다음 간수가 나갈 때까지 꼼짝도 하지 않고 기다렸어요. 이윽고 간수가 나가자 저는 침대 밑에서 모습을 드러냈지요.

화가가 말했어요. '어라, 이 녀석, 내 친구 마키아벨리와 비슷하게 생겼는데.' 그랬더니

'아니, 진짜 마키아벨리구나! 이럴 수가!' 하며 또다시 휘파람을 불었어요.

화가는 야위어 있었고, 얼굴색도 좋지 않았어요. 하지만 여전히 철학자 같은 생각을 하고 있었고 변함없이 친절했지요. 화가는 저를 만나게 되어 매우 기쁜 것 같았어요. 화가는 저를 들고는 푸

전 어둠을 틈타 문밖에서 준비하며 기다렸어요.

들이라도 쓰다듬듯 제 머리를 쓰다듬었지요.

화가는 말했어요. '넌 이 방을 가장 먼저 찾아온 손님이야. 보고 싶었다, 마키아벨리.'

화가는 저를 식사에 초대하고는 차린 것이 없어서 미안하다며 많이 먹으라고 말했어요.

그런데 제게는 그보다 더 급한 일이 있었지요. 화가가 있는 곳을 알아냈으니 이젠 제가 안전하게 드나들 수 있는 출입구를 찾아내야 했지요. 전 벽과 바닥을 살펴보았지만 어디에도 구멍은 보이지 않았어요. 돌을 쌓아서 시멘트로 발랐기 때문에 구멍을 만들 수도 없었지요. 저는 벽 위쪽에 있는 작은 창문을 올려다보았지요. 그러다 좋은 수가 생각났어요.

안쪽 벽이 울퉁불퉁하니까 잘하면 창살까지 기어 올라갈 수도 있겠다는 생각이 든 거예요. 그래서 올라가 보았지요. 화가는 제가 떨어져서 다치지나 않을까 하는 걱정스러운 표정으로 저를 보고 있었어요. 창문으로 올라가 보니 밖에서도 물받이를 따라 창문까지 올라올 수 있었어요.

밖으로 나간 저는 그 감옥에 사는 쥐 한 마리를 만나 이것저것 물어보았어요. 그리고 기회가 있을 때마다 간수들의 이야기를 엿들었지요. 전 화가가 곧 이곳을 떠나게 될 거라는 걸 알게 됐어요. 어딘가 먼 곳으로 보내져 오랜 세월 그곳에 갇혀 지내며 일을 해야 한다는 거였어요. 언제 떠나게 될지는 확실히 알 수가 없었어요. 다만 그 시기가 점점 다가오고 있기 때문에 우물쭈물할 틈이 없다는 것만큼은 분명했죠.

저는 제 친구인 화가가 도망칠 수 있도록 도와주어야 한다고 생각했어요. 그래서 탈옥하는 죄수를 많이 본 늙은 감옥 쥐를 만나 의논했지요. 평생을 감옥에서 보낸 그 감옥 쥐는 탈옥에 가장 필요한 건 창문의 창살을 자를 수 있는 줄칼이라고 말했어요. 전 빨리 줄칼을 구해야 했지요. 감옥 안에는 공장이 있었는데 죄수들은 그곳에서 여러 가지 물건을 만들었어요. 하지만 공장을 나올 때는 아무것도 가지고 나오지 못하도록 철저한 몸수색을 받았어요. 조사받을 일 없는 전 몰래 공장으로 들어가 줄칼을 손에 넣었어요. 제가 가지고 나올 수 있을 정도로 작은 줄칼이었지요.

밤이 되자 저는 제 친구를 찾아갔어요. 물받이를 따라 창문으로 들어갔을 때 화가는 잠을 자고 있었어요. 저는 줄칼을 화가의 코 위에 놓고 화가를 깨웠지요. 화가는 처음엔 줄칼을 발견하지 못했어요. 하지만 코에 올려져 있는 차가운 물건을 확인하더니 곧바로 자리에서 일어나 작업을 시작했어요.

제 이야기는 이걸로 끝이에요. 화가가 창살을 자르는 데는 이틀이 걸렸어요. 줄칼이 망가지면 저는 새 줄칼을 다시 가져다주었지요. 이틀째 되는 날 밤 화가는 마침내 창문을 통해 밖으로 빠져나왔어요. 아무에게도 들키지 않았지요. 화가는 운이 좋았어요. 밖에서 담을 지키던 간수가 졸고 있었거든요. 화가는 무사히 감옥을 탈출했고 간수들이 그 사실을 알았을 때는 이미 멀리 도망간 후였지요. 저는 그 후 두 번 다시 화가를 만나지 못했어요. 저

"잘하면 창살까지 기어 올라갈 수도 있겠다는 생각이 들었어요."

는 가장 적절한 때에 화가를 도와준 거였답니다. 화가가 탈출한 다음 날 아침, 감옥 문밖에 죄수를 데리고 갈 호송차가 기다리고 있었거든요. 화가를 멀리 데리고 갈 차였지요."

→ 22장 ←

마구간 쥐

'쥐 클럽 이야기'라는 제목으로 만들어질 책의 원고도 점차 두 툼해져 갔다. 물론 교정을 보고 인쇄해 제본하면 초고보다는 훨 씬 얇아지겠지만 말이다. 열네 번째 이야기(감옥 쥐 이야기)의 초 교 작업을 마치자 이제 이야기 하나만 더 넣으면 될 것 같았다. 나 는 흰쥐에게 이 사실을 알려 주었다.

흰쥐가 말했다. "그렇군. 물론 책이 너무 두꺼우면 안 되지. 그 러면 읽기 힘드니까. 그래도 이야기를 더 이상 듣지 않겠다고 하 면 모두들 실망할 거야. 그 책에 자기 이야기를 싣고 싶어 하는 회 원이 아직 아홉 마리나 남았거든. 앞으로 두 가지 이야기는 더 싣 고 싶은데,"

박사님이 물었다. "앞으로 이야기할 회원이 누구누구지?"

흰쥐가 대답했다. "맙소사, 누구냐니요? 수백 마리는 될 거예요!"

흰쥐가 대답했다. "맙소사, 누구냐니요? 수백 마리는 될 거예요! 이야기를 하게 해 주겠다고 약속한 쥐는 아홉 마리 남았어요. 그 가운데에서 한 마리를 뽑아야 하니 보통 일이 아니지요. 우선 기차 쥐가 있는데, 이 친구는 여행 이야기를 할 거예요. 그리고 여행 이야기를 할 선박 쥐가 있어요. 이 친구는 박사님이 카나리아 섬에서 만났던 그 쥐예요. 그리고, 냉장고 쥐와 극장 쥐가 있긴 한데… 이 친구들은 우리 클럽에 들어온 지 얼마 되지 않았기 때문에 나도 잘 몰라요. 동물원 쥐도 있네요. 사자와 잘 알고 지낸다고 늘 자랑하는 친구예요. 치프사이드 말로는 그 쥐는 정말로 사자 우리를 자주 드나들었대요. 그리고… 아, 찻집 쥐가 있어요. 늘 웃고 있어 뭔가 모자라 보이는 친구예요. 말도 많은 편이에요. 이 쥐의 이야기는 별 재미가 없을 것 같으니까 빼도 좋아요. 교회 쥐도 빼는 게 좋겠어요. 이 쥐 이야기는 설교하는 것 같고 지루하거든요. 그리고 마차 쥐가 있는데, 이 쥐의 이야기는 꽤 재미있을 것 같아요. 또 병원 쥐가 있지요. 제 생각엔 제가 이 아홉 마리 쥐에게서 간략한 줄거리를 들어보고 가장 재미있는 이야기를 뽑는 게 좋을 것 같아요. 그런 다음 내일 밤에 제대로 이야기를 듣기로 하지요. 어떻게 생각하세요?"

박사님이 말했다. "알겠다. 나머지 친구들의 이야기는 『쥐 클럽 이야기』 제2권에 싣기로 하자."

다음 날 저녁, 박사와 내가 쥐 클럽 회원실로 가 보니 놀랍게도 전날 밤 회장이 말했던 회원들은 아무도 뽑히지 않았다고 했다.

그 대신 지금까지 본 적도 들은 적도 없는 암컷 생쥐가 자리에서 일어났다. 그 쥐는 '마구간 쥐'라고 했다.

흰쥐가 내 귀에 대고 속삭였다. "이 쥐의 이야기는 약간 특이해. 어제 말했던 아홉 마리 쥐의 이야기는 서로 비슷해서 그 가운데 한 마리를 뽑기가 어려웠어. 그래서 새로운 회원을 뽑게 되었어."

마구간 쥐는 얌전하고 수줍음을 많이 타서 흰쥐에게 이야기할 때 좀 더 큰 소리로 말하라는 주의를 들었다. 회의실 뒤쪽에 앉아 있는 늙은 회원들 가운데에는 귀가 어두운 쥐들도 많았기 때문이다.

마구간 쥐가 이야기를 시작했다. "저는 제 첫 번째 남편인 코키에 대해서 이야기하려고 해요. 제 남편은 마음씨는 착하지만 함께 생활해 보니 정말 믿음직스럽지 못하다는 걸 알게 됐죠. 제가 마구간 쥐가 된 것도 사실은 남편 때문이었어요. 마구간은 다른 곳에 비해 안전한 편이니 장난을 좋아하는 남편에 대한 걱정을 덜 수 있겠다고 생각했던 거예요. 그래요. 마구간은 쥐들이 살기엔 안성맞춤인 곳이에요. 마구간에는 항상 귀리가 있는데 소화도 잘되고 영양도 많거든요. 저녁이 되면 말이 일을 끝내고 돌아오는데, 그때 서까래에 앉아서 말과 그날 한 일에 대해 이야기를 나누는 재미도 있지요.

하지만 제 남편은 마구간에서조차 이것저것 귀찮은 일을 일으켜서 여전히 제 마음을 불안하게 만들었어요. 어느 날 남편은 마구간 구석에서 굵은 호스를 발견했어요. 남편은 마치 터널이라도 돌아다니듯 그 호스 안을 신나게 돌아다녔지요. 지금 생각해 보면 남편은 정말 어린 아이 같았어요. 어쨌든 남편이 호스 안에서 소리를 지르고 뛰어다니면서 놀고 있을 때, 나이 어린 마부가 와서 마구간 바닥을 청소하기 위해 호스를 수도꼭지에 끼웠어요. 그러자 엄청나게 세찬 물줄기가 뿜어져 나오며 제 남편은 호스 끝에서 마치 총알처럼 튀어 나갔어요. 그렇게 멀리까지 날아갈 줄은 남편은 물론이고 저 역시 짐작도 못 했어요. 마부가 호스 끝을 안마당 쪽으로 향한 채 물을 틀자 남편은 허공에서 발버둥 치며 돼지우리 지붕을 넘어가더니 그 너머에 있는 여물통에 떨어졌지요. 남편은 정신없이 물통에서 도망쳐 나왔어요. 조금만 늦었어도 커다란 돼지의 먹이가 되었을 거예요.

경솔하기 짝이 없는 제 남편은 위험을 즐기는 듯했어요. 아무리 위험한 일이라도 반드시 몸으로 부딪쳐 보는 성격이었거든요. 조심성도 전혀 없어요. 남편이 지금까지 살아 있는 게 신기할 정도지요.

믿으실지 모르겠지만, 남편은 말이 귀리를 열심히 먹고 있을 때 그 여물통 안으로 들어가 귀리를 훔치기도 했어요. 그러다가 말에게 물릴 수도 있으니까 조심하라고 몇 번이나 말했지요. 한번은 귀리를 먹고 있는 말 콧구멍을 간지럽혀서 말이 요란하게 재채기를 하는 바람에 여물통 밖으로 날아갔어요.

어느 날 집주인이 부인과 함께 마구간 안에 서 있었어요. 그때 말이 크게 재채기를 하자 남편은 서까래 근처까지 날아갔어요. 그리고 미끄러지면서 집주인의 모자 위에 내려앉았지요. 그날 마

"제 남편은 마치 총알처럼 튀어 나갔어요."

침 비가 내리고 있었고 집주인은 지붕에서 물이 떨어진 것이라고 생각했어요. 그런데 집주인과 이야기를 나누던 부인이 모자 위에 있는 제 남편의 코를 보게 되었지요. 남편은 바닥을 내려다보면서 어떻게 내려와야 할지 고민하고 있었거든요. 대부분의 여자들이 그렇듯 부인도 제 남편을 보자마자 마구간이 떠나갈 만큼 요란하게 비명을 지르면서 손에 들고 있던 우산으로 남편을 내리쳤어요. 하지만 남편은 곧바로 피했고, 결국 그 우산은 집주인의 머리를 치게 되었지요. 집주인은 부인이 갑자기 미쳤다고 생각했어요. 그 사이에 남편은 도망을 쳤고요.

그러던 어느 날, 이번에는 정말 위험한 일을 겪게 됐어요. 제가 도와주지 않았다면 남편은 틀림없이 죽었을 거예요. 마구간 주위에는 늘 갈까마귀 한 마리가 서성거렸는데 남편은 처음부터 그 갈까마귀를 싫어했어요. 그 갈까마귀는 언제나 불만 가득한 표정으로 심통만 부렸거든요. 게다가 욕심쟁이였지요. 갈까마귀는 늘 마구간 지붕 위에서 망을 보다가 그 집 부인이 음식을 버리면 우리보다 먼저 날아가 그 음식을 가로챘어요. 어쩌다 우리가 먼저 가더라도 녀석은 가위처럼 날카롭고 큰 부리로 우릴 맹렬하게 쫓아냈어요. 아무리 음식이 많아도 우리는 손도 댈 수 없었어요. 우리는 몸집이 작으니까 그렇다 치고 몸집이 큰 쥐들도 그 갈까마귀를 무서워했어요. 고양이마저 그 녀석에게서 한발 물러설 정도였으니까요. 고양이는 녀석이 등을 보일 때는 덤벼들기도 했지만 정면에서는 감히 맞서지 못했어요.

우린 그 갈까마귀를 '악마'라고 불렀지요. 갈까마귀는 어느 틈엔가 우리 중에 우두머리가 되어 있었어요. 우린 모두 녀석을 미워했지요. 그러던 어느 날이었어요.

남편이 잔뜩 흥분해서는 저한테 달려와 말했어요.

'여보, 내 말 좀 들어 봐. 이번에 새로 들어온 젊은 마부 알지? 사팔뜨기에 머리카락이 붉은 마부 말이야. 그 마부가 악마를 잡을 덫을 만들고 있어. 지금 내 눈으로 직접 보고 왔다고.'

제가 말했어요. '그래요? 하지만 흥분할 일이 아니에요. 그 갈까마귀는 어떤 덫으로도 잡을 수 없으니까요. 절대로 잡히지 않을 거예요.'

저는 이렇게 말했지만 갈까마귀가 잡힐 거라고 생각한 남편은 어떻게든 그 장면을 지켜보려고 했지요. 마부는 처음에는 체에 살코기를 미끼로 담은 다음 끈으로 연결했어요. 하지만 악마는 그 계략을 한눈에 알아보았지요. 그러자 마부는 밧줄을 잔뜩 준비한 다음 갈까마귀가 거기에 걸리기를 기다렸어요. 남편은 하루에 두세 번쯤 제게로 달려와 일이 어떻게 되어 가는지 알려주었어요. 마부는 밧줄을 감아 놓은 다음 그 안에 건포도와 당밀 등을 넣은 봉지를 두고 갈까마귀가 걸려들기를 기다렸어요.

이 악마는 덫에 걸려들기에는 너무나 영리했지요. 게다가 악마는 제 남편이 자기가 붙잡히는 모습을 보기 위해 열을 올리고 있다는 것도 눈치채게 되었지요. 어느 날 아침 갈까마귀는 쓰레기통 속 고기를 먹고 있는 제 남편을 쫓아내면서 이렇게 말했어요.

"녀석은 우릴 맹렬하게 쫓아냈어요."

"마부는 체에 살코기를 미끼로 담은 다음 끈으로 연결했어요."

'넌 내가 덫에 걸리기를 바라지? 나쁜 녀석! 그 꼬리를 잘라버리기 전에 어서 꺼져!'

남편은 쥐구멍으로 도망가면서 큰소리로 외쳤어요. '넌 틀림없이 덫에 걸릴 거야. 약한 자나 괴롭히는 이 악마야!'

'하하!' 갈까마귀는 고기 위에 앉아 낄낄거렸어요.

마부는 끈질긴 사람이었어요. 그리고 겉보기보다 훨씬 영리했지요. 그는 갈까마귀를 잡아 새장 안에서 기를 생각이었어요. 몇 번이나 실패했지만 그래도 포기하지 않았죠. 오히려 갈까마귀를 자세히 관찰하면서 방법을 생각했어요. 그 결과 갈까마귀가 마당 수도꼭지 아래에 고인 물을 자주 먹는다는 것과 새로운 물건에는 절대로 가까이 가지 않는다는 것을 알아냈지요.

사실 몸을 지켜야 하는 새들에겐 그런 신중함이 필요해요. 새들은 사물을 자세히 관찰하지요. 새로운 물건이 있거나 물건 모습이 바뀌면 수상쩍게 생각해 좀처럼 다가가지 않아요.

어쨌든 그런 사실을 깨달은 마부는 방법을 바꿨어요. 마부는 서두르지 않고 우선 갈까마귀가 물을 먹는 곳 바로 옆에 작은 나뭇가지 하나를 놓아 두었어요. 물을 먹으러 온 녀석은 의심에 찬 눈초리로 나뭇가지를 살펴보았어요. 하지만 특별히 수상쩍은 물건은 아닌 것 같았어요. 그래서 그냥 물을 먹었지요. 다음 날 아침 마부는 그 자리에 나뭇가지를 두 개 더 놓았어요. 녀석은 전날과 마찬가지로 물을 먹었어요. 나흘째에는 나뭇가지가 네댓 개로 늘어났어요. 이렇게 며칠이 지나자 수도꼭지 주위에는 작은 나뭇가지가 꽤 많이 쌓이게 되었어요. 갈까마귀는 나뭇가지 위를 지나야만 물을 먹을 수 있게 되었죠.

갈까마귀는 역시 조심성이 많았어요. 나뭇가지 주위를 몇 번이나 돌다가 그대로 날아가 버렸거든요. 물이 있는 다른 곳을 찾아간 거예요.

남편은 잔뜩 실망해서 실망해서 절 찾아왔어요.

남편은 슬픔에 젖은 목소리로 말했어요. '당신 말이 맞아. 그 갈까마귀는 틀림없이 악마의 사촌이야. 절대로 붙잡히지 않을 거야.'

그런데 행운의 여신은 마부 편이었는지 갑자기 날씨가 바뀌었어요. 11월 말쯤이었는데, 어느 날 아침 눈을 뜨자 주위가 온통 하얀 눈으로 덮여 있었죠. 그리고 물도 모두 얼어붙었어요. 갈까마귀는 여느 때처럼 아침을 먹기 위해 안마당을 찾아왔어요. 모든 것들이 눈에 덮여 있었기 때문에 먹을 게 아무것도 없었어요. 갈까마귀는 마구간 문에 앉아서 안쪽을 들여다보았어요. 그리고 우리가 곡식을 먹고 있는 걸 보게 됐죠. 그냥 들어와서 함께 먹어도 될 텐데 조심성 많은 그 갈까마귀는 안으로 들어오지 않았어요. 갈까마귀는 밖에서 비웃는 듯한 눈초리로 우리를 바라보며 말했어요.

'멍청한 너희들은 따뜻한 곳에서 편안하게 음식을 먹고 있는데, 나처럼 정직하고 쓸모 있는 새는 이 추위에 굶고 있어야 한다니 억울해서 못 견디겠다구, 이 멍청이들아!'

"갈까마귀는 의심에 찬 눈초리로 나뭇가지를 살펴보았어요."

제가 말했죠. '만약 네가 심술궂고 못된 악마만 아니었다면 얼마든지 이 귀리를 나누어 주었을 거야. 하지만 넌 먹을 게 많을 때도 우리를 쫓아냈어. 아무리 날씨가 추워도 서로 돕고 사는 친구들은 별걱정 하지 않아. 이런 때 곤란한 건 너 같은 악당뿐이라구!'"

↘ 23장 ↙

악마의 교활함, 갈까마귀

여기까지 이야기했을 때, 회의실 뒤쪽에 있던 늙은 쥐들이 좀 더 큰 소리로 이야기해 달라고 부탁했다. 그러자 둘리틀 박사님은 마구간 쥐에게 깡통 같은 걸 줘서 그 위에 올라가 이야기하게 하면 총회실 뒤쪽까지 잘 들릴 거라고 제안했다. 잠시 후, 마구간 쥐가 올라갈 빈 겨자 깡통을 하나 찾았는데 꽤 효과가 있었다. 마구간 쥐는 수줍음을 무릅쓰고 이야기를 이어 나갔다.

"제 말을 들은 갈까마귀는 욕을 해대면서 문밖으로 나갔어요. 우리는 창틀로 올라가 갈까마귀가 깊게 쌓인 눈에 털썩 주저앉아 비틀거리는 모습을 바라보았어요. 왠지 모르지만 불쌍하다는 생각도 들었어요. 갈까마귀는 배가 고팠던 거예요. 날씨가 이런 날에는 먹을 건 온종일 하나도 찾지 못했을 테니까요. 저는 갈까마

"깊게 쌓인 눈에 털썩 주저앉아 비틀거렸어요."

귀를 불러서 먹이를 나누어 주려고 했지만 남편이 허락하지 않았어요.

남편이 말했어요. '걱정할 필요 없어. 자기만 아는 이기주의자의 끝은 저런 거야. 툭하면 약한 자를 괴롭히는 녀석이니까 저렇게 되는 게 당연해.'

갈까마귀는 수도꼭지가 있는 곳을 지나가면서 그쪽을 흘깃 보았어요. 그곳 물도 다른 곳과 마찬가지로 얼어붙었을 거라고 생각했지만 놀랍게도 그렇지 않았어요. 사실은 마부가 미리 얼음을 깨 놓았던 것이지요.

갈까마귀는 배도 고팠지만 목도 말랐던 것 같아요. 그래서 수도꼭지를 향해서 나는 듯이 뛰어갔지요. 그 모습을 본 남편은 매우 흥분했어요. 우리는 그 작은 나뭇가지들이 틀림없이 덫일 거로 생각했거든요. 어떤 장치가 되어 있는지는 모르고 있었지만요. 그날 아침은 눈 때문에 나뭇가지들이 거의 보이지 않아서 얼핏 보기에는 아무런 위험도 없는 것 같았어요. 목이 말라 견딜 수 없었던 갈까마귀는 깡충깡충 뛰어서 물이 있는 곳으로 다가갔어요. 갈까마귀가 수도꼭지로 다가갈수록 남편은 더욱 흥분했지요.

마침내 갈까마귀는 나뭇가지 위로 올라가 한참 동안 물을 마셨어요. 남편은 실망했지요. 아무 일도 일어나지 않았거든요. 그런데 갈까마귀가 물을 다 마시고 날아가려 할 때 우리는 예상대로 그 나뭇가지들이 덫이었다는 것을 알게 되었어요. 갈까마귀가 올라가 있던 나뭇가지 더미가 갈까마귀 발에 달라붙었거든요. 나뭇가지에 끈끈이가 발려 있었던 거예요.

갈까마귀는 날개를 파닥이면서 있는 힘을 다해 발버둥 쳤어요. 그럴수록 끈끈이가 발려 있는 나뭇가지가 갈까마귀 몸에 더 많이 달라붙었어요. 눈 아래에 끈끈이가 발린 나뭇가지가 잔뜩 쌓여 있었던 거예요. 결국 갈까마귀는 온몸에 나뭇가지가 달라붙어서 날 수 없게 되었지요.

갑자기 안마당 쪽 문이 열리면서 마부가 자랑스러운 얼굴로 나타났어요. 마부는 날개만 파닥이고 있는 갈까마귀를 간단히 잡았지요. 그 모습을 보고 남편은 재주를 넘으며 기뻐했어요. 근처에 사는 모든 동물이 기쁨을 감출 수 없었지요. 악마 같은 갈까마귀는 우리의 원수이기도 했지만 근처에 사는 모든 동물의 적이었거든요.

마부는 갈까마귀를 버드나무로 만든 새장에 넣었는데 그 새장은 철사로 튼튼하게 엮여 있었어요. 그런데 그 새장을 하필이면 마구간 안에 매달았지요. 솔직히 그때 저는 또 갈까마귀가 불쌍했어요. 하필이면 우리가 사는 곳에서 우리의 놀림감이 되었으니 얼마나 불쌍해요.

갇혀 있는 갈까마귀의 모습은 정말 비참했어요. 반짝이던 날개가 끈끈이 때문에 엉망으로 구겨져서 마치 쓰레기통에서 주운 낡은 모자처럼 보였거든요. 게다가 붙잡힌 첫날 갈까마귀가 밖으로 나가려고 머리로 새장을 들이받아서 정수리 부분의 깃털이 모두 빠져 버렸어요.

232

"남편은 새장 밖에 앉아 철딱서니 없는 악동처럼 갈까마귀를 놀려대며 한껏 즐거워했어요."

남편은 새장 밖에 앉아 철딱서니 없는 악동처럼 갈까마귀를 놀리며 한껏 즐거워했어요. 갈까마귀가 붙잡히기 전에 남편은 몇 번이나 갈까마귀에게 쫓겨 도망을 다녔거든요. 지금이야말로 그 원수를 갚을 좋은 기회라고 생각했겠죠. 하지만 저는 남편에게 그런 비겁한 짓은 하지 말라며 이렇게 말했어요.

'나는 지금도 갈까마귀가 무서워요.'

남편은 코웃음을 쳤어요. '쳇, 새장 안에 갇혀 있는 녀석이 무슨 짓을 할 수 있겠어? 저 녀석은 이제 죽을 때까지 포로로 지낼 거야.'

저는 말했어요. '하지만 조심하는 게 좋아요. 저 새는 영리하다는 걸 잊어서는 안 된다구요.'

갈까마귀는 하루 종일 아무 말도 하지 않았어요. 남편이 아무리 약을 올려도 잠자코 있었지요. 그런 갈까마귀의 모습은 정말 비참해 보였지만, 그런데도 뭔가 위엄 같은 것이 남아 있었어요. 갈까마귀는 이제 새장을 들이받는 걸 그만두고 무슨 생각을 하는지 꼼짝도 하지 않고 앉아 있었지요. 모든 것을 포기한 것 같았어요. 갈까마귀의 몸에서 살아 있다고 느껴지는 곳은 단 한 군데 반짝거리는 눈뿐이었어요. 그 눈은 무서운 증오심에 불타고 있었지요. 새장 밖에서 자신을 놀리는 남편과 다른 쥐들을 바라보는 갈까마귀의 눈은 빨갛게 타오르는 석탄 같았어요. 갈까마귀가 가만히 앉아 있으면 남편과 다른 쥐들은 새장 위로 올라가서 갈까마귀 머리에 지저분한 물건을 떨어뜨리며 놀려댔어요.

저는 그런 짓이 마음에 들지 않아서 그러지 말라고 몇 번이나 충고했지요. 하지만 남편과 동료 쥐들은 제 말을 들은 척도 하지 않았어요. 갈까마귀를 놀리려는 쥐들 줄이 아마 수십 미터는 되는 것 같았어요. 그들은 새장 위에 모여서 갈까마귀를 비웃기도 하고 물건을 던지기도 하면서 마음껏 놀려댔어요. 갈까마귀는 자기가 했던 못된 짓 때문에 참을 수 없는 고통을 당하게 된 것이지요.

그런데 맙소사! 제 걱정이 들어맞았어요. 그 갈까마귀는 새장 안에 있어도 역시 무서운 녀석이었죠. 어느 날 오후 쥐들이 여느 때처럼 새장 주위에서 갈까마귀를 놀리고 있었지요. 저는 여물통 아래에 있는 우리 집을 청소하고 있었구요. 그때 갑자기 날카로운 비명이 들렸어요. 저는 구멍에서 나와 비명이 난 곳으로 달려갔지요.

남편 친구들 모두 창틀 위에 있는 새장을 둘러싸고 겁에 질린 표정으로 새장을 지켜보고 있었어요. 그런데 남편의 모습이 보이지 않았어요. 가까이 다가가 보니, 아뿔싸! 남편은 새장 안에 있는 갈까마귀의 오른발에 붙잡혀 있었어요. 앞에서도 말씀드렸지만 남편은 다른 쥐들과 달리 무슨 일에 열중하면 앞뒤를 가릴 줄 모르는 성격이거든요. 그러니까 갈까마귀를 더 가까운 곳에서 비웃으려고 너무 가까이 다가갔던 거예요. 나중에 남편이 해 준 말에 따르면, 그때 갈까마귀가 새장 철창 사이로 긴 부리를 내밀어 전광석화처럼 남편의 꼬리를 물고 새장 안으로 끌어당겼다는 거예요. 제가 어이없는 표정으로 바라보고 있을 때 다시 남편의 요란

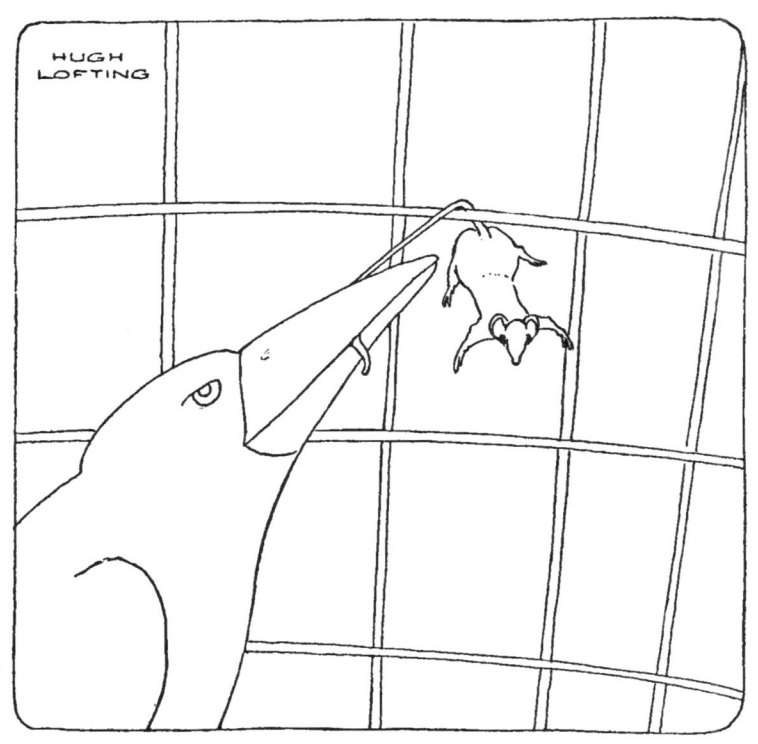

"갈까마귀가 남편의 꼬리를 물고 새장 안으로 끌어당겼다는 거예요."

한 비명이 들려왔어요

'조용히 해! 발버둥 치지 마. 가만히 있지 않으면 당장 죽여 버릴 거야. 이 녀석의 아내는 어디 있지?' 갈까마귀는 이렇게 말하고 주위를 둘러보았어요.

'여기 있어.' 저는 새장으로 달려갔어요.

갈까마귀가 말했어요. '네 남편의 목숨을 구하고 싶으면 이 새장 바닥에 구멍을 뚫어. 내가 나갈 수 있을 정도로 큰 구멍이어야 해. 쥐는 나무를 갉을 수 있지만 나는 그럴 수 없어. 새장 바닥은 땅바닥과 떨어져 있으니 너희들이 충분히 할 수 있어. 자, 빨리 시작해. 우물쭈물하면 이 녀석은 끝장이야.'

'하지만, 그건…'

갈까마귀가 단호하게 말했어요. '못 하겠다는 말은 하지 마. 저녁때까지 내가 빠져나갈 수 있는 구멍을 뚫어야 해, 안 그러면 네 남편은 끝이야.'

저는 갈까마귀의 말이 진심이라는 걸 알았지요. 그렇게 된 이상 시키는 대로 하지 않을 수 없었어요. 남편을 죽게 내버려둘 수는 없었거든요. 다행히 다른 쥐들이 아직 그 자리에 남아 있었어요. 짧은 시간 안에 몸집이 큰 갈까마귀가 빠져나올 만한 구멍을 뚫는 건 쉽지 않았기 때문에 저는 남편 친구들에게 도와 달라고 부탁했어요.

남편은 갈까마귀에게 붙잡힌 채 우리가 구멍을 뚫기 위해 새장 밑으로 기어들어가는 모습을 보고 있었죠.

구멍을 뚫는 일은 쉽지 않았어요. 남편 목숨이 걸린 일이 아니었다면 갈까마귀가 원하는 시간 안에 해낼 수 없었을 거예요. 그렇게 힘든 일은 정말 처음이었어요. 여러분도 아시겠지만… 아, 물론 박사님과 토미는 모를 수도 있겠군요. 평평한 나무 관 한가운데를 뚫는 건 쥐에게는 엄청나게 어려운 일이에요. 나무 조각을 갉거나 이미 뚫려 있는 나무를 갉아서 크게 만드는 것과는 전혀 다르지요.

하지만 저는 있는 힘을 다해서 구멍을 뚫었어요. 그 때문에 나중에 몇 주일 동안이나 이빨이 아파서 고생했지요. 어쨌든 15분쯤 걸려서 새장 바닥에 작은 구멍 네 개를 뚫은 저는 쥐 여덟 마리에게 그 구멍들을 크게 만들어 달라고 부탁했어요. 저는 마구간을 돌아다니면서 다른 쥐들에게도 도와달라고 부탁했어요. 다행히 남편은 인기가 좋았기 때문에 남편 목숨이 위험하다는 말을 들은 쥐들이 기꺼이 도와주었어요.

마침내 네 개의 구멍이 크게 뚫려 새장 바닥은 연필 정도 굵기의 나무에 매달려 있는 모습이 되었어요.

갈까마귀는 비참한 몰골의 우리 남편을 움켜쥔 채 우리가 일하는 모습을 눈을 부릅뜨고 감시하고 있었어요. 녀석은 새장 바닥이 뚫리면 새장을 옆으로 쓰러뜨릴 생각이었지요. 새장은 그다지 무겁지 않았기 때문에 갈까마귀가 창틀에 발을 대고 쓰러뜨리는 것은 어려운 일이 아니었어요.

저는 간신히 남편의 목숨을 구할 수 있었어요. 만약 일을 마치

"갈까마귀는 비참한 몰골의 우리 남편을 움켜쥐고 있었어요."

기 전에 훼방꾼이 나타났다면 남편은 틀림없이 죽었을 거예요. 새장 바닥이 뚫리자 갈까마귀는 그제야 남편을 놓아 주었어요. 그리고 단단한 부리로 새장을 쓰러뜨린 다음 창틀에서 새장을 떨어뜨렸지요.

바로 그때 마구간에 들어온 마부는 자신이 간신히 붙잡은 갈까마귀가 자유의 몸이 돼 창틀에 앉아 있는 모습을 보게 되었어요. 마부는 곧바로 갈까마귀에게 달려들었지만 갈까마귀는 가볍게 몸을 피하더니 마부의 머리 위를 지나 마구간 밖으로 날아가 버렸어요. 마부가 어이없는 표정으로 갈까마귀를 바라보고 있는 틈에 우리 쥐들은 서둘러 모습을 감추었지요."

→ 24장 ←

무어스덴 장원

마구간 쥐의 이야기가 끝난 건지 아닌지 아직 확실하지 않은데, 총회실 뒤쪽이 갑자기 소란스러워졌다. 무척이나 흥분한 소리가 들리더니 누군가 숨을 몰아쉬며 급히 뛰어들어왔다. 박사님에게 급히 전할 말이 있어 보였다.

흰쥐는 무슨 일인지 알아보기 위해 급히 회의실 뒤쪽으로 달려가려 했지만 의자에서 뛰어내리기도 전에 흰쥐보다 먼저 박사 앞에 와 있었다.

그 쥐가 큰 소리로 말했다. "박사님! 무어스덴 장원에 불이 났어요! 지하실이 불타고 있다구요! 모두 잠들어서 아무도 모르고 있어요."

박사님이 자리에서 일어나 시계를 보며 말했다. "뭐라고? 모두

241

잠들었는데 불이 났어? 벌써 시간이 그렇게 되었나? 이런, 밤 1시가 지났구나. 지하실에 뭐가 있지? 장작? 석탄?"

"장작이 가득 쌓여 있어요. 하지만 다행히 장작에는 아직 불길이 번지지 않았어요. 우리 집이 장작더미 위에 있거든요. 아이들 다섯이 그곳에 있어요. 아내가 우선 박사님께 알려야 한다고 해서 달려온 거예요. 박사님 말고는 쥐의 말을 알아듣는 사람이 없으니까요. 아내는 아이들과 함께 있어요. 불은 낡은 자루가 쌓여 있는 지하실 구석에서 처음 시작됐어요. 지하실은 이미 연기로 가득 차 있어요. 하지만 그 주변에 고양이들이 많아서 아이들을 밖으로 데리고 나올 수가 없어요. 장작에 불이 붙으면 우리 가족은 모두 목숨을 잃을 거예요. 박사님, 빨리 좀 가 주세요."

박사님이 말했다. "당연히 가야지." 박사님은 쥐 클럽이 무너지지 않도록 조심조심 터널을 빠져나오며 나에게 말했다. "스터빈스, 빨리 가서 범포를 깨워라. 그리고 지프를 매슈에게 보내라. 우리 모두 도와주어야 해. 불길이 강해지면 끄기 어려울 거야. 자, 지프더러 이 편지를 매슈에게 전하라고 해. 소방차를 부르라는 내용이야."

나는 편지를 받아 들고 서둘러 달려갔다. 박사님은 나와 반대 방향으로 뛰어갔다.

나는 15분 만에 지프를 매슈에게 보내고, 범포를 깨워 사정을 설명했다. 범포는 한번 잠이 들면 좀처럼 일어나지 않지만 큰일이 일어난 것을 알고는 눈을 비비며 옷을 갈아입었다. 지프는 이

242

미 편지를 입에 물고 옥슨소프 거리를 달리고 있었다. 매슈에게 편지를 전하고 그와 함께 불이 난 곳으로 가기 위해서였다.

나는 옷도 제대로 추스르지 못한 채 범포의 손을 잡고 서둘러 불이 난 곳으로 달려갔다.

무어스텐 장원은 퍼들비 마을에서 가장 크고 멋진 저택이었다. 그 장원은 박사님 집과 마찬가지로 마을 변두리에 있었는데 엄청나게 넓었다. 집주인은 시드니 스로그모턴이라는 중년 남자로 최근에 그 저택을 상속받았다. 백만장자였던 시드니의 부친은 일 년 전에 사망했는데 그는 시드니에게 이 장원 외에도 잉글랜드와 스코틀랜드에 있는 넓은 땅과 성을 많이 남겨 주었다. 그런데 시드니는 일 년 동안 이 저택에만 살면서 다른 땅이나 섬에는 전혀 가지 않았기 때문에 마을 사람들은 모두 이상하게 생각했다.

그 저택의 대문 옆에는 문지기가 사는 작은 집이 있었다. 우리가 달려갔을 때 둘리틀 박사님은 문지기를 깨우기 위해 문을 두드리고 있었다. 문에는 자물쇠가 걸려 있었고 저택은 아무도 뛰어넘을 수 없을 만큼 높은 담으로 둘러싸여 있었다.

범포와 내가 대문 앞에 도착할 즈음 매슈도 지프와 함께 달려왔다.

박사님이 문을 두드리며 말했다. "이거 난처한데. 모두들 왜 이렇게 깊이 잠든 거야. 이렇게 서 있는 동안 저택이 모두 불타 버리겠어. 여기는 아무도 없나?"

잠옷 차림의 남자가 문 앞에 나타났다.

매슈가 말했다. "문지기나 문지기의 아내가 있을 거예요. 이렇게 아니라 돌을 던져서 창문을 깨는 편이 낫겠어요."

매슈는 작은 돌멩이를 집어 들고 힘껏 던졌다. 그러자 요란하게 유리창 깨지는 소리가 나더니 안에서 누군가가 비명을 질렀다. 잠시 후 한 손에는 총을, 다른 한 손에는 양초를 든 잠옷 차림의 남자가 문 앞에 나타났다. 박사님이 그 남자에게 다가가자 남자는 재빨리 양초를 내려놓고 박사에게 총을 겨누었다.

박사님이 말했다. "안심하세요. 급히 알려드릴 게 있어서 왔을 뿐입니다. 장원 지하실에 화재가 났습니다. 지하실에 말입니다. 빨리 사람들을 깨워야 해요. 들어가게 해 주십시오."

남자는 완강하게 거절했다. "들어갈 수 없소. 그딴 수법을 써서 침입하는 강도가 있다는 소문을 들은 적이 있단 말이오. 뻔뻔스럽군, 이런 한밤중에 우리 집 유리창을 깨다니! 그런데 장원 지하실에 불이 났다는 건 도대체 어떻게 안 거요?"

박사님이 말했다. "쥐가 알려줬습니다." 박사님은 어이 없어 하는 남자의 표정을 보고 다시 한 번 말했다.

"당신하고 말씨름할 시간 없소! 저기 불이 났단 말이오. 들여보내 주시오."

하지만 남자는 우리를 들여보내 주지 않았다. 사실 그 남자가 그렇게 행동하는 것도 무리는 아니었다. 한밤중에 흑인 범포와 매슈를 데리고 나타났으니 우리를 강도라고 생각할 만했다.

만약 매슈가 다른 방법을 생각해 내지 않았다면 우리는 날이

새도록 그 자리에 서 있었을 것이다. 매슈는 범포에게 귀엣말을 하더니 갑자기 문지기에게 몸을 날려 총을 빼앗았다. 범포는 대문 옆에 놓여 있는 양초를 집어 들었다.

매슈가 말했다. "박사님, 이리로요. 여기 마당으로 통하는 또 다른 문이 있어요. 말씨름 할 시간 없다구요. 한 시간쯤 있다 소방대가 오면 진짜로 불이 났다는 걸 저자도 믿을 거예요.

범포는 이미 다른 문을 열고 있었다. 놀란 문지기가 정신을 차리기도 전에 우리는 그 문을 지나 커다란 저택을 향해 달려갔다.

우리가 숨을 몰아쉬며 현관 앞에 도착해 이중으로 된 높은 현관문을 올려다보고 있을 때 박사가 숨을 헐떡이며 말했다. "여기서 이러다간 사람들 깨우는 건 하세월일 텐데."

"아니요, 그렇지 않아요." 그는 하늘을 향해 엽총을 한 발 쏘더니 있는 힘껏 '불이야!' 하고 소리치기 시작했다. 박사와 범포 그리고 나도 함께 현관문을 두드려 대며 문을 열라고 소리쳤다.

이번에는 그렇게 오래 기다릴 필요가 없었다. 총을 쏜 효과가 있었던 것이다. 집 안에는 곧바로 불이 켜졌고 창문 몇 개가 열리더니 사람들이 얼굴을 내밀고 무슨 일이냐고 물었다.

박사님이 소리쳤다. "불이 났습니다! 집에 불이 났습니다. 빨리 문을 여십시오!"

잠시 후, 묵직한 현관문이 열리고 양초를 든 집사가 나타나서 말했다.

"주인님이 보이지 않습니다. 방에도 안 계십니다. 어딘가 다른

그는 엽총을 한 발 쏘더니 '불이야!' 하고 소리쳤다.

곳에서 주무시는 것 같습니다. 다른 분들은 모두 일어났는데 주인님만 보이지 않습니다."

박사님은 집사에게서 빼앗듯이 양초를 받아 들고 재촉했다. "지하실은 어디입니까? 지하실로 안내해 주십시오."

늙은 집사가 말했다. "주인님은 지하실에서는 주무시지 않습니다. 지하실에 무슨 일이 있습니까?"

박사님이 말했다. "쥐 가족이 그곳에 있습니다. 갓난아기들이 있어요. 쥐들 집이 장작더미 위에 있기 때문에 매우 위험합니다. 빨리 안내해 주십시오."

25장

화재

그날 밤 박사님과 나는 지금까지 한 번도 경험해 보지 못한 정말 특별한 일을 겪게 된다. 모두들 알다시피 둘리틀 박사님은 오래전부터 이웃의 일상사에 끼어드는 법이 없었다. 평범한 의사 일을 그만둔 후 사람들이 자신을 괴짜 자연학자로 여기기 시작하자 박사님은 그런 평판을 받아들이고 사람들과의 관계에 신경 쓰지 않고 생활해 왔다. 박사님은 누구에게나 친절하고 예의 바른 사람이었지만 이상하게도 이웃 사람들도 박사님도 서로를 피했다.

하지만 무어스덴 장원의 지하실에 불이 났다는 걸 쥐를 통해 알게 된 박사님은 자기가 애써 피해 온 성가시고 번거로운 일에 운명적으로 휘말리게 되었다.

매슈와 범포와 내가 박사님의 뒤를 따라 커다란 집 안으로 들

사람들이 값나가는 물건들을 난간에서 아래쪽으로 던졌다.

어갔을 때 집은 아주 혼란스러웠다. 사람들이 옷도 제대로 챙겨입지 못한 채 계단을 오르내리며 가방을 옮기거나 값나가는 물건들을 난간에서 아래쪽으로 던지는 모습이 마치 겁에 질려 우왕좌왕하는 닭장 속 닭들처럼 보였다. 연기 냄새가 강하게 코를 찔렀다. 양초가 더 많이 켜지자 집안에서 연기가 피어나는 것이 보였다.

지하실이 어디에 있는지는 더 이상 묻지 않아도 알 수 있었다. 응접실 왼쪽에 문이 있고 계단을 통해서 아래로 내려가게 되어 있었는데, 그 문에서 연기가 새어 나오고 있었기 때문이다.

박사님은 손수건으로 코와 입을 막더니 그 문으로 들어가 사라져 버렸다. 범포와 내가 박사님 뒤를 따라가려 하자 매슈가 가로막았다.

매슈가 말했다. "가면 안 돼. 가 봐야 걸리적거릴 뿐이야. 너희들에게 무슨 일이 생기면 박사님이 업고 나와야 하거든. 우리는 밖으로 나가서 지하실 창문을 부수자구. 틀림없이 지하실은 연기로 가득 차 있을 거야. 그 연기를 빼내는 것이 박사님을 돕는 길이야."

우리는 다시 현관 쪽으로 달려가다가 그곳에서 서성거리는 늙은 집사와 마주쳤다. 집사는 당장에라도 울음을 터뜨릴 듯한 표정으로 두 손을 비비면서 주인님이 보이지 않는다는 말만 되풀이하고 있었다. 매슈는 집사를 앞세우고 마당으로 나갔다.

매슈가 말했다. "지하실, 지하실 창문은 어디 있습니까? 빨리 알려 주세요!"

집사는 비틀거리면서 간신히 우리를 집 뒤쪽으로 데리고 갔다. 그곳에는 부엌문이 있었고, 양쪽에 지하실 창문이 보였다. 우리는 서둘러 돌멩이를 던져 창문 유리를 깨뜨렸다. 그러자 짙은 연기가 빠져나오면서 우리의 얼굴을 가렸다.

매슈가 숨을 헐떡이며 말했다. "박사! 박사! 괜찮아요?"

매슈는 들고 있던 등불로 어두운 지하실을 비추었다. 잠깐의 시간이 영원처럼 길게 느껴졌다. 나는 불안감에 사로잡힌 채 박사님의 대답을 기다렸다. 하지만 박사님 목소리는 들리지 않았다.

매슈가 말했다. "그래, 계단 쪽으로 가서 박사를 구해야 돼."

매슈가 창문가를 막 떠나려는 순간 내가 매슈의 팔을 붙잡았다.

나는 아래쪽을 가리키며 말했다. "저길 봐요!"

매슈가 들고 있는 등의 불빛에 사람의 손이 비친 것이다. 부서진 창문으로 나온 박사님 손이었다. 박사님 손안에는 털도 나지 않은 분홍색 아기 생쥐 다섯 마리가 꼬물거리고 있었다

"다행이야. 너희들은 오래 살 거다." 매슈가 이렇게 중얼거리며 아기 쥐들을 받아 들더니 다시 내게 건넸다.

다시 창문 안으로 들어갔다가 나온 박사님 손안에 이번에는 겁에 질려 떨고 있는 엄마 생쥐가 있었다. 나는 엄마 생쥐도 주머니에 넣었다.

매슈는 박사님 손이 다시 창문 안으로 들어가도록 내버려두지 않았다. 그는 박사님 손목을 움켜쥐고 힘껏 잡아당겼다. 밖으로 나온 박사님은 심하게 비틀거렸다. 우리는 박사님을 연기가 없는

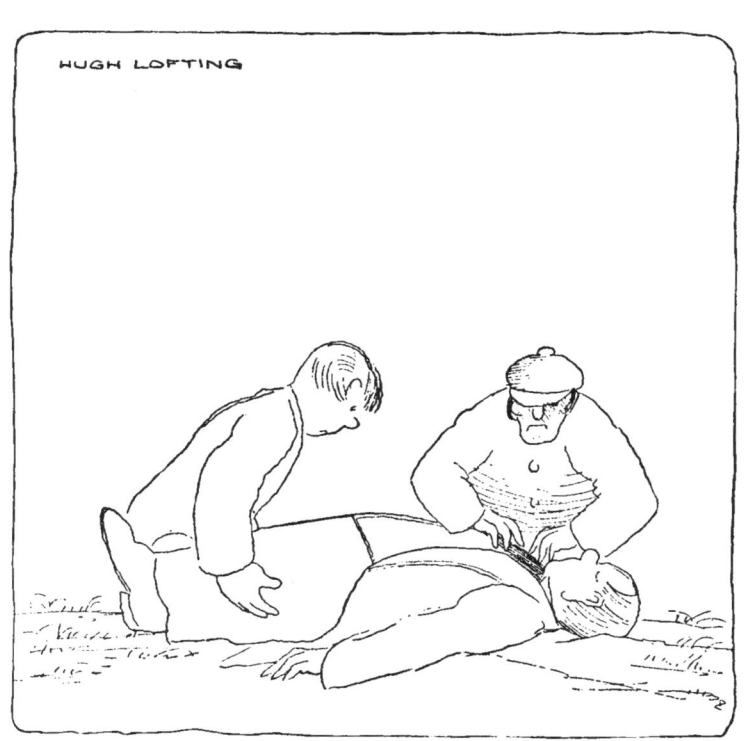

잔디 위에 박사님을 똑바로 눕힌 다음 옷깃을 느슨하게 풀어 주었다.

잔디밭으로 옮겼다. 그리고 잔디 위에 박사님을 똑바로 눕힌 다음 옷깃을 느슨하게 풀어 주었다.

하지만 우리가 다른 조처를 하기도 전에 박사님이 일어서려 했다.

박사님이 숨을 헐떡이며 말했다. "나는 괜찮아. 연기를 너무 많이 마셨을 뿐이야. 그보다 빨리 양동이에 물을 떠서 불을 꺼야 돼. 조금 전에 불길이 장작더미에 옮겨붙었어. 장작이 불타기 시작하면 이 집은 끝장이야."

실제로 박사에게 불이 났다는 것을 알려 준 쥐는 무어스덴 장원이 완전히 타 버리는 것을 막아 준 셈이었다. 그뿐만 아니라 사람들 목숨도 구했다고 할 수 있다. 만약 우리가 무어스덴 장원으로 달려가지 않았다면 사람들은 불이 난 것을 알고 일어났다 해도 도저히 불길을 잡을 수 없었을 것이다. 하지만 나는 그때까지 이 집 사람들처럼 신경질적인 사람들을 한 번도 본 적이 없었다. 그들은 모두 불평만 할 뿐 우리를 도우려 하지 않았다. 늙은 집사는 주인이 보이지 않는다는 말만 되풀이하면서 서성거려 우리를 방해할 뿐이었다.

물론 우리는 다른 사람의 도움을 기다리고만 있지 않았다. 박사님과 매슈, 범포와 나는 부엌에서 양동이에 물을 담아 나르며 열심히 불을 껐다. 그 덕분인지 마침내 불길이 잡혔다. 내버려두었다면 큰불이 되었을 장작의 불길도 꺼졌다.

매슈는 마당에 수도꼭지가 있는 것을 보고 마구간에서 호스를 가지고 와 수도꼭지에 호스를 연결하고 부서진 창문 안으로 물을 뿌렸다. 다시 불이 붙더라도 안심할 수 있도록 방재 작업을 한 것이었다.

우리가 마당에서 호스를 연결하고 있을 때 관목숲에서 한 남자가 갑자기 튀어나와 무척이나 쌀쌀맞은 말투로 박사님에게 물었다.

"당신 누구요?"

박사님이 말했다. "나 말입니까? 나는 존 둘리틀이라고 합니다. 그런데 당신은 누굽니까?"

그 남자가 말했다. "나는 시드니 스로그모턴이오. 한밤중에 남의 집에 들어와서 창문을 깨고 문지기를 쓰러뜨리다니, 이게 대체 무슨 짓이오?"

박사님이 말했다. "이런, 나는 누군가 했더니. 우리는 댁에 불이 난 걸 알리러 온 겁니다. 그런데 문지기가 우리를 들여보내지 않았지요. 워낙 급해서⋯ 만약 우리가 달려오지 않았다면 이 집은 완전히 불에 타 버렸을 겁니다."

집사가 뒤에서 그의 어깨에 손을 대는 게 어렴풋이 보였다.

시드니가 말했다. "완전히 제멋대로군. 우리 집 문지기는 들여보내도 좋은 사람과 그렇지 않은 사람을 분명하게 구별할 줄 아는 사람이오. 그리고 마을에는 소방서가 있소. 불이 나면 그곳에서 알아서 처리해 준단 말이오! 한밤중에 남의 집에 함부로 침입하다니, 이 무슨 무례한 행동이오! 나는 당신을 경찰에 고발하고 싶은 심정이오. 그러니까 당장 여기서 나가시오!"

그는 무척이나 쌀쌀맞은 말투로 박사님에게 물었다.

⤳ 26장 ⤶

가죽 상자

박사님은 뭐라고 반박하려 하는 것 같아 보였다. 매슈가 들고 있는 등불에 희미하게 비친 박사님 얼굴을 보고 나는 박사님이 뭔가 억울해 하며 화가 나 있다는 것을 알았다. 하지만 박사님은 이런 사람은 무슨 말을 해도 통하지 않을 것 같다고 판단한 것 같았다.

스로그모턴이라는 이 인간은 확실히 정말 이상한 사람이었다. 말투를 보면 제대로 교육받은 사람 같았다. 하지만 전체적으로 넙데데하고 붉은 그의 얼굴에는 너무 천박해서 호감을 느낄 수 없는 기운이 돌았다.

박사님이 조용히 말했다. "내 겉옷이 지하실에 있습니다. 겉옷을 가지고 오겠습니다. 그런 다음 나가겠습니다."

그 남자는 모욕적인 말을 퍼부으며 지하실까지 우리를 따라 내려왔다. 감시하지 않으면 뭔가 훔칠지도 모른다고 생각하는 것 같았다. 지하실에는 아직 등이 켜져 있었는데 불씨가 아직 남았는지 확인하기 위해 우리가 켜두고 간 것이었다. 바닥이 물에 젖어 있는 걸 보고 신경이 거슬린 그 남자는 불평을 해대기 시작했다.

우리가 은혜를 베풀었는데도 적반하장으로 불평을 해대는 걸 보고 범포가 참다못해 화를 폭발시켰다.

"이 무례하고 버러지만도 못한 놈!" 범포는 눈을 부라리며 시드니에게 달려들었다.

"멈춰! 범포!" 박사님이 끼어들었다. "더 이상 말할 필요 없어. 나가자."

이때 등잔 빛으로 주변이 좀 더 환해진 덕분에 나는 시드니가 작은 가죽 상자 몇 개를 옆구리에 끼고 있는 걸 보았다. 시드니는 우리가 얼마나 더 손해를 끼쳤는지 확인하기 위해 장작더미 위로 올라가느라 가죽 상자들을 포도주통 위에 잠시 놓아 두었다. 내 바로 옆에는 매슈가 있었다. 그는 시드니가 잠시 등을 돌린 바로 그 틈을 타서 맨 위쪽 상자를 하나 열어 살짝 들여다본 다음 얼른 다시 닫았다.

상자 안에는 엄청나게 큰 장식용 다이아몬드 단추 네 개가 들어 있었다.

박사님은 웃옷을 들고 지하실 계단을 올라와 밖으로 나왔다. 나도 그 뒤를 따라 나왔다.

상자 안에는 엄청나게 큰 장식용 다이아몬드 단추 네 개가 들어 있었다.

문지기는 우리와 함께 대문까지 와서 우리를 밖으로 내보냈다. 범포와 마찬가지로 매슈도 집주인의 예의 없는 태도에 잔뜩 화가 나 있었다. 박사님은 더 이상 다투어 봤자 소용없다는 생각에, 매슈가 뭔가 말을 하려 할 때마다 말렸다.

우리는 문을 나서며 마침 달려오는 소방대원들과 마주쳤다. 소방대원들을 보자 매슈는 더 이상 참지 못하고 큰 소리로 말했다.

"그냥 돌아가십시오. 당신들이 신발 끈을 묶고 있을 때 우리가 이미 불을 껐으니까요."

무어스덴 장원 밖으로 나오자 아무리 박사라 해도 화가 나서 투덜거리는 매슈와 범포를 더 이상 말릴 수 없었다.

매슈가 투덜대기 시작했다. "은혜도 모르는 나쁜 녀석! 저 녀석처럼 자기 욕심만 차리고 오만한 인간은 없을 거야. 저런 녀석을 위해 잠자다 말고 일어나 비지땀을 흘리며 뛰어다녔다니. 불을 꺼 주었는데 지하실이 젖었다고 불평하는 태도는 대체 뭐야."

범포가 말했다. "저런 녀석을 만난다면 누구든지 화가 날 겁니다. 옥스퍼드 대학이었다면 저런 녀석은 당장 퇴학을 당했을 겁니다. 내가 가만히 있었던 건 박사님이 말렸기 때문입니다."

박사님이 말했다. "이제 그만해. 더 이상 아무 말 하지 마. 나는 이제 잊었어. 이런 일은 빨리 잊어버리는 게 좋아. 계속 생각하고 흥분해 봐야 아무런 도움이 안 돼. 내가 저런 인간들과 어울리지 않고 내 일만 할 수 있다는 게 얼마나 행복한지 모르겠구나. 이런 내가 이번에 왜 이런 일에 관여했는지… 하긴 그냥 구경만 하고 있을 수는 없었지. 쥐 가족들은 구해야 했으니까. 그런데 스터빈스, 내 주머니에 쥐들은 잘 있지?"

나는 혹시 몰라서 주머니에 손을 넣어 보고 대답했다. "예, 박사님, 그런데 모자는 어디에 두셨어요?"

둘리틀 박사님이 손으로 머리를 만져 보고 말했다.

"이런! 성가시게 됐구나. 그곳에 두고 온 것 같다. 돌아가서 가지고 와야겠는데."

사실 박사님은 돌아가고 싶지 않은 것 같았다. 하지만 모자는 박사님에게 무척 중요했기 때문에 우리는 잠자코 왔던 길을 되돌아갔다.

소방대원들이 도착했기 때문에 문은 활짝 열려 있었다. 우리는 누구의 방해도 받지 않고 대문을 지나 저택으로 다가갔다.

절반쯤 걸어갔을 때 박사님이 걸음을 멈췄다.

박사님이 말했다. "그래, 매슈와 너희들은 이곳에서 기다리는 게 좋을 것 같다. 모자를 찾으러 모두 갈 필요는 없으니까."

박사님은 혼자서 걸어갔고 우리는 나무 그늘에 서 있었다. 달이 떠올랐기 때문에 주위가 전보다 잘 보였다.

나는 매슈가 뭔가 불안해하며 안절부절못하고 있다는 걸 느꼈다. 그는 쉼 없이 자기 혼자 중얼거리면서 박사님의 뒷모습을 바라보았다. 그러다 마침내 단호한 말투로 속삭였다.

"안 돼, 박사님을 혼자 보내면 절대로 안 돼! 시드니는 믿을 수 없는 녀석이야. 이 봐, 친구들. 박사님 뒤를 따라가 보자. 몸을 낮

그는 쉼 없이 자기 혼자 중얼거렸다.

추고, 나무 밑으로. 들키지 말고. 아무래도 우리가 필요할 것 같단 생각이 들어."

나는 매슈가 무슨 생각을 하는지 전혀 짐작할 수 없었다. 하지만 지금까지의 경험으로 볼 때 매슈가 지금처럼 이렇게 아무 이유도 없이 충동적으로 행동하면 그게 맞는 거라는 알고 있었다. 나는 매슈가 이런 신비한 능력을 갖게 된 건 그의 몸에 집시의 피가 흐르는 탓이라고 생각한다.

우리는 인디언 정탐대라도 된 듯 나무들 사이로 빠르게 이동하며 집 앞에 도착할 때까지 박사님을 미행했다. 그곳에서는 소방대원들이 돌아갈 준비를 하고 있었다. 이미 불이 진화됐다는 사실을 확인했기 때문이다. 현관 양쪽의 커다란 등이 주위를 환하게 비추고 있었다. 박사님은 소방대장과 이야기를 나누고 있는 시드니에게 다가갔다. 하지만 시드니는 박사에게 눈길도 주지 않았다.

이윽고 소방차가 요란한 소리를 내며 사라지자 마당에는 박사와 시드니 둘만 남았다. 그제야 시드니는 박사님을 보고 소리를 질렀다.

"또 뭐하러 왔소? 우리 집에서 나가라고 분명히 말했을 텐데. 빨리 나가시오. 나가지 않으면 개를 부르겠소!"

"모자를 가지러 온 겁니다. 응접실에 두고 왔습니다." 박사님은 화를 참으며 조용히 말했다.

하지만 시드니는 협박하듯이 큰 소리로 말했다. "나가시오. 당

우리는 인디언 정탐대라도 된 듯 나무들 사이로 빠르게 이동했다.

신처럼 수상한 사람에게 더 이상 내 집을 보여 줄 수 없소. 당신은 문지기 집뿐만 아니라 지하실 창문도 부수어 놓았소. 자, 개를 풀어놓기 전에 당장 나가시오!"

박사님은 단호하게 말했다. "나갈 수 없습니다. 모자를 가지고 가야 합니다."

(매슈가 내 귀에 속삭였다. "저 녀석을 한 방 쥐어박고 싶어.")

그때 박사님의 대답을 들은 시드니가 심하게 화를 내며 주머니에서 호루라기를 꺼내 힘껏 불었다. 그러자 마당 한쪽에서 곧바로 대답하는 소리가 들렸다.

시드니가 외쳤다. "다이너랑 울프를 풀어!"

("저 녀석들이 사람을 물어 죽였다는 바로 그 개들이야." 매슈가 내 귀에 대고 나직이 웃으며 말했다. "내가 잘 알지…정말 무서운 놈들이라구. 경비견으로 기르는 개들이야. 이제 곧 웃기는 일이 벌어질거야.")

↝ 27장 ↜

집 지키는 개들

다음 순간, 자갈길을 빠르게 달려오는 발소리와 함께 거대한 개 두 마리가 어둠 속에서 정원으로 모습을 드러냈다.

"물어! 물어!" 시드니가 개들에게 소리쳤다.

두 마리가 함께 낯선 사람을 향해 돌진했다. 순간 시드니는 경악했다. 박사님이 도망을 가지도, 무서워하지도 않았기 때문이다. 오히려 달려드는 개들을 향해 몸을 돌리고 마치 개들에게 대답이라도 하는 것처럼 으르릉거리는 이상한 소리를 낸 것이다.

개들의 행동은 더 기가 막혔다. 상대의 목을 물려고 덤벼드는 것이 아니라 꼬리를 흔들며 박사님의 손을 핥으며 낯선 사람이 아니라 마치 오래전부터 알고 지낸 친한 친구라도 되는 것처럼 행동한 것이다. 곧이어 박사님이 뭔가 지시를 내리자 자기들이

HUGH LOFTING

거대한 개 두 마리가 모습을 드러냈다.

왔던 곳으로 사라져 버렸다.

나와 함께 나무 뒤에 숨어 있던 매슈는 웃음을 참느라 손으로 입을 가리고 있었다.

박사님이 말했다. "그럼 이제 모자를 가지고 오겠습니다." 그러고 나서 박사님은 조용히 집 안으로 들어갔다.

시드니는 너무 화가 나서 말문이 막힐 정도였다. 다이너와 울프라는 이 개들은 장원에 침입하려던 강도를 물어 죽인 적이 있었는데 시드니는 이 일을 아주 자랑스럽게 여기고 있었다. 그런데도 이렇게 작은 남자에게 그런 바보 같은 짓을 하는 걸 본 시드니는 도저히 이해할 수 없었다.

응접실 쪽을 보니 박사님이 나오고 있었다. 자신의 소중한 모자를 손에 들고 말이다. 시드니는 문기둥 뒤에 몸을 숨기고 기다렸다.

"그래, 내 예감이 딱 맞았어!" 매슈가 중얼거렸다. 나무 뒤에서 슬며시 나온 그는 숨어 있는 시드니를 향해 기어갔다.

한시라도 빨리 이 불쾌한 집에서 나가고 싶었던 박사님은 지금 무슨 일이 벌어지고 있는지 전혀 눈치채지 못한 채 자갈길을 향해 급히 걸어오고 있었다. 그때 몸집이 큰 시드니가 박사님의 어깨를 잡고 땅바닥으로 쓰러뜨렸다.

시드니가 소리쳤다. "잘 기억해 둬. 너처럼 함부로 남의 집에 드나드는 놈은…"

하지만 시드니의 말은 더 이상 이어지지 않는데, 그가 박사님을 땅바닥에 쓰러뜨린 것처럼 이번에는 매슈가 그를 덮친 것이다.

그런데 시드니는 겉보기와는 달리 힘이 매우 센 남자였다. 그는 몸을 일으키더니 마치 파리라도 날려 버리듯 매슈를 뿌리쳤다. 그리고 땅바닥에 쓰러져 있는 박사님을 발로 차려 했다. 그때 갑자기 시드니의 몸이 허공으로 솟아올랐다.

　범포였다. 범포는 자신이 가장 좋아하는 아프리카 전쟁 노래를 흥얼거리며 뚱뚱한 시드니의 몸을 번쩍 들어 올린 다음 집 쪽으로 걸어갔다.

　박사님이 땅바닥에서 일어나 옷에 묻은 흙을 털어 내며 말했다. "이런, 정말 못된 녀석이야. 이런 짓을 할 줄은 몰랐는데 말이야. 저 녀석은 아무리 봐도 제정신이 아닌 것 같아. 범포, 이제 그만해라. 부탁이니까 그자 좀 내려놔!"

　둘리틀 박사님이 때맞춰 달려가서 범포를 말린 건 정말 다행스러운 일이었다. 하마터면 범포가 시드니의 머리를 현관의 계단에 내리치는 일이 벌어졌을 수도 있기 때문이었다. 범포는 자신을 말리는 박사님께 말했다.

　"하지만 박사님, 이런 녀석은 살아 봤자 이 세상에 아무 도움이 되지 않습니다. 이 녀석을 혼내 줄 수 있도록 내버려두십시오."

　박사님이 다급히 말했다. "안 돼. 범포, 여기는 아프리카가 아냐. 내려주고 돌아가자."

　범포가 마치 커다란 감자 자루라도 던지듯 시드니를 땅바닥에 내던지자, 시드니가 악을 썼다. "너희들 모두 감옥에 처넣을 거야!"

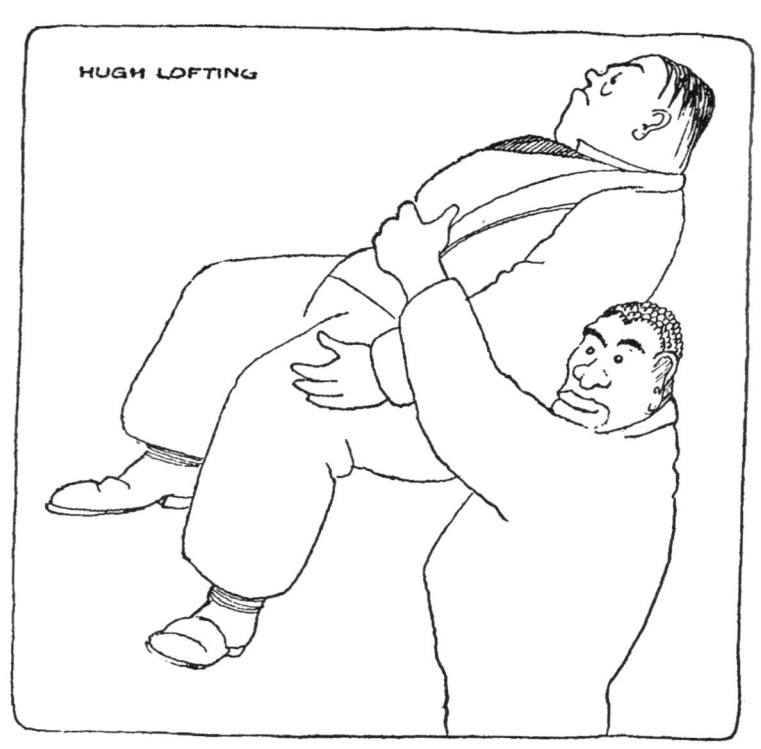

뚱뚱한 시드니의 몸을 번쩍 들어 올린 다음 집 쪽으로 걸어갔다.

"웃기고 있네. 너는 그런 말을 할 자격이 없어. 네가 문기둥 뒤에 숨어서 박사님을 덮치는 걸 우리 셋이 똑똑히 봤다구. 그리고 박사님은 이 동네에서 정직한 분으로 잘 알려져 있어. 네가 아무리 부자라 해도 네 말을 믿는 사람이 없을걸." 매슈가 비웃으면서 말했다.

그러자 시드니도 악을 쓰며 대들었다. "내 쪽에도 목격자는 있어. 너희들이 움막 창문을 부수고 문지기에게 난폭한 행동을 한 걸 본 사람이 있다구."

매슈가 대꾸했다. "아, 물론 그렇겠지. 하지만 그건 너희 집에 난 불을 끄기 위해서였어. 어쨌든 네 녀석 맘대로 해. 법정에서 만나면 되니까."

박사님이 마치 어린아이를 달래듯 말했다. "이제 그만해, 매슈. 범포도, 가자."

우리는 문으로 걸어갔다. 혼자 남겨진 시드니는 자갈 위에서 몸을 일으키더니 투덜거렸다.

돌아오는 길에 우리는 아무 말도 하지 않았다. 너무 지쳤기 때문이었다. 매슈의 말처럼 우리는 아무 보람도 없는 일에 비지땀을 흘렸던 것이다. 절반쯤 갈 때까지도 아무도 말을 꺼내지 않았다.

그런데 매슈가 갑자기 말을 꺼냈다. "아무래도 오늘 밤 일은 온통 구린 일 투성이에요. 내 생각엔 그래요."

"그게 무슨 말인가?" 박사님은 자신이 관심이 있다는 것을 보이려고 애썼지만 졸린 목소리였다.

매슈가 말했다. "그 은혜를 모르는 녀석 말이에요. 우리를 빨리 내보내려고 서두르는 모습도 그렇고… 어쨌든 모든 행동이 이상해요. 그자는 우리가 수상한 사람들이라고 생각하지 않았어요. 물론 문지기는 우리를 수상하게 생각했을 수도 있지만, 시드니는 그렇지 않았어요. 퍼들비에 사는 사람이라면 누구나 박사님을 알고 있잖아요. 그리고 그 집안사람들은 모두 주인만 찾을 뿐, 우리를 전혀 돕지 않았어요. 그때 시드니는 없었지요. 늙은 집사가 찾아다니는 동안 그자는 뭘 하고 있었을까요? 그리고 어째서…"

"이봐 매슈." 박사님이 매슈의 말을 가로막고 말했다. "그런 걸 따져서 뭐하겠어요? 그 사람이 무슨 짓을 하고 있었든 나는 관심 없어요. 물론 앞으로 무슨 짓을 하든 그것도 내가 상관할 바 아니지만. 다만 한심한 소동이 끝나서 고마울 뿐이에요."

하지만 매슈는 자꾸 신경이 쓰였다. 박사님처럼 간단히 잊어버릴 수 없었다. 그는 작지만 모두 들을 수 있는 목소리로 집에 도착할 때까지 계속 중얼거렸다.

"그래. 분명히 뭔가 수상해. 이 수수께끼가 풀리면 깜짝 놀랄 일이 생길 거야. 우선 그 문지기부터 이상해. 물론 잠자고 있는데 창문이 깨지는 바람에 놀라 일어났으니 총을 들고나오는 것도 무리는 아니지. 하지만 아무리 그렇다 해도 불이 났다고 하면 빨리 가 보는 게 순서야. 우리를 믿을 수 없었다면 아내라도 깨워서 가 보게 했어야지. 게다가 그 문지기는 정말로 불이 난 걸 알았는데도 불을 끄는 우리를 돕지 않았어. 그래, 문지기는 우리를 도와주기는커녕 그 중요한 주인에게 달려가서는 불을 끄기 위해 찾아간

"아무래도 오늘 밤 일은 온통 구린 일 투성이에요."

우리를 마치 강도인 것처럼 말했어. 그리고 문지기는 어떻게 주인이 있는 곳을 알고 있었을까? 늙은 집사도 모르고 있었는데. 아니, 집사뿐만 아니라 모든 사람이 모르고 있었는데, 문지기는 어떻게 알고 있었을까?"

이윽고 집에 도착하자 박사님은 길게 한숨을 내쉬었다. 이제야 편안히 잠을 잘 수 있다는 안도감 때문이었다. 그리고 매슈의 잔소리를 듣지 않게 된 것도 기뻤다.

→ 28장 ←

양피지 조각

내가 주머니에 넣어서 집으로 데리고 온 생쥐 가족은 쥐 클럽
에서 살게 되었다. 흰쥐는 그들을 가장 좋은 방에 살도록 직접 챙
겨 주었다. 생쥐 가족은 이내 쥐 마을의 영웅이 되었다. 생쥐들이
해 준 화재 사건 이야기는 숨 막힐 정도로 흥미진진했다. 한밤중
에 아빠 쥐가 도움을 청하러 한걸음에 달려간 일, 둘리틀 박사님
이 직접 구조에 나선 일, 그리고 막돼먹은 장원 주인에게 박사님
이 수모를 당한 일… 이 모든 이야기가 한 계절 내내 선풍적인 인
기를 끌었다.

박사님이 얼마나 무례한 대우를 받았는지를 안 쥐 중에는 전쟁
을 벌여 복수하자고 나서는 쥐들도 많았다. 나는 정말로 전쟁이
벌어졌다면 장원은 틀림없이 초토화되었을 거라고 생각한다. 쥐

들은 커튼을 갉아 놓고, 나무판자에 구멍을 뚫고, 포도주를 엎지르고… 쥐들이 할 수 있는 일은 얼마든지 있었기 때문이다. 하지만 박사님은 매슈가 화를 냈을 때와 마찬가지로 쥐들을 말렸다.

시드니의 은혜를 모르는 못된 짓은 쥐 클럽의 가장 큰 이야깃거리였다. 그리고 저녁때 쥐 클럽을 찾아온 장원에 사는 쥐들은 돌아갈 때까지 다른 쥐들의 관심거리였다. 무어스덴 장원의 이야기는 쥐들에게 대단한 문제였던 것이다.

박사님은 그 일을 잊고 싶어 했다. 그런데 어쩔 수 없이 또 다른 일에 휘말리게 되었다.

그 일은 어느 날 밤, 흰쥐가 나를 찾아오면서부터 시작되었다. 흰쥐는 이렇게 이야기를 시작했다.

"할 말이 있어. 그 저택에 살고 있던 쥐 한 마리가 찾아왔는데, 박사님을 만나고 싶대. 하지만 박사님은 바쁘기 때문에 너에게 이야기하는 게 좋겠다고 생각했어. 클럽에 가서 그 쥐를 만나보지 않을래?"

"좋아." 나는 하던 일을 그만두고 바로 클럽으로 갔다.

총회실에 가 보니 모든 회원이 생쥐 한 마리를 둘러싸고 있었는데, 그 쥐는 자기가 한 일에 다른 쥐들이 이렇게 큰 관심을 가지는 걸 즐기고 있는 것 같아 보였다. 쥐들은 명함 정도 되는 크기의 찢어진 종잇조각을 들여다보고 있었다.

저택에 살고 있던 쥐가 나를 보고 말했다. "이건 중요한 종이가 틀림없다는 생각이 들어. 물론 난 이 종이에 적힌 글을 읽지 못해.

생쥐는 자기가 한 일에 다른 쥐들이 이렇게 큰 관심을 가지는 걸 즐기고 있는 것 같아 보였다.

하지만 이 종이는 다른 종이와 전혀 달라. 종이에 대해서는 나도 많이 알고 있거든. 박사님에게 보여드리고 싶은데, 어떻게 생각해?"

나는 그 종잇조각을 조사해 보았다. 가장자리에 쥐가 갉은 이빨 자국이 나 있는 그 종이는 정말 보통 종이와 달랐다. 그 종이는 양가죽으로 만든 양피지였다. 나는 그 양피지에 네 줄로 적혀 있는 글을 읽어 보았다.

박사님에게 보여 주어야겠다고 생각한 나는 곧장 박사에게 달려갔다.

박사님 서재에는 매슈도 있었다. 매슈는 그 종잇조각이 장원에서 가지고 온 것이라는 말을 듣자 글도 읽을 줄 모르면서 굉장한 관심을 보였다.

"그런데 그 쥐는 왜 이 종이가 중요하다고 생각하는 걸까?" 박사님이 종잇조각을 받아 들고 안경을 쓰면서 말했다.

내가 말했다. "양피지는 주로 중요한 기록을 남길 때 쓰는 거잖아요."

박사님이 양피지에 적힌 글을 읽는 동안 나는 박사님 얼굴에서 눈을 떼지 않았다. 그리고 박사님도 나와 같은 생각을 하고 있다는 걸 알 수 있었다. 하지만 박사님은 별말 없이 양피지를 다시 내게 주었다.

박사님이 말했다. "그래, 스터빈스. 꽤 재미있는 내용 같구나. 하지만 나는 지금 바쁘단다. 일해야 하거든."

나는 그 종잇조각을 조사해 보았다.

방해하지 말고 서재에서 나가 달라는 뜻이었다. 나는 어쩔 수 없이 서재에서 나갔다.

그런데 매슈가 그 양피지에 깊은 관심을 보이며 내 뒤를 따라왔다. 서재의 문을 닫자마자 매슈가 물었다. "토미, 그 종잇조각에 뭐라고 쓰여 있니?"

내가 말했다. "이건 우리끼리만 알기로 해요. 아무래도 유언장의 일부분 같아요. 저뿐 아니라 박사님도 그렇게 생각하시는 것 같았어요. 하지만 박사님은 다른 일에 신경 쓰고 싶지 않아서 모르는 척하시는 거예요. 물론 그 기분은 충분히 이해해요. 그 시드니라는 사람 때문에 어이없는 일을 당하셨으니까요."

매슈가 물었다. "유언장이라고? 누구 유언장?"

내가 대답했다. "그건 알 수 없지요. 이건 한쪽 귀퉁이에 지나지 않으니까요."

매슈가 중얼거렸다. "유언장이라고? 흠, 그렇다면 그게 어디에 붙어 있던 건지 알아내야 해."

내가 물었다. "어디에 붙어 있던 건지 알아내신다고요?"

매슈가 바닥을 바라보며 말했다.

"수수께끼를 풀겠다는 거지."

나는 더욱 궁금해져 물었다. "무슨 말이에요? 뭐가 수수께끼예요?"

"나중에 가르쳐 줄게. 어느 정도 알 것 같아. 내 생각이 틀리지 않을 거야. 그 집에는 뭔가 비밀이 있어. 이 종잇조각을 잘 가지고 있어라."

　그렇게 말한 후, 매슈는 양피지를 내게 돌려주고 어디론가 사라졌다.

→ 29장 ←

왕의 귀환

그로부터 며칠 동안 나는 매슈를 보지 못했다. 나는 매슈의 말에 무척이나 흥미를 느꼈지만, 그 수수께끼에 대해 생각할 틈이 거의 없었다. 동물원 부원장으로서 처리해야 할 잡무로 너무 바빴기 때문이다. 게다가 클링도 들어왔다.

클링은 나중에 '명탐정'으로 불리게 되는데, 매우 특이한 개이니만큼 클링이 동물원에 오게 된 사연에 대해 여기서 짧게라도 설명해야 할 것 같다.

어느 날, 지프는 여느 때처럼 혼자 거리를 걷고 있었다. 그러다 지프는 몸이 아픈 개 한 마리를 만나게 되었는데, 그 개는 담 밑에 웅크리고 앉아 끙끙 앓고 있었다.

지프가 다가가서 물었다. "왜 그러니? 어디 아프니?"

그 개가 대답했다. "쥐를 잡아먹었어. 그런데 배가 너무 아파."

지프가 말했다. "큰일이다. 요즘 같은 때 쥐를 잡아먹다니. 넌 아무것도 모르는구나. 요즘처럼 실험용 쥐가 많이 돌아다닐 때는 쥐를 잡아먹으면 안 돼. 독성이 강해서 큰일 난다고."

"독성이 뭐야?" 그 개가 신음을 내며 물었다.

"쥐의 저주야. 빨리 박사님께 가자. 박사님이 병을 치료해 주실 거야. 그런데 넌 이름이 뭐니?" 지프가 말했다.

"클링이야. 네 말은 고맙지만 나는 지금 배가 너무 아파서 걸을 수가 없어."

지프가 말했다. "알았어. 여기서 기다려. 박사님을 모시고 올게."

지프는 있는 힘을 다해 달리면서, 이런 때를 대비해서 박사에게 개를 위한 구급차를 만들자고 해야겠다고 생각했다.

집에 와 보니 공교롭게도 박사님은 밖에 나가고 없었다. 그래서 지프는 나를 찾아왔다. 나는 지프와 함께 서둘러 클링을 데리러 갔다.

가서 보니 빨리 치료하지 않으면 위험할 것 같았다. 나는 지프에게 빨리 박사님을 찾아보라고 말한 뒤 클링을 안고 집으로 돌아왔다.

집에 도착해 보니 박사님은 이미 와 있었다. 내가 클링을 진찰실로 데리고 가자 박사님은 곧바로 진료를 시작했다.

박사님이 말했다. "약물 중독이야. 잡아먹은 쥐에게 독이 있었던 것 같구나. 2~3일쯤 입원해서 치료하면 곧 좋아질 테니까 너무 걱정하지 말아라. 자, 이걸 먹으렴. 그리고 스터빈스, 이 개를 의자에 눕히고 담요를 덮어 주렴. 열이 있기 때문에 찬바람을 쐬면 안 되거든. 클링, 하필이면 왜 쥐를 잡아먹었니?"

"배가 고파서요. 이틀 동안 아무것도 먹지 못했거든요." 클링이 부끄러운 듯 고개를 숙이고 말했다.

박사님이 말했다. "그랬구나. 앞으로는 배가 고프면 우리 동물원을 찾아오거라. 잡종개 아파트를 알고 있지? 그곳에 가면 언제든지 먹을 것이 있으니까. 쥐는 잡아먹으면 안 된다."

다음 날 이른 아침, 박사님 침실에서 요란한 소리가 들렸다. 다시 모든 가구를 이리저리 옮기는 것 같은 시끄러운 소리였다. 무슨 일인지 궁금해서 가 보려는데, 방문이 열리면서 박사님이 큰 소리로 나를 불렀다.

"스터빈스, 내 구두 보지 못 봤니? 왼쪽 구두 말이다."

나는 대답했다. "아뇨, 못 봤는데요."

박사님이 말했다. "이상하구나. 틀림없이 어젯밤 침대 옆에 벗어 놓았는데."

그날 아침, 내가 가장 먼저 해야 할 일은 클링을 살펴보는 것이었다. 나는 계단을 내려가 곧장 병실로 들어갔다. 하지만 의자는 텅 비어 있고, 환자의 모습은 보이지 않았다.

깜짝 놀라 밖으로 나가 보니, 잔디 한가운데에 클링의 모습이 보였다. 클링뿐만 아니라 박사님 구두도 그곳에 있었다.

클링은 뭔가 깊은 생각이라도 하는 듯 이맛살을 찌푸린 채, 박사님 구두를 물어뜯고 있었다. 내가 클링에게 갔을 때 박사님도 잔디밭으로 달려왔다. 오른발에는 구두, 왼발에는 빨간 슬리퍼를 신고 있었다.

박사님이 말했다. "이런! 벌써 나은 거냐, 클링? 나는 아직 돌아다녀도 좋다는 말을 하지 않았는데. 그리고 내 구두를 어떻게 한 거냐?"

사실 물어볼 필요도 없었다. 박사님이 구두를 집어 들었을 때, 구두에는 개의 이빨 자국이 선명한 구멍이 뚫려 있었기 때문이다.

박사님이 말했다. "이럴 수가! 이것 좀 봐라. 대체 이걸 어떻게 해야 하지?"

박사님이 난처해 하는 모습을 보고 클링은 쑥스러운 표정으로 말했다. "그거 신으시는 구두였어요? 저는 너무 낡아서 버리는 건 줄 알았어요."

박사님이 말했다. "무슨 소리, 이건 내가 가장 아끼는 구두야. 솔직히 말하면 내게는 이 구두밖에 없단다. 스터빈스, 아침 식사 하고 아버지에게 가서 이 구두 좀 고쳐 오겠니? 내가 잘 부탁한다고 말씀드리고. 오늘 저녁에 동물학회 클럽에 가야 하거든. 빨간 슬리퍼를 신고 갈 수는 없잖니? 그런데 클링, 너는 이제 다 큰 개인데 왜 구두 따위를 물어뜯는 거냐? 이런 짓은 강아지나 하는 거야."

클링이 말했다. "맞는 말씀이에요. 그런데 전 어릴 때의 버릇을 못 버리겠어요. 제가 생각해도 이상해요. 어머니는 그게 제가 천재라는 증거라고 하고, 아버지는 제가 저능아라는 증거래요. 어느 쪽이 맞는지는 저도 모르겠어요."

박사님이 말했다. "알겠다. 클링, 네가 가지고 놀 수 있는 구두를 사 주어야겠구나. 내 구두를 물어뜯게 할 수는 없으니까. 넌 갈색 구두를 좋아하니, 아니면 검은색 구두를 좋아하니?"

클링이 대답했다. "갈색 구두가 좋아요. 갈색이 맛이 더 좋거든요. 그리고 똑딱단추가 달린 구두가 좋아요. 단추를 물어뜯는 기분은 최고거든요."

박사님이 말했다. "퍼들비 마을에서 똑딱단추가 달린 갈색 구두를 구하는 일은 쉽지 않을 것 같구나. 이 마을은 유행이 더딘 편이거든. 그래, 나와 함께 나가 보자. 함께 가서 마음에 드는 구두를 네가 직접 고르는 거야."

이 일 때문에 둘리틀 박사님은 다시 이상한 사람이라는 소문에 휩싸이게 되었다. 아침 식사를 마친 나는 박사님 구두를 고치기 위해 구둣방인 우리 집으로 달려갔다. 한편 박사님은 클링을 데리고 마을에서 가장 큰 구두 가게로 갔다. 가게 주인은 손님인 박사님은 슬리퍼를 신고 있으면서 개에게 줄 구두를 산다는 말을 듣고 이상하다는 표정을 지었다. 그리고 그 가게의 점원들은 한동안 근처 상인들에게 박사님이 개에게 구두를 사 줬다는 소문을 퍼뜨리며 비웃었다. 소문에 의하면, 박사님이 가게에 있는 똑딱단추가 달린 갈색 구두를 모두 한 줄로 늘어놓고는 마치 영양실조에 걸린

HUGH LOFTING

클링

듯한 지저분한 개에게 한 켤레를 고르도록 했다는 것이다.

클링은 자기 병이 빨리 나은 것이 갈색 구두를 씹으면서 마음이 안정됐기 때문이라고 했다. 그날 밤이 되자 클링은 정말로 완전히 건강을 되찾고는 강아지처럼 신나게 마당을 뛰어다녔다.

"새 구두를 씹으면 마치 어린 시절로 돌아가는 것 같아요." 클링은 화단을 뛰어오르며 말했다.

그 후 둘리틀 박사님 가족들은 물론이고, 잡종개 아파트나 동물원의 회원들도 모두 클링을 좋아하게 되었다. 구두를 좋아한다는 점에서 철이 덜 든 강아지 같았지만, 클링은 아주 특이하고 재미있는 개였다. 그래서 클링은 동물원의 식구가 된 첫날부터 인기를 독차지했다. 질투와 시기심이 많은 토비조차도 클링을 좋아하게 되었다. 클링은 우리 동물원의 자랑거리였다

╾ 30장 ╾

무어스덴 장원의 수수께끼

내가 찢어진 양피지를 박사님에게 가져다 보여 준 후 얼마 지나지 않아 흰쥐가 득달같이 찾아와 박사님이 무슨 말을 했는지 내게 물어보았다. 흰쥐는 박사님이 전혀 관심을 보이지 않았다는 내 말을 듣고 매우 실망했다.

흰쥐가 찾아왔을 때 내 방에는 지프도 있었다. 지프는 불이 났던 밤에 내가 자기를 먼저 돌려보낸 걸 두고 아직도 삐져 있었다. 특히 그날 시드니와 싸움이 벌어졌고 박사님이 봉변을 당했다는 걸 알고는 나를 더욱 원망했다.

8시 반쯤이었다. 나와 흰쥐가 이야기하고 있는데 동물 먹이 장수 매슈도 왔다. 며칠 만에야 얼굴을 보는 것이었다.

내가 말했다. "참, 매슈 아저씨, 그 수수께끼 푸신다는 건 어떻게 되었어요?"

의자에 앉으며 그가 중얼거렸다. "흠, 여전히 풀리지 않았어."

그러자 지프가 귀를 쫑긋 세우고 지금 무슨 이야기를 하고 있냐고 물었다. 나는 그 날 밤 장원에서 일어난 일들을 볼 때 저택과 그 주인 사이에 뭔가 비밀스러운 연결점이 있다고 매슈가 확신하고 있다는 걸 개의 말로 설명해 주었다.

매슈가 말했다. "유언장 나머지 부분을 찾지 못하면 한 발짝도 앞으로 나가지 못할 거야."

"제가 알아보기는 했는데 그건 힘들 것 같아요."

"잠깐," 흰쥐가 내게 속삭였다. "원하면 언제든지 그 정원에 사는 쥐를 만나게 해 줄 수 있어."

내가 말했다. "좋아, 그럼 불러와 봐. 그 이후에 또 뭔가 발견했을 지도 모르니까."

흰쥐는 곧장 밖으로 나갔고 매슈와 나는 하던 이야기를 계속했다.

흰쥐는 15분도 채 지나지 않아 다시 돌아와서 내 팔꿈치에 올라와 앉았다. 양피지를 가져왔던 그 쥐도 데리고 왔다.

내가 장원 쥐에게 물었다. "양피지 나머지 부분에 대해 뭔가 좀 알아낸 거 있니?"

장원 쥐가 말했다. "그게… 오늘 저녁에야 알아냈어. 전에 말했듯이 양피지 조각은 어느 쥐 둥지에 있었어. 오래된 둥지였는데 내가 우연히 발견해서 해체했어. 난 그걸 고쳐서 내 새 둥지로 만들 생각이었거든. 그런데 오늘 저녁 그 오래된 둥지의 주인을 만난 거야."

내가 물었다. "아! 그거 특종 같은데, 그래서 그 쥐가 뭐랬는데?"

장원 쥐가 말했다. "그게… 그 쥐는 내가 전에 한 번도 본 적이 없는 쥐였어. 너도 알다시피… 그래서 장원에 사는 모든 쥐에게 물어보았어. 덕분에 그 쥐가 집을 나와 정원에 있는 모종 창고로 이사했다는 걸 알게 되었어. 작년에 도토리를 찾다가 우연히 가 본 적이 있던 곳이야. 난 그 쥐에게 달려갔어. 그 쥐는 아주아주 늙은 쥐였어. 몸도 정말 약했고. 우리 장원에서 가장 오래 산 쥐였어."

내가 말했다. "그랬군, 그런데 양피지 건은? 그 쥐가 너한테 뭐라고 말했는데?"

"스로그모턴 씨 시절의 것이라고 하던데, 그때 자기는 그 노인의 2층 서재에 살고 있었대. 아내와 함께 살 둥지를 만들고 있었는데, 벽판 뒤에다, 더 정확히는 벽판과 벽 사이에 말이야. 그런데 둥지를 만들 재료를 찾기가 힘들었대. 그래서 노인의 책상으로 들어갔다네. 뒤에 구멍을 뚫어서 말이야. 그리고 둥지를 만들 재료를 찾아서 서랍을 죄다 뒤지며 돌아다녔대. 그런데 서랍 안에는 종이랑 빨간색 끈뿐이었대. 그런데 귀퉁이를 물어뜯은 종이들 중에 노인이 맨 위 서랍 안에 소중히 보관해 둔 바로 그 커다란 종이가 있었던 거야. 두꺼워서 그걸 쓰면 외풍을 제대로 막을 수 있을 거라고 생각한 거지. 그런데 그 종이는 노인이 아주 소중하게 여기던 것 같았어. 며칠 후, 서랍을 열어보고 그 종이의 귀퉁이가 찢어져 나간 걸 안 노인이 욕을 해대면서 심하게 화를 냈으니 말이야. 그 쥐는 화로 선반 위 시계 뒤에 숨어서 이 장면을 보았는데, 화를 그렇게 심하게 내는 사람은 그때 처음 보았다고 말했어. 아무튼 노인은 종잇조각이 잘려나간 모양을 보고 그게 쥐들의 소행이라는 걸 금방 눈치챘어. 노인은 방안 구석구석을 뒤졌어. 방안에 있는 가구를 죄다 들춰서 말이야. 하지만 당연히 찾을 수 없었지. 그건 벽판 뒤에 있는 쥐의 둥지에 있었으니까. 노인은 결국 찾는 걸 포기하고 양피지를 서랍에서 꺼내 어딘가 다른 곳에 숨겼다는 거야."

"어디에?" 의자에서 허리를 반쯤 일으키며 내가 물었다.

"그건 모른대. 하지만 서재에 없는 것만큼은 확실하다고 말했어."

나는 실망해서 다시 의자에 주저앉았다.

내가 물었다. "그 집에 있는 쥐들을 모두 동원해서 찾아보면 찾을 수 있지 않을까?"

장원 쥐가 고개를 저었다.

"사실은 우리가 이미 찾아보았어. 네가 관심이 있어 한다는 소문을 클럽에서 듣자마자 장원에 사는 쥐들이 모두 나서서 찾아봤다구. 하지만 아무런 흔적도 없었어."

쥐가 한 말을 내가 통역해 주자 매슈는 나보다 훨씬 더 실망했다.

내가 말했다. "그런데, 매슈 아저씨는 뭔가 알아낸 게 없으세요? 지난번에 마지막으로 봤을 때 아저씨 나름대로 조사해 보겠다고 했잖아요."

매슈가 말했다. "그렇게 간단한 일이 아니야. 노인이 죽고 난 다음에 지금 이 아들이 상속을 받은 후로 하인이 죄다 바뀌었어. 물론 이것도 수상하기는 해. 그래서 소문 같은 걸로라도 이 가족에 대해 뭔가 알아보려고 해보긴 했지만 쉽지 않았어. 뭔가 알아내긴 했지만 문제를 푸는 데 도움되는 건 하나도 없었어."

이때 지프가 내 의자로 다가와서 코로 내 무릎을 툭툭 쳤다.

지프가 말했다. "토미, 그 수수께끼를 푸는 데는 치프사이드랑 클링이 제일 도움될 거야."

나는 궁시렁거렸다. "흥, 치프사이드는 거리의 다른 참새들한테 소문을 듣곤 하니까 그렇다고 쳐. 하지만 클링은 왜? 클링이 이 문제에 무슨 도움이 된다는 거지?"

지프가 말했다. "이런 맙소사! 클링은 범죄랑… 어둠의 세계에 대해 무지무지 많이 알고 있어. 한때 도둑하고 함께 살았거든."

"도둑하고!" 내가 소리쳤다.

"그래. 언제 한 번 불러서 걔가 살아온 이야기를 들어보는 게 좋을 거야. 그렇게 흥미진진한 이야기는 아마 들어본 적이 없을 거야. 클링이 강아지였을 때 부랑자에게 붙잡혔는데, 그때 그 남자가 온갖 나쁜 짓을 다 가르쳐 주었대. 그 부랑자는 클링의 목에 목줄을 채워 함께 거리를 돌아다녔대. 그러다 부자처럼 보이는 사람이 지나가면 이렇게 말해다고 해. '이 개 사시겠어요?' 그러면 대부분은 샀는데, 왜냐하면 클링은 그 사람들이 반할 만한 온갖 재주를 이미 다 배웠거든. 하지만 클링은 새 주인집에서 곧 도망쳐서 다시 부랑자한테 돌아왔어. 알겠지만 처음부터 그렇게 훈련받았던 거지. 그런 다음 부랑자는 다른 도시로 가서 클링을 또 팔았어. 클링 말로는 한 달에 열두 번이나 팔린 적도 있다고 해. 그러다 부랑자는 좀 더 빨리 돈을 벌 방법을 생각해 냈어. 그 사람은 팔려간 집의 구조, 그중에서도 은이나 여타 귀중품이 있는 곳을 알아내는 방법을 클링에게 가르쳤다고 해. 클링이 팔려간 집에 나중에 와서 물건을 터는 거지. 귀중품이 있는 곳으로 클링이 안내한 거지. 그런 다음 둘이 함께 다른 마을로 옮겨갔다고 해.”

“놀랍군! 지독하게 나쁜 짓을 했네!”

지프가 말했다. “맞아. 하지만 클링은 자기가 나쁜 짓을 하고 있다는 걸 전혀 몰랐대. 그러다 목사 집에 사는 어떤 개한테 자기가 하는 일을 자랑한 적이 있는데, 그때 그 개가 엄청나게 화를 내며 이제 그런 생활 그만두라고 다그치는 바람에 그제야 알게 되었다는 거야. 그리곤 클링은 기회를 잡자마자 부랑자한테서 도망쳐 다시는 돌아가지 않았대. 자기한테만큼은 늘 친절하게 대해 주던 사람이었지만 말이야.

그래, 클링은 범죄에 관해서라면 정말 무지무지 잘 알아. 알겠지만, 클링은 그 부랑자랑 같이 사는 동안 온갖 괴상한 새들이며 질 낮은 사기꾼들을 만났어. 온갖 범죄 수법을 알게 된 건 바로 그 때문이라고 해. 그러다 벨기에에서 경찰견이 되어 범법자들을 쫓는 일을 하게 되었다더군. 내가 알기로는 녀석은 브뤼셀에서 '명 탐정 개'라는 별명을 얻었어. 정말 명성이 자자했다고 하더군. 하지만 그 일이 마음에 안 들어서 한 해쯤 후에 다시 도망쳤대. 그리고 그 자신 스스로 한동안 부랑자, 그러니까 부랑자 개가 되었는데 녀석 말로는 세상 구경을 하고 싶었다더군. 정말 놀라운 경력을 가졌지. 아무튼 너는 절대로 그렇게 생각하지 않겠지만… 젠체하는 법 없고 조용한 녀석이야. 처음 만났을 때 녀석이 잘근잘근 물어뜯은 구두짝이나 질질 끌고 다니는 걸 보고 대부분은 녀석을 아주 어리석은 개라고 생각해. 하지만 나는 너나 매슈나 뭔가 문제가 있다면 녀석하고 상의해 보는 게 좋을 거라고 확신해."

내가 말했다. "알았어. 네 말이 맞는 것 같아. 그럼 지금 당장 가서 우리랑 얘기할 수 있는지 알아봐 줄 수 있어? 잡종개의 집에 있는 다른 개들한테는 아무것도 말하지 말고. 걔들이 얼마나 야단법석을 떨지는 너도 알 테니까. 혹시 정원에서 치프사이드를 보면 녀석에게도 와 줄 수 있는지 물어볼 수 있지?"

지프가 나가자 나는 지프와 나눈 이야기를 매슈에게 대략 설명해 주었다. 클링은 아직 매슈를 만난 적이 없었는데, 그건 매슈가 '조사'(그의 말임)라는 걸 하기 위해 며칠 자리를 비웠기 때문이었다. 그런데 탐정개가 지프의 뒤를 따라 새 구두를 입에 물고 방안으로 들어오자 매슈가 안절부절못하는 모습이 내 눈에 들어왔다. 클링의 행동도 뭔가 이상해 보였다. 클링은 뭔가 기억해 내려는 듯 눈을 반쯤 감고 잠시 매슈를 뚫어져라 쳐다보았다, 그러다 어깨를 부들부들 떨더니 바닥에 웅크리고 앉아, 몸을 돌린 다음 앞발로 구두를 끼고는 씹을 곳을 찾기 시작했다. 그때 지프가 흘깃 나를 보았는데 뭔가 많은 것이 담긴 눈빛이었다.

매슈가 개의 말을 모른다는 걸 알고 있는 나는 클링에게 전에 매슈를 본 적이 있냐고 물었다.

클링은 대답하기 전 뭔가 골똘히 생각하는 듯 구두의 단추 하나를 물어뜯었다.

"글쎄요… 하지만 그게 뭐 중요한가요? 매슈는 당신 친구잖아요. 박사님 친구기도 하고요. 저는 정말 많은 사람을 만났어요. 하지만 덮어 둘 건 덮어 두어야 한다고 생각해요. 지프 말로는 제게 무슨 용무가 있다고 하던데."

내가 말했다. "맞아, 우리한테 문제가 하나 생겼어. 수수께끼 같은 문제야. 어, 치프사이드도 왔네. 잘 됐다. 치프사이드의 의견도 한꺼번에 듣게 생겼는 걸."

→ 31장 ←

탐정 개

나는 무어스덴 장원에 불이 나 한밤중에 호출된 일에서 시작해 그 뒤이어진 일들을 처음부터 끝까지 하나도 빼놓지 않고 클링에 게 전부 다 이야기해 주었다.

지프는 클링을 처음 본 사람은 누구든 녀석을 바보로 여길 거 라고 했는데 그건 맞는 말이었다. 내가 이야기를 하는 동안 계속 해서 구두만 씹고 있는 녀석의 모습을 보고 나는 녀석이 그 일에 푹 빠져 내 말은 귓등으로도 안 듣는 줄 알았다. 하지만 나는 곧 녀석이 내 말을 듣고 있었을 뿐만 아니라 한마디도 놓치지 않고 다 기억하고 있다는 걸 알게 되었다.

이야기가 끝나자 클링이 말했다. "그랬군요. 이런 경우 저는 우 선 이야기를 만들어 봐요. 그걸로 우리가 풀어야 할 수수께끼가 정확히 뭔지를 파악하는 거지요. 그러니까 제 말은 처음에는 머릿속으로 풀어 본다는 거예요. 그런 다음 우리 생각이 맞는지 틀리는지 검토해 보는 거죠. 말해 주세요. 스로그머턴 씨를 마지막으로 보았을 때… 그러니까 그 사람이 여러분을 처음 보았을 때 그 사람이 혹시 무언가 가지고 있었나요?"

내가 대답했다. "응, 작은 가죽 상자를 몇 개 가지고 있었어."

"그 안에 뭐가 들어 있는지 알 수 있었나요?"

내가 다시 말했다. "응, 시드니가 안 볼 때 매슈가 열어 봤대. 다이아몬드로 만든 커다란 단추가 네 개 들어 있었대."

클링은 생각에 잠긴 듯 고개를 끄덕였다.

클링이 계속 말을 이어 갔다. "지금 그 집에 있는 개 두 마리는 보통 때는 항상 집 안에 있지 않았나요? 이건 매슈 아저씨가 잘 알 것 같은데."

나는 매슈에게 물어보았다.

매슈가 말했다. "그래, 맞아. 지금까지 한 번도 생각해 본 적이 없는데 그러고 보니 그것도 이상한 것 같긴 하네. 그 개들은 저녁 때가 되면 집 안에서 마음대로 돌아다녔어. 강도를 죽였을 때도 그 강도가 귀중품이 들어 있는 서랍을 열려는 순간이었거든. 이건 정원사에게 들은 이야기야. 그런데 그날 밤, 다이너와 울프가 집안에 없었던 건 아무래도 이상해. 마구간 쪽에서 달려온 것 같던데."

나는 클링에게 개의 말로 이야기를 전해 주었다. 클링은 자기 짐작이 맞았다는 듯 다시 한 번 고개를 끄덕였다.

잠시 생각한 후 클링이 말했다. "그럼, 이야기를 정리해 보지요. 토미는 매슈 아저씨에게 제 이야기를 다시 들려주세요. 그렇게 해야 같은 생각을 하고 있는지 알 수 있으니까요. 우선 시드니가 불을 끄러 간 당신들에 심하게 화를 낸 이유부터 생각해 보기로 해요. 그 까닭은… 자기가 불을 질렀기 때문이에요."

나는 나도 모르게 자리에서 벌떡 일어났다. 그건 정말 깜짝 놀랄 만한 생각이었다.

내가 말했다. "잠깐만, 매슈에게 이야기할 테니 기다려." 내 말을 듣고 매슈도 자리에서 벌떡 일어났다.

"대단해. 그리고 정확한 판단이야. 나는 그 녀석이 우리를 저택에서 쫓아내려 한 건 뭔가 나쁜 짓을 하고 있었기 때문이라고 생각했어. 하지만 자기 집에 직접 불을 질렀으리라고는 생각하지 못했어. 집 안에는 모두 값비싼 것들뿐이었고 또 창문을 깨뜨렸다고 화를 냈으니까. 하지만 가만히 생각해 보면 불이 난 것에는 별 신경을 쓰지 않는 것 같았어. 그래, 맞는 말이야."

클링이 계속해서 말을 이어 갔다. "그리고 시드니가 보석을 가지고 있었던 점과 그날 밤에만 개들이 다른 곳에 갇혀 있었다는 걸 생각해 보세요. 시드니는 불이 날 것을 미리 알고 있었던 거예요."

매슈가 말했다. "그래, 그런 것 같아. 하지만 불이 나면 큰 손해인데 왜 그런 짓을 했을까?"

클링이 말했다. "불이 나지 않으면 더 큰 손해를 입을 수도 있기 때문이지요. 그래서 자기 집에 스스로 불을 지른 거예요. 저는 이런 경우를 많이 봤어요. 그럴 때는 어째서 집을 태울 생각을 했는지 그걸 생각해 봐야 해요. 이 세상에서 없애 버릴 사람이나 버리고 싶은 물건이 있었다고 추정할 수 있지요. 무엇을 없애려 했을까요? 그 집 안에 시드니가 죽이고 싶어 한 사람이 살고 있었나요?"

나는 매슈에게 물어보았다. 그런 사람은 없다는 대답이 돌아왔다.

클링이 물었다. "남동생이나 여동생은 없나요?"

매슈가 대답했다. "한 명도 없어. 그건 확실해."

클링은 말을 이어 갔다. "알겠어요. 그렇다면 시드니는 사람이 아닌 어떤 물건을 없애려 했을 거예요. 그런데 왜 하필 집을 태우는 방법을 선택했을까요? 그건 그 물건을 찾지 못했기 때문이 아니었을까요? 아마, 그건 분명…"

"유언장?" 내가 끼어들었다.

클링이 고개를 끄덕였다. "바로 그거예요. 그렇다면 왜 유언장을 없애려 했을까요? 아버지가 전 재산을 아들인 자신이 아니라 다른 곳에 기부하려 한다는 걸 알고 있었거나 아니면 그럴지도 모른다고 생각하고 있었기 때문일 거예요. 유언장만 없으면 자기가 외아들이니까 재산을 모두 독차지할 수 있는 거죠. 그런데 그런 유언장이 실제로 작성되었고 그 유언장이 집 안에 있다고 생각한 거죠. 자기가 찾지 못하면 누군가 찾아낼 수도 있다는 생각에 겁이 난 거예요. 예전에 집에서 일하던 하인들을 죄다 내보내고 사나운 경비견을 두 마리나 사서 사람들을 쫓아내게 한 걸 잊으면 안 돼요. 그래서 결국 집 전체를 몽땅 불태워 유언장도 함께 없애자고 결정한 거예요. 열 채가 넘는 저택에다 영지까지 가지고 있으니 그 집 한 채 정도야 아무것도 아니지요. 외국에 있는 저택들이나 영지에 한번도 가지 않은 건 혹시라도 자기가 장원을 떠나 있을 때 누군가 유언장을 발견하기라도 할까 두려웠기 때문이고요."

→ 32장 ←

스로그모턴 씨

"맞아, 다 맞아!" 클링이 한 말을 전해 주자 매슈는 너무도 흥분한 나머지 자리에서 벌떡 일어나며 소리쳤다. "아버지와 아들 사이가 아주 나빴다고 정원사가 나한테 말했어. 아버지가 죽기 전까지 시드니 스로그모턴이 외국에 주로 머문 것도 그래서야. 부자 사이가 나쁘다는 게 알려지는 걸 시드니의 아버지가 원치 않았던 거지. 물론 유언장을 숨겨 둔 것도 그래서고. 아귀가 꼭 들어맞아. 저 개는 마법사야. 하지만 말이야, 이제 우린 서둘러야 해. 그 녀석이 언제 집에 다시 불을 지를지 모르거든."

매슈는 유언장이 없어지면 가장 손해 볼 사람이 자기라도 되는 양 말했다. 솔직히 말하자면 나도 수수께끼에 완전히 푹 빠져 있었고, 지금 당장 저 사악한 시드니가 좌절하는 모습을 보고 싶었다.

내가 말했다. "글쎄요, 아무리 급해도 지금 당장 똑같은 짓을 또 저지르지는 않을 거예요. 그건 너무 멍청한 짓이잖아요. 그러니 그자도 조심은 하지 않겠어요? 유언장이 있다는 걸 알면 또 범죄를 저지르려 할 거예요. …맙소사! 우리한테 뭔 해코지를 할지 모르겠어요!"

클링이 말을 이어갔다. "다음 단계는 시드니의 아버지가 대체 누구에게 재산을 남겼을지를 알아내는 거예요."

그때 치프사이드가 책상 위로 날아올라 수다를 떨기 시작했다. 이야기에 몰두한 나머지 치프사이드가 있다는 걸 우리 모두 까맣게 잊었다.

"여러분, 그 이야기라면 제가 도움을 드릴 수 있을 것 같아요. 저는 시드니의 아버지를 잘 알아요. 그분은 훌륭한 신사였지요. 제가 그 노인을 처음 본 곳은 무어스덴 장원이 아니었어요. 노인은 일 년에 한두 주 정도만 무어스덴 장원에 머물렀어요. 저는 가을 무렵이면 그 노인의 성으로 놀러 가곤 했죠. 서섹스에 있는 벤코트 성이었어요.

여러분도 아실지 모르지만 그 노인은 나이가 든 뒤부터 소, 양, 말 같은 가축을 길렀어요. 몸집이 엄청나게 큰 짐말도 있었어요.

그 노인의 이름은 조너선 스로그모턴이었는데, 동물에게 매우 친절한 사람이었지요. 저를 위해 마당에는 분수를, 나무에는 둥지를 만들어 주고 여러 가지 좋은 일을 많이 했어요. 마부도 한 명 있었는데, 매일 아침 참새와 들새들에게 빵 부스러기를 던져 주었어요. 어떤 때는 조녀선 노인이 직접 빵을 던져 주기도 했지요.

저는 조녀선 노인과 친했어요. 그뿐만이 아니었어요. 조녀선은 일하는 동물들이 편하게 지낼 수 있도록 많은 것들을 신경 썼어요. 말이 물을 마실 수 있는 곳을 만들고, 비탈이 심한 곳에서는 꼭 두 마리 이상의 말이 짐을 끌 수 있도록 배려해 주었지요. 그것도 한 마을에서만이 아니라 자기 집이 있는 모든 마을에서 그렇게 했어요. 저는 조녀선 노인이 동물을 위해 어느 정도 유산을 남겼을 것이라고 생각해요."

치프사이드의 말이 채 끝나기도 전에 나는 양피지를 소중하게 보관해 둔 수첩을 꺼냈다. 그리고 수첩 사이에서 양피지 조각을 꺼내 거기 네 줄로 적혀 있는 글을 다시 읽어 보았다. 첫 줄에는 '…을 받는 사람은'이라고 적혀 있었다. 두 번째 줄에는 새로운 행이 시작되는 듯 '내 유산 가운데에…'라고 쓰여 있었고, 세 번째 줄에는 '앞에서 말한 사람에 의해…'라고 쓰여 있었다. 그리고 마지막 줄에는 '…에서 지켜 줄 수 있는 단체…'라고 쓰여 있었다.

나는 그 글을 읽고 다급한 목소리로 말했다.

"우리 모두 빨리 박사님께 가야 해요. 서둘러요!"

다들 무슨 큰일이 일어난 줄 알고 깜짝 놀랐다. 하지만 장원에서 온 쥐는 너무 늦어서 어머니가 걱정하실지 모르기 때문에 그만 돌아가야 한다고 말했다. 그 쥐가 방을 나가자, 흰쥐는 친구를 배웅해 주고 돌아오겠다면서 뒤따라 나갔다. 남은 친구들, 그러니까 매슈, 지프, 클링, 치프사이드 그리고 나는 서둘러 서재로 갔다. 박사님은 서재에서 일하고 있었다.

"박사님!"

나는 서재 안으로 뛰어 들어가면서 말했다.

"방해해서 죄송해요. 하지만 꼭 드릴 말씀이 있어요."

그리고 지금까지의 이야기를 하자, 박사님도 어쩔 수 없다는 듯 손에 든 펜을 내려놓았다. 나는 이야기를 끝내고 양피지를 박사 앞으로 내밀었다.

"이걸 보세요. 이 종잇조각이 원래대로라면 네 번째 줄에 '동물을 잔혹한 행위에서 지켜 줄 수 있는 단체'라고 쓰여 있었던 게 아닐까요? 조너선 노인은 살아 있을 때 동물을 위해 많은 돈을 썼다니까 그런 유언을 남겼을 가능성도 크지요. 시드니는 이런 사실을 알고 있었기 때문에 유산을 가로채려 했을 거예요. 그러니까 조너선 노인의 유산을 빼앗긴 피해자는 결국 동물들이라구요."

내 말이 끝나자 박사님은 잠깐 동안 깊이 생각에 잠겼다. 그동안 우리는 박사님 얼굴을 뚫어지게 바라보았다.

이윽고 박사님은 찬성도 반대도 하지 않는 묘한 표정을 지었다.

그리고 조용한 목소리로 말했다.

"하지만 스터빈스, 네가 한 대부분의 억측은 머릿속에서 만든 것에 지나지 않아. 물론 그럴 가능성이 있다는 건 나도 충분히 인정한다. 넌 대체 이제 내가 어떻게 했으면 좋겠니?"

"그야 당연히 그 유언장을 손에 넣어야지요."

"그래, 그 말도 이해한다. 하지만 방법이 없지 않니? 우리가 그

305

집으로 몰래 들어간다 해도 유언장을 찾을 수 있다는 보장이 없잖니? 시드니는 조녀선 노인이 죽은 뒤 지금까지 줄곧 그 집에서 살면서 유언장을 찾았지만 결국 찾지 못했어."

나는 박사님의 말에 금방 수긍했다. 내가 제안한 일은 엄청나게 힘든 일이었다. 실망한 채 어쩔 줄 모르고 말없이 그 자리에 그대로 서 있는데, 갑자기 복도 밖에서 흰쥐가 외치는 소리가 들렸다.

"토미, 토미! 찾았어. 찾았다고! 쥐들이 유언장을 찾았어!"

33장

비밀의 찬장

흰쥐는 너무 서둘러 달려온 탓에 서재로 들어왔을 때는 말도 제대로 할 수 없을 만큼 숨을 헐떡이고 있었다. 나는 흰쥐를 책상 위로 올려 주었다. 그러자 흰쥐는 여전히 가쁜 숨을 몰아쉬면서 간신히 이야기를 시작했다.

흰쥐가 장원에서 온 쥐를 문밖까지 배웅하고 헤어지려는 순간, 어떤 쥐 한 마리가 달려와 유언장이 숨겨진 곳을 드디어 알아냈다고 말했다. 노인이 집 맨 꼭대기 층 방에 있는 비밀 찬장에 유언장을 숨겨 두었던 것이다. 하지만 쥐들은 그 유언장을 가지고 나올 수 없었다. 두루마리로 말린 양피지인 데다 너무 무거웠고 게다가 쥐들이 뒤쪽 벽돌을 통해 찬장에 뚫어 놓은 구멍도 너무 너무 작았기 때문이었다. 어찌나 작은지 그 구멍을 뚫었던 쥐 두 마리도 사실은 들어가지 못했을 정도였다. 하지만 그 안에 뭔가 종이가 있다는 것은 알 수 있었다. 그들은 장원에서 가장 작은 생쥐를 불러 안으로 들어가 조사한 후 알려달라고 부탁했다. 덕분에 그 안에 든 서류가 유언장이라는 걸 어느 정도는 확신할 수 있었다. 내가 보관하고 있는 것과 같은 종류의 양피지인데다 찢어진 부분도 아귀가 맞았기 때문이다.

이 말을 듣고 우리가 얼마나 흥분했을지는 여러분도 충분히 알 수 있을 거다. 잠시 후 흰쥐에게 그 이야기를 전한 쥐가 직접 찾아와서는 틀림없다며 박사님을 유언장이 있는 곳으로 모시고 가겠다고 말했다. 수수께끼에 싸인 무어스덴 장원의 무대에 드디어 박사님도 등장하게 된 것이다. 매슈는 당장 출발할 기세였다.

박사님이 말했다. "아니, 잠깐 기다려요. 서두르면 안 돼요. 이건 중대한 일이에요. 만약 우리 생각이 틀린 거라면, 붙잡혔을 때 변명할 말이 없잖아요. 시드니는 우리를 감옥에 넣지 못해서 안달하고 있어요. 그러니까 신중하게 행동해야 한다구요. 가능하면 실수하지 않도록 조심해야 해요. 지금 몇 시지? 음, 11시 45분이군. 그럼 새벽 2시까지 기다리자구요. 장원의 모든 사람이 잠들 때까지 기다리는 거예요. 지프, 너는 장원으로 가서… 그런데, 장원 안으로 들어갈 수는 있는 거지?"

지프가 말했다. "물론 들어갈 수 있어요. 문기둥 사이로 들어가면 돼요."

박사님이 말했다. "알겠다. 하지만 들키면 안 된다. 총으로 쏠

지도 모르니까. 아무튼 다이너랑 울프한테 말할 기회가 생길 때
까지는 집 주변을 조심해서 살펴야 해. 그런 다음 내가 2시쯤 갈
거라고 전해 줘. 그건 그렇고 난 어떻게 장원 안으로 들어가지?
그래, 그 문제는 가서 생각해 보기로 하자. 어쨌든 그 집 개에게
문 여는 소리가 들려도 짖지 말라고 전해라. 알았지?"

"네, 알았어요." 지프는 곧바로 창문을 넘어 어두운 마당으로
사라졌다.

박사님이 말했다. "그럼 이제 밧줄이 필요한데… 스터빈스, 다
락방에 가면 등산용 밧줄이 있을 거다."

매슈가 물었다. "박사님, 범포도 데리고 갈까요? 전 데리고 가
는 게 좋을 것 같은데요. 난처한 일이 생기면 도움이 될 테니까
요."

박사님이 말했다. "그래, 그게 좋겠다. 지나치게 도움이 되어서
문제기는 하지만…"

매슈가 말했다. "내가 가서 깨워 볼게요. 평소대로라면 이번에
오래 걸릴 거예요."

아직 시간이 꽤 남아 있었지만 준비하는 데 충분한 시간이라고
는 말할 수 없었다. 박사, 매슈, 클링, 치프사이드, 흰쥐 그리고 나
는 모두 이 모험에서 실수하지 않도록 이것저것 신경 써서 준비
했다. 그래서 그런지 시간은 빠르게 흘러갔다.

운 좋게도 그날 밤은 새벽 3시가 되도록 달이 떠오르지 않았다.
그래서 우리는 어둠 속에서 움직일 수 있었다.

폴리네시아는 박사님이 틀림없이 성공할 거라고 말했다. 나도 같은 생각이었지만 문을 열고 나설 때 앞으로 닥칠 위험을 생각하니 나도 모르게 몸이 부르르 떨렸다.

박사와 매슈는 집에서 나오기 전에 모든 계획을 완벽하게 세워 놓았다. 그리고 각자의 역할도 분명하게 정했다. 덕분에 우린 발소리를 죽여 장원으로 향하는 동안 한마디 말도 주고받지 않았다.

우리는 장원의 높은 담 너머로 커다란 물푸레나무 가지가 늘어져 있는 곳에서 걸음을 멈췄다. 박사님은 밧줄을 풀고 한쪽 끝에 돌멩이를 묶어서 물푸레나무 위로 던졌다. 우린 차례로 밧줄을 타고 담을 올라갔다. 한편 치프사이드는 높은 나뭇가지에 앉아서 정원 안을 지켜보았다. 클링은 지나가는 사람이 없는지 도로를 감시했다.

모두 담 안으로 들어가 밧줄을 풀자, 클링이 지프가 들어왔을 문기둥 사이로 들어왔다.

담 안으로 들어가자 가장 먼저 눈에 들어온 것은 잔디 위로 소리 없이 달려오는 하얀 지프였다.

지프가 박사님에게 속삭였다. "다이어와 울프에게 말해 두었어요. 두 마리 모두 알았다면서 집 안으로 들어오시면 안내를 하겠대요."

박사님이 한숨을 내쉬며 말했다. "그래, 그런데 집 안으로 들어가는 게 문제구나. 나뭇가지가 너무 무성해서 집이 어느 쪽에 있는지조차 모르겠어. 네가 안내 좀 해라. 될 수 있으면 나뭇가지가 많은 곳으로 접근해야 한다. 혹시라도 사람들 눈에 띄면 안 되니까."

지프가 말했다. "좋아요. 그럼 부엌 쪽으로 갈게요. 그곳까지는 몸을 숨기고 갈 수 있거든요. 혹시 들키면 절 따라오세요. 쉽게 밖으로 나갈 수 있는 지름길을 알고 있으니까요."

우리는 한 줄로 늘어서서 지프의 뒤를 따라갔다. 덤불과 나무울타리를 지나 10분쯤 걸었을 때였다. 갑자기 눈앞에 벽이 나타났다. 그곳까지 가서야 나는 클링이 먼저 와서 기다리고 있다는 것을 알았다.

클링이 박사님에게 속삭이는 소리가 들렸다. "쥐가 아직 주머니 안에 있나요? 여기 장원에 사는 쥐 말이에요."

박사님이 말했다. "응, 흰쥐도 있어."

클링이 말했다. "그 쥐를 집 안으로 들여보내 열쇠를 가져오게 하세요. 매슈 아저씨에게 자물쇠를 부수게 하면 나중에 도둑이 들었다고 난리가 날 거예요. 쥐에게 부탁하는 게 안전해요. 열쇠는 시드니의 침실 화장대 뒤에 있을 거예요."

박사님이 속삭였다. "좋은 생각이야." 박사님은 곧바로 주머니에서 쥐를 꺼내 클링이 말한 이야기를 들려준 다음 바닥에 내려놓았다. 우리는 기다렸다.

5분쯤 후 뭔가 작고 날카로운 것이 내 머리에 부딪히는 느낌이 들었다. 모자를 쓰고 있었는데도 아팠다. 그것은 내 머리에 맞고 튕겨 바닥에 떨어졌다. 별빛을 받아 희미하게 빛나는 뭔가가 보였다. 나는 그걸 주웠다. 작은 열쇠였다. 시드니의 침실 창문이 바로 내 머리 위였던 것 같았다. 쥐가 시간을 아끼기 위해 열쇠를 우리에게 던진 것이다.

나는 열쇠를 박사님에게 건네 주었고, 우리는 숨을 죽인 채 현관 쪽으로 다가갔다.

→ 34장 ←

흰쥐의 질주

　미리 정해 둔 대로 윗방에는 박사와 매슈만 올라갔다. 나는 아래층 거실에 남았다. 범포는 집 밖에서 대기하고 있었다. 범포와 내가 맡은 임무는 망을 보는 거였다. 우리는 비상사태를 대비해 신호도 정하고 모일 장소도 약속해 두었다.

　박사님이 열쇠로 아주 조용히 현관문을 열자 나는 그날 밤 처음으로 두려움을 느꼈다. 엄청 사납게 생긴 경비견 두 마리가 불쑥 얼굴을 드러내고 박사님에게 인사한 것이다.

　거실 안은 칠흑처럼 깜깜했다. 솔직히 고백하자면 나는 내가 먼저 들어가지 않아도 된다는 게 정말 기뻤다. 나는 미리 약속한 대로 현관문 앞에 앉아 망을 보았다. 지프가 옆에 있다는 것이 얼마나 다행이었는지! 매슈와 박사님은 목줄을 하나씩 잡고 경비견들의 안내를 받으며 칠흑 같은 어둠 속에서 조용히 하지만 빠르게 이동한 다음 카펫이 깔린 계단을 올라 위층 방으로 올라갔다.

그들이 간 곳이 영원불변의 시간 속이라도 되는 것처럼 느껴졌다. 그날 밤 나는 빈집털이 같은 건 절대로 해서는 안 되겠다고 마음먹었다. 너무 조마조마했다. 바람에 창문이 흔들리거나, 커튼이 바닥을 스치는 소리만 들려도 난 우리가 발각되어 누군가 총이나 몽둥이를 들고 따라 오는 게 틀림없다는 생각이 들곤 했다. 현관문을 열어 밤하늘의 희미한 별빛이라도 안으로 들여보내야겠다는 유혹에 빠지기도 했다. 하지만 바람이 불어 문이 움직이기라도 하면 그 소리를 듣고 누군가 잠에서 깰 수도 있으니 문은 꼭 닫아야 한다는 지시를 이미 받아 둔 터였다.

마침내 지프가 속삭였다.

"갑자기 누군가랑 맞닥뜨려도 겁먹으면 안 돼. 계단으로 내려오고 있어. 냄새가 나."

잠시 후, 박사님과 함께 갔던 다이너의 젖은 코가 내 귓불에 닿았다. 지프가 미리 말해 주지 않았다면 나는 너무 놀라서 큰소리를 내고 말았을 것이다. 나는 천천히 일어나 현관문을 조심스럽게 열었다. 박사와 매슈의 검은 그림자가 문밖으로 나갔다. 나도 그 뒤를 따라 나갔다. 둘리틀 박사님은 고맙다는 표시로 개 두 마리의 머리를 가볍게 두드려 주었다. 그리고 개들은 안에 둔 채 문을 닫고 열쇠로 잠근 다음 주머니에서 쥐를 꺼냈다. 쥐에게 열쇠를 주고 땅바닥에 내려놓자, 어두운 마당에서 범포가 나타났다.

우리는 다시 지프를 따라 담 쪽으로 걸어갔다. 나는 박사님이 일을 잘 끝냈는지 궁금했지만, 물푸레나무 아래에 다다를 때까지 꾹 참았다. 이윽고 모두 그 나무 아래에 다다르자 이제는 안심해도 된다고 생각한 내가 낮은 목소리로 참았던 질문을 던졌다.

"유언장은 손에 넣으셨어요?"

박사님이 말했다. "그래 내 주머니에 들어 있단다. 모든 일이 잘 되었어. 찬장도 쉽게 열었다. 내가 다녀갔다는 걸 눈치채지 못하도록 마무리도 잘했지. 물론 유언장은 아직 읽지 못했단다. 어쨌든 빨리 이곳에서 나가자. 밧줄은 어디 있지?"

우리는 담을 넘어왔을 때와 마찬가지 방법으로 밧줄을 걸고 차례로 거리로 나갔다.

그리고 모두 안도의 숨을 내쉬며 박사님 집으로 향했다. 장원의 문 앞을 지나갈 때 동쪽 하늘이 밝아 오고 있었다. 지프와 클링은 바람처럼 소리도 없이 문기둥 사이로 빠져나와 우리와 함께 갔다.

집에 도착하자, 모두 흥분한 모습으로 박사님 서재에 모였다. 내가 촛불을 켜자 박사님은 책상 위에 유언장을 펼쳤다. 우리는 박사의 어깨너머로 유언장을 들여다보았다. 숨 막히는 순간이었다.

유언장의 귀퉁이는 확실히 찢겨 있었다. 내가 주머니에서 양피지 조각을 꺼내 맞추니 딱 들어맞았다. 박사님은 유언장의 앞부분은 그냥 지나치고 본문을 찾았다. 그리고 큰 소리로 읽었는데 이런 내용이었다. "내 유산 가운데 1만 파운드는 동물을 잔혹한 행위에서 지켜 줄 수 있는 단체에 기증한다. 그 돈을 받은 자는…"

박사님은 그 다음을 읽을 수 없었다. 매슈, 범포, 내가 함성을 지르고 춤을 주면서 책상을 돌았기 때문이다. 물론 동물들도 기뻐서 환호성을 질렀다. 우리가 그 흥분을 가라앉히는 데는 상당한 시간이 걸렸다.

이윽고 우리가 다시 의자에 앉자, 매슈는 손가락으로 뭔가를 만지작거렸다. 박사님은 매슈의 손가락을 유심히 보았다. 그것은 시드니가 가지고 있던 상자 안의 다이아몬드였다.

"그건 어디서 얻은 건가요, 매슈?" 박사님이 나지막한 목소리로 물었다.

"아, 이거요? 이건 그 집에서 실례한 거예요." 매슈가 아무렇지도 않게 대답했다.

그 순간, 박사님은 심하게 화를 냈다.

매슈가 말을 이어 갔다. "왜 그래요? 어차피 이것도 그 녀석 물건이 아닌데요. 그 녀석이 조너선 노인의 재산을 가로챈 것이니까, 이것도 결국은 동물 거잖아요."

"도대체 그걸 언제 훔친 거지요? 당신은 내 옆에서 잠시도 떨어진 적이 없는데요."

매슈가 대답했다. "아, 계단을 올라갈 때 그 녀석 침실 앞을 지나갔잖아요? 구경 좀 하려고 잠깐 들어갔는데 화장대 위에 그 가죽 상자가 놓여 있지 뭐예요. 그래서 한 개 슬쩍했죠."

박사님은 현기증이 나는 듯 두 손으로 머리를 감싸고 의자에 등을 기댔다.

박사님이 물었다. "매슈, 그런 버릇은 버리겠다고 약속하지 않았나요?"

잠시 동안 모두 입을 다물고 조용히 앉아 있었다.

마침내 박사님이 입을 뗐다. "이걸 대체 어떻게 해야 하지?" 그때 책상 위에 있던 흰쥐가 내 소매 위로 기어 올라와 속삭였다.

"박사님이 왜 저러시는 거야? 무슨 일이 있어?"

나는 흰쥐에게 최대한 빠르고 간결하게 설명했다.

흰쥐가 갑자기 책상으로 가더니 박사에게 말했다. "저 다이아몬드를 제게 주세요, 박사님. 제가 지금 당장 상자 안에 다시 갖다 놓을게요."

"정말이냐? 네가 할 수 있을까?" 박사님의 얼굴이 다시 밝아졌고 우리도 모두 활기를 되찾았다. "하지만 이미 날이 밝았어. 그 집에서는 이미 다이아몬드가 없어졌다는 걸 알았을 거야. 네 걸음으로 그곳까지 가는 데 시간이 너무 오래 걸리기도 하고."

이번에는 지프가 나섰다. "그건 걱정하지 마세요. 제 등에 태워 주면 금방 갈 수 있어요. 제가 그 집까지 데려다주면 흰쥐가 들어가서 제자리에 갖다 놓을 수 있을 거예요."

"그래. 알았다. 지금은 지푸라기라도 잡아야 하니까. 그렇게 해 보자. 제자리에 갖다 놓아야 한다. 그래야 우리 모두 무사할 수 있어. 부탁하마."

박사님이 책상 너머로 매슈에게서 다이아몬드를 빼앗아 흰쥐에게 건네주었다. 매슈는 실망하지 않을 수 없었다. 흰쥐는 앞발로 다이아몬드를 움켜쥐고 지프의 등에 올라탔다. 그리고 두 친구는 곧바로 서재에서 나갔다.

지프와 흰쥐가 나가자 모두 난처한 표정으로 앉아 있었다. 잠시 후 박사님이 말했다.

"스터빈스, 그리고 범포, 이 일은 아무에게도 이야기하면 안 된다. 물론 무사히 흰쥐가 갖다 놓는다면 말이야."

우리는 진지하게 아무 말 없이 고개를 끄덕이며 약속했다.

박사님은 말을 이어 갔다. "그리고 매슈, 당신은 주의를 시키지 않을 수 없어요. 만약 또 이런 짓을 한다면 그때부터 우리는 더 이상 친구가 아니에요. 당신이 내 물건에 손을 대지 않는다는 건 잘 알고 있어요. 하지만 다른 사람 물건에도 손을 대서는 안 되는 거예요. 무슨 일이 있어도 이 약속은 지켜 줘요. 그렇지 않으면 나는 당신을 더 이상 친구로 생각할 수 없어요."

매슈가 힘없는 목소리 대답했다. "알겠어요. 이런 일이 박사님을 곤란하게 만들 수도 있다는 걸 알았어야 했어요. 앞으로는 이런 말 안 듣게 조심할게요."

박사님은 정원으로 나가려는 듯 몸을 돌렸다. 박사님은 모자를 찾기 위해 주변을 둘러 보았다. 그런데 갑자기 박사님 얼굴이 하얗게 변하기 시작했다.

박사님이 숨을 헐떡이며 말했다. "스터빈스! 그게 어디에 있지?"

나는 놀라서 소리쳤다. "설마, 또 두고 오신 건 아니겠죠? 장원에요"

→ 35장 ←

우리가 해냈다

사실이었다. 한밤의 두근두근했던 모험 때문에 모두 흥분했던 터라 박사님이 장원에서 모자를 쓰고 나왔는지 아무도 알지 못했다. 하지만 이제 와서 생각해 보니 박사님은 장원으로 갈 때는 분명 모자를 쓰고 있었다. 그런데 박사님이 확실하게 기억하는 것은 비밀 찬장이 있는 방으로 들어가서는 거추장스러워서 의자 위에 벗어 놓았다는 것이다.

박사님이 고개를 저으며 한숨을 내쉬었다. "맙소사! 내가 도둑으로 몰리게 되다니… 모자를 두고 오다니 말이야. 그게 내 거라는 건 이웃 사람들 모두 알 텐데… 후우! 이렇게 심각한 일만 아니라면, 그냥 웃고 넘어갈 일이긴 하지만… 아무튼 이젠 모든 게 흰쥐에게 달려 있구나. 아이구, 맙소사!" 하지만 대브대브가 문 앞에 보이자 이렇게 말했다. "그래. 부질없는 걱정은 그만두고. 대 브대브, 아침 식사는 준비됐니?"

"아니요." 대브대브는 방 안으로 들어오면서 작은 목소리로 대 답했다. "그보다 정원에 세 사람이 걸어오고 있어요. 한 사람은 박 사님 모자를 들고 있어요. 그리고 또 한 사람은 경찰이에요."

그 순간 매슈가 벌떡 일어나 눈 깜짝할 사이에 창문 밖으로 반 쯤 튀어나갔다. 그러다 마음을 바꾸고 멈췄다.

방으로 되돌아온 매슈가 말했다. "박사님, 나 혼자 도망쳐 박사 님이 잡히게 할 수는 없죠. 난 전에도 감옥에 간 적이 있어요. 이 일은 제가 한 거로 할게요."

존 둘리틀 박사님이 단호한 목소리로 말했다. "매슈, 부탁이 하 나 있는데… 내가 말해도 된다고 할 때까지 절대로 아무 말도 하 지 말아 달라는 거예요. 스터빈스, 그 분들 좀 안으로 모셔 오렴."

나는 방을 나가서 문을 열었다. 세 사람 모두 낯이 익었다. 한 사람은 시드니였다. 또 한 사람은 무어스덴 장원의 문지기였고 나머지 한 사람은 우리 지역 경찰이었다. 경찰은 매우 미안해하 는 모습이었다. 둘리틀 박사님을 잘 아는 처지에 이런 일로 찾아 온 게 영 내키지 않아 보였다. 하지만 경찰과는 달리 시드니의 태 도는 처음부터 공격적이었다. 내가 들어오라는 말을 하기도 전에 그는 내 옆을 스쳐 곧장 박사님 서재로 들어갔다.

시드니가 큰 소리로 말했다. "이런! 일당들이 모두 여기에 모여 있군. 이봐, 이 녀석들이 바로 불을 꺼 준다는 핑계로 우리 집에

320

마음대로 들어왔던 도둑들이야. 그때 우리 집을 잘 봐 두었다가 나중에 도둑질한 거라구. 그러니까 빨리 이 녀석들을 우리 집으로 끌고 가게. 현장을 보여 줄 테니까."

경찰은 돈 좀 있다고 거들먹거리는 시드니의 거만한 태도에 화가 났지만 임무를 게을리할 수는 없었다. 그는 박사에게 직접 말했다.

"박사님, 이분이 고소하셨습니다. 어젯밤에 비싼 다이아몬드를 도둑맞았는데 오늘 아침 집에서 박사님 모자가 나왔다는 겁니다. 일단 장원으로 함께 가 주셔야 될 것 같습니다."

아직 이른 아침이었기 때문에 길에 오가는 사람이 없어서 그나마 다행이었다. 만약 구경꾼들이 많았다면 경찰에 끌려가는 우리의 모습은 퍼들비의 새로운 이야깃거리가 되었을 것이다.

길을 가면서 시드니 말고는 아무도 말을 하지 않았다. 시드니의 불평에 아무도 대꾸해 주지도 않았다. 무어스덴 장원에 도착하자 늙은 집사가 우리를 집 안으로 안내했다.

우리는 곧장 시드니의 침실로 갔다. 침실로 들어온 시드니는 경찰에게 어떻게 된 일인지 자세히 설명했다. 시드니는 여느 때와 마찬가지로 아침 6시에 일어났다. 그런데 일어나 보니 다이아몬드가 들어 있는 상자가 어젯밤과 다른 곳에 놓여 있었다. 그래서 뚜껑을 열어 확인해 보니 한 개가 없었다. 시드니는 하인들을 불러 집 안을 뒤졌다. 그랬더니 맨 위층에 있는 방에서 박사님의 모자가 발견되었다. 시드니는 그 모자와 불이 났던 날 밤에 있었던 일을 종합해 보고, 우리가 범인이라는 걸 알았다고 했다.

박사님이 말했다. "잠깐, 그 상자는 오늘 아침 당신이 놓아 두었던 곳에 그대로 놓여 있습니까?"

시드니가 대답했다. "그렇소."

"그럼 지난번처럼 화장대로 가서 열어봐 주실 수 있겠습니까?"

시드니가 말했다. "얼마든지. 이렇게 침대에서 나와 우선 창문의 커튼을 열었소. 그리고 화장대 쪽을 봤는데, 아무래도 뭔가 이상했지. 그래서 이렇게 다가가 상자를 열어보았소. 이렇게, 그런데… 아니, 이게 어떻게 된 거야!"

시드니의 마지막 말을 듣고, 우리는 가슴을 쓸어내렸다. 흰쥐가 맡은 임무를 무사히 끝낸 것이었다. 나는 그때 본 시드니의 얼굴을 결코 잊지 못할 것이다. 시드니는 마치 막대기처럼 뻣뻣하게 선 채로 상자를 뚫어져라 들여다보고 있었다. 그 안에는 시드니가 말한 것과는 달리 정확하게 네 개의 다이아몬드가 들어 있었던 것이다.

경찰이 시드니의 어깨너머로 상자를 들여다보더니 조용히 물었다.

"뭐가 잘못되었습니까?"

그러자 시드니가 당황한 모습으로 소리쳤다. "이건 사기야!" 사실 시드니가 당황하는 것도 무리가 아니었다. 사실 시드니에게는 다이아몬드를 찾는 것보다 박사님을 감옥에 넣는 것이 더 중요한 목적이었는데 가장 중요한 순간에 망신을 당하게 된 것이다.

"만약 당신이 우리 집을 침입한 게 아니라면, 당신 모자가 왜 우리 집에 있는 거지?" 시드니는 비틀거리며 박사님에게 다가가 굵은 손가락으로 삿대질하면서 소리쳤다.

박사님이 말했다. "그 질문에는 조용히 대답하는 게 좋을 것 같군요."

시드니는 부드득 이를 갈았다. "그렇겠지. 경찰이 들으면 안 되는 이야기일 테니까."

박사님이 말했다. "그럼 마음대로 하십시오. 나는 조용히 이야기하는 게 당신에게 좋을 거라고 생각했을 뿐입니다. 유언장과 관련된 이야기니까요. 내가 유언장이 있는 곳을 우연히 찾아내게 되었거든요."

박사님의 말에 시드니는 잠시 동안 아무 말이 없었다. 그리고 그의 얼굴은 놀라움과 두려움, 증오의 빛으로 물들었다.

이윽고 시드니가 퉁명스럽게 말했다. "좋아. 서재로 가자."

박사와 시드니는 말없이 생각에 잠긴 채 계단을 내려갔다. 매슈와 나는 그 뒤를 따랐다.

"토미, 흰쥐 덕분에 살았어. 그런데 박사님을 저 녀석과 단둘이 있게 해도 괜찮을까?" 매슈가 내 귀에 대고 작은 목소리로 물었다.

내가 대답했다. "걱정하지 않아도 될 거예요. 우리는 문밖에서 기다려요. 경찰까지 와 있으니 저 사람도 함부로 하지는 못할 거예요. 이제 곧 두 손 들게 될 거예요."

박사님과 시드니가 서재로 들어가서 문을 닫았을 때, 벽에 걸려 있는 괘종시계가 종을 쳐서 시간을 알렸다. 정확히 45분 뒤에 두 사람이 밖으로 나왔다.

시드니는 얼굴이 파랗게 질려 있긴 했지만 조금은 진정된 모습이었다.

"고소를 취소하겠소. 내가 잘못 알았던 거야. 미안하오, 이른 아침부터 번거롭게 해서 정말 미안하오."

시드니가 경찰에게 말했다. 우리는 말없이 카펫이 깔린 거실을 지나 정원으로 나왔다.

문밖으로 나와 경찰과 헤어졌을 때, 나는 박사님이 유언장 문제에 대해 경찰에게 한마디도 하지 않았다는 걸 알았다.

경찰이 우리의 말소리를 들을 수 없을 만큼 걸어왔을 때 매슈가 물었다.

"박사님 모자에 대해서는 어떻게 설명하셨어요?"

박사님이 말했다. "그런 설명은 할 필요도 없었어. 나는 다만 우리 네 사람은 시드니가 집에 스스로 불을 지른 거라 믿고 있다고 말했지. 그러고 나서 잠자코 있었어. 그랬더니 시드니는 걱정을 더 하는 것 같더군. 자기가 방화범이라는 사실을 내가 증명할 수 있다고 생각했는지도 모르지. 물론 그 사실을 증명할 길이 나한테는 없지만, 어쨌든 시드니는 다시 오스트레일리아로 떠난다더군."

"오스트레일리아요? 거기는 왜요?" 매슈가 큰 소리로 물었다.

박사님이 말했다. "그야 일을 해야 하니까. 유언장을 읽어 주었는데, 동물을 보호하기 위해 1만 파운드를 기증하고 나머지 재산은 모두 다른 자선 단체에 기증한다는 내용이 쓰여 있었거든. 이제 빈털터리가 된 거야."

장원을 둘러싸고 벌어진 수수께끼의 결말이 어떻게 지어졌는지 알게 된 동물원의 동물들은 승리감에 도취해 이틀 내내 축하 행사를 벌였다. 동물 마을에서는 흔한 일이었지만, 이번 행사는 그 어느 때보다 시끌벅적했다. 행사 기획과 퍼레이드에 천재적인 재능을 가진 흰쥐는 이번에도 더할 나위 없는 솜씨를 과시했다. 덕분에 흰쥐도 시장에 재선되었다.

흰쥐는 박사님의 승리로 동물들이 막대한 재산을 상속받게 되었으니 이번 축제는 동물원 역사상 가장 성대한 축제가 되어야 한다고 생각했다. 축제 이틀째 날, 흰쥐는 박사의 허락을 받아 인근의 모든 동물에게 초청장을 보냈다. 원하는 동물은 누구든 초청장을 받을 수 있었다. 참석자가 많을 것을 대비해 흰쥐는 만반의 준비를 했다. 동물원 전체가 리본과 깃발로 아름답게 장식되었고, 밤이 되자 형형색색의 등불이 켜지고 불꽃놀이가 펼쳐졌다. 엄청난 양의 다양한 음식과 음료가 준비되어 마을 안에 뷔페식으로 차려졌다.

초대를 받고 찾아온 동물들은 우리가 처음 생각했던 것보다 훨씬, 훨씬 더 많았다. 그래서 쥐 클럽, 토끼 아파트, 잡종개 아파트, 오소리 호텔, 여우 여관, 다람쥐 호텔, 여우 집회소 등의 정회원들이 모두 손님 접대에 나서야 했다. 거브거브, 푸시미풀류, 치치,

투투, 대브대브, 폴리네시아도 열심히 도왔다. 하지만 꿀벌이라도 된 것처럼 바삐 움직이며 도와주었지만, 엄청나게 밀려드는 손님에게 식사와 여흥을 제공하는 일만으로도 벅찼다.

박사님, 매슈, 범포와 내가 집과 동물 마을 사이를 정신없이 오갔지만, 끊임없이 늘어만 가는 손님들 때문에 다과는 우리가 미처 가져다주기도 전에 매번 먼저 동났다. 회계 담당인 투투가 나중에 장부를 알려준 바로는 그날 하루 동안에만 양상추 한 수레, 곡물과 새 먹이 150킬로그램, 살점이 붙은 뼈와 고기 수천 킬로그램, 커다란 치즈 덩어리 4개, 빵 24개를 사들였다고 한다. 물론 그것 말고도 다른 음식들도 소소하게 사들였다고 한다.

예전에 볼링장으로 쓰던 잔디밭은 고슴도치, 두더지. 다람쥐, 담비, 오소리, 생쥐, 들쥐, 수달, 토끼 같은 온갖 동물로 가득 차 꼼짝하기도 힘들 정도였다. 동물 학대방지를 위해 애쓴 둘리틀 박사와 조너선 스로그머턴을 칭송하는 함성이 가끔씩 어디선가 터져 나와 이내 군중 전체로 퍼져 나갔다. 동물원 울타리는 물론 박사님 정원 안에 있는 나무와 덤불에는 굴뚝새에서 왜가리까지 온갖 다양한 몸집과 종류의 새들이 날아와 앉아 있었다. 새들이 한꺼번에 지저귀는 소리는 귀청이 터질 정도로 시끄러웠다.

이렇게 많은 동물이 몰려다닌 탓에 볼링장 잔디는 하루도 못가 엉망이 되었다. 손님들이 모두 돌아간 뒤 박사와 동물 식구들은 온종일 청소와 정리에 매달려야 했다.

둘리틀 박사의 모험 5

둘리틀 박사의 동물원

1판 1쇄 펴냄 2017년 9월 25일
1판 2쇄 펴냄 2019년 12월 30일

지은이 휴 로프팅
옮긴이 장석봉

주간 김현숙 | **편집** 변효현, 김주희
디자인 이현정, 전미혜
영업 백국현, 정강석 | **관리** 오유나

펴낸곳 궁리출판 | **펴낸이** 이갑수

등록 1999년 3월 29일 제300-2004-162호
주소 10881 경기도 파주시 회동길 325-12
전화 031-955-9818 | **팩스** 031-955-9848
홈페이지 www.kungree.com | **전자우편** kungree@kungree.com
페이스북 /kungreepress | **트위터** @kungreepress

ⓒ 궁리출판, 2017.

ISBN 978-89-5820-484-8 04840

값 13,000원